현장에서 퍼 올린 공무원의 수첩

내 직업은
파수꾼입니다

양승열 지음

책나무

독자에게 드립니다

직업을 바라보는 관점은 세 가지가 있다고 한다. 생업(job), 직업(career), 소명(calling). 이 책은 자연인으로서의 내가 스스로 원했던 작업의 결실이다.

36년간 공직에서 일했다. 공무원에게도 푸른 기상과 영혼이 있다는 것을 '증명하기 위해' 살았던 세월이 대부분이다. 불타는 사명감으로 현장으로 나갔고 또 어느 날은 사명감 없이도 저녁 밥상에 오른 한 공기의 쌀밥 앞에서 부끄럽지 않기 위해 일했다. 조직이 원하고 내 몸이 원하는 것을 채우기 위해 살았다.

작년에 퇴직하고 도서관에 앉아 있을 때였다. 분식집에서 6천 원짜리 밥을 먹은 지 1시간도 안 되었지만 허기졌다. 이 정체 모를 허기는 꽤 오래 이어졌다. 조용히 앉아 내 안의 목소리에 귀를 기울여 본 것이 그때가 처음이었다.

'배고파. 밥 줘.'

영혼의 굶주림이었다. 이 굶주림의 정체는 오랫동안 해소하지 못하고 있었던, 자기실현이라는 욕망이었던 것 같다. 불꽃은 제

몸을 모두 불태우고 재만 날린 채 사라진다지만, 사람의 경험마저 그렇게 취급된다면 허망할 것 같았다.

'사람의 몸으로 쓴 모든 기록은 가치 있다.'는 말을 들은 적이 있다. 서울시 공직자로서의 경험과 생각은 후배와 동료들에게도 의미 있을 것이라는 생각에 닿았다. 새새틈틈 나의 정체성을 흔든 욕망의 한 줄기를 찾아보기로 하였다.

그날부터였다. 몸과 마음의 연료가 바닥이 날 때 책의 숲에 들어가 코를 묻고 새물내를 맡으며 습작시를 썼다. 한 땀 한 땀 에피소드를 기록했다. '적자생존'의 개미장. 뭔가 도움이 되기를 바라는 마음에 꼭꼭 달아 두었던 서랍과 가슴속을 뒤져 보았다. 절치부심해서 찾아낸 수단과 방법은 오래가리니. 그것의 일부를 세상에 내놓는다.

아름답고 품격 높은 이야기를 기대한 독자는 실망할 수도 있겠다. 잡초와 독초와 같은 것들도 많을 것이다. 다만 이 책엔 날것 그대로의 현장이 담겨 있다. 팩트 위주이다 보니 빛보다는 그림자가 많다. 나와 같은 업종의 길을 걷는 도반들에게는 반면교사 또는 정면교사의 경험칙이, 그렇지 않은 분들에게는 '조직'의 날것을 조금 엿보는 기회가 될 수도 있겠다.

가장 개별적인 것이 가장 보편적이라는 말처럼, 수백 개의 원고 중 독자들도 공감할 수 있는 이야기만을 추렸다. 살아남기 위

하여 밤마다 최선의 스토리텔링을 한 『아라비안나이트』의 세헤라자드처럼 결국은 정년퇴직까지 온 한 사내의 볼품없는 경험칙을 풀어놓은 게 결과적으로 학자연한 것은 아닌지 부끄러운 마음마저 든다.

꼴통 소리를 들으며 억세게 살아온 한 돌쇠 공무원이 유쾌하게 쏘아 올린 이야기 묶음이라고 받아 주었으면 좋겠다. 후배들에게, 공직 지망생들에게, 지뢰밭을 걷는 듯한 직장인들에게 에스프레소 한 잔 건네는 심정으로 이 책을 드린다.

신고전학파의 창시자 앨프리드 마셜의 금언을 인용한다.

"나는 나의 빈약한 재능과 제한된 역량을 경주해 최선을 다하는 것이 나의 가슴 깊이 새겨져 있는 염원이며 최고의 노력이다."

어쭙잖은 글이 탯줄을 끊고 세상으로 나오기까지 많은 도움을 주신 도서출판 책과나무의 대표님과 편집진에게 감사의 말씀을 드린다. 그리고 솔빈이, 예빈이 두 딸과 아내에게 고마운 마음을 전한다.

2023년 봄

응암동 도서관에서 —烈

목 차

CHAPTER

2

공인의 구실과 역할　　　　　　161

CHAPTER
3

알아 두면 뼈가 되는 행정용어 모음   297

사람의 숲에서 길을 찾다

보이는 것과 보이지 않는 것

　몸도 마음도 세상일에 휩쓸리며 소진되던 시절, 난 3년 동안 가지 못했던 하계휴가를 템플스테이로 보내기로 결심했다. 그해 10월, 경기도 양주 도리산 깊은 곳의 '육지장사'라는 사찰에서 2박 3일을 지냈다. 부처님 좌우로 지장보살 세 분을 모셨다고 해서 육지장사라고 한단다.

　절집에 도착하니 템플스테이 참가자는 달랑 나 한 사람이었다. 창건한 지 10년밖에 안 된 절이라 그런지, 휴가철이 지난 평일이라 그런지 모를 일이다. 다행히 울산에서 봉사하러 오셨다는 막내 스님의 후배라는 분이 있었다. 고색창연함은 없어도 웅장한 규모와 유리창을 갈아 끼운 듯 말간 풍경이 눈앞으로 와락 달려들었다.

　걱정이 없진 않았다. 개별적으로 프로그램에 참여한 것도 처음이지만, 단식 체험도 생경했기 때문이다. 사바를 떠나기 하루 전

부터 시작한 위장 비우기는 내내 엄수해야 했는데, 공양간 앞에서 다른 이들이 식사하는 장면은 부러움을 넘어 쓰라림까지 주었다.

나는 유난히 절밥을 좋아한다. 특별한 미식 대신 내게 차려진 것은 하루 세 번의 찻잔. 하얀 쌍화차 찻잔엔 당근 주스와 산초 가루를 섞은 차가 일용할 양식의 전부였다. 스님은 곁에 모래시 계를 두고 티스푼으로 떠서 30분을 꽉 채워 꼭꼭 씹어 먹으라 했 다. 참을 수 없는 허기가 몰려오면 물배를 채우라신다. 다행히 그 절에는 '모유정'이라는 샘물이 있어 약수는 넉넉하게 마실 수 있었다.

스스로 선택한 고통. 3년 만의 휴가철에 이 무슨 개고생이란 말 인가. 나는 지치고 공허할 때마다 영적인 감각을 얻기 위해 흔들 렸다. 하지만 스님들은 영적인 수련 이전에 육신을 비울 것을 요 구했다. 보살님으로 보이는 분에게 허기가 져 한 컵 더 줄 수 없 느냐고 매양 졸라 대도 돌아오는 건 "큰스님 아시면 저도 잘려요. 자신을 위해 참으세요."라는 야박한 대답이었다.

산에 들어오고 단 하루 만에 모든 것이 변했다. 난 『이반 데니 소비치의 하루』에 나오는 장면을 자주 곱씹었다. 주인공 이반 데 니소비치는 강제수용소에서 몇 숟가락밖에 안 되는 죽과 멀건 수 프, 제대로 굽지 않은 딱딱한 흑빵만을 먹으며 견뎌야 했다. 굶주 림이 일상이 되자 그는 방만했던 시절을 반성하며 다음과 같이 묘 사했다.

"감자를 번철에 구워 몇 개씩이나 먹고 야채 죽은 몇 대접씩. 식량 사정이 좋았을 때 고깃덩어리는 닥치는 대로 집어삼켰다. 게다가 우유는 배가 터지도록 마셨다."

불과 며칠 전의 배둘레햄 내 모습 아니던가. 이런! 이곳은 소비에트의 시베리아 노동수용소도 아니고, 난 강제로 끌려오지도 않았다. 그럼에도 나는 슈호프보다 더 많은 궁상을 떨고 있는 것이다.

러시아의 표트르 대제는 유럽을 향한 창문으로 네바강 하구의 늪지대인 상트페테르부르크를 새로운 수도로 건설했다. 서구화를 추구한 개혁·개방으로 부국강병을 이루었다. 이 시기의 식문화는 이전에 음식을 즐길 만한 여력이 없었던 도스토옙스키를 포함하여 푸시킨, 곤차로프, 투르게네프, 톨스토이, 체호프, 불가코프, 파스테르나크, 솔제니친 등 19세기 전후 대문호들의 작품에 스미게 된다.

특히 고골은 식도락을 넘어 크지 않은 체구임에도 보통 사람보다 두세 배를 먹는 대식가였다고 한다. 그런 그가 37세에 신앙생활에 돌입하면서 굶주린 '영혼의 양식'을 위하여 '육체의 양식'을 거부, 44세에는 영양실조로 돌아가시기에 이른다. 나는 왜 지금 뜬금없이 이런 생각을 하고 있는 것일까.

결핍과 육체적 고통은 잠들어 있던 인간의 영혼을 깨우기도 한

다. 나는 스스로 주문한 불편함을 견디며 나를 깨우고 있다. 앞으로 먹고 자는 일에서만큼은 무기력한 '오블로모프 기질'[1]과 거리를 두겠다고 다짐한다. 108배는 번뇌의 가짓수만큼이라고 한다. 잔동작에만 길들여진 나는 반시간 남짓한 오체투지로도 기진했다.

새벽 예불을 드리기 위해 나섰던 대웅전 마당. 새벽 5시에 바라본 하늘은 내가 보아 왔던 그 하늘이 맞나 싶었다. 산마루에 걸터앉은 그믐달 위로 불두화 같은 별이 초롱초롱, 뼛속까지 시리다. 108배마저도 나는 나를 위해 기복(祈福)했다.

그런 내가 감히 수도자의 마음을 알겠는가만 스님과의 숲길 포행 명상에서는 알 것 같았다. 서로 하고 싶은 말, 그 마음을 꺼내 보이지 않아도 우린 충만했다. 누가 표현하지 않으면 모른다고 하였는가? 마하가섭존자[2]가 미소를 지으며 나타난 듯 분위기 깨지 말고 입 다물라 한다. 장자도 이런 것을 호접몽이라고 했겠다.

가끔 공사 소음과 까마귀 소리가 거칠게 방문을 비집고 들어왔다. 하지만 이마저 없었다면 모든 것이 적요하기만 했을 것이다.

---

1 무기력한 19세기 러시아 귀족을 빗댄 소설 『오블로모프』는 문학사상 가장 매력적이지만 무력하기 짝이 없는 오블로모프를 내세운다. 그는 마음씨는 착하지만, 자신의 생각을 실천으로 옮기기에는 의지가 부족하다. 그는 자신의 무의미한 존재를 유지하기 위해 유능한 하인인 자카르에게 전적으로 의지하는 수밖에 없다. 연인과 사랑에 빠졌지만 행동하지 않던 그는 친구에게 그녀를 빼앗긴다. 더 극심한 무기력증에 빠진 그는 결국 침실을 떠나지 못하는 지경에 이르고 만다.

2 마하가섭. 부처님의 가르침을 가장 모범적으로 수행했던 제자. 그는 부처님 열반 이후 부처님 말씀을 경전으로 옮겼고, 초대 지도자가 되었다.

생각을 비우기 위해 몸을 움직이고, 오가다 주운 밤이 어느새 한 됫박이 되었다.

창건 회주이신 지원 스님의 시비 「만월」 중 제2연에 마음이 머문다.

> 석등에 불 밝히어
> 어둠을
> 쓸어내고

중앙일간지 신춘문예로 등단했다는 스님의 아우라가 느껴진다. 스님 저작의 『100세 건강법』에 나오는 말이다.

> "식물들은 뿌리를 통해 무기미네랄을 유기미네랄로 바꿉니다. 인간은 식물의 수분을 통해서 미네랄을 흡수합니다. 따라서 채소, 과일만 잘 챙겨 먹어도 웬만한 질병은 예방할 수 있습니다."

허겁지겁 먹지 말고 음식의 맛을 음미하면서 천천히 꼭꼭 씹어보세요, 적게 먹고도 부족하지 않을 겁니다. 환속(?) 해도 바로 실천할 수 있는 제1계명으로 가슴에 새긴다. 현실에 얽매인 근시안은 발등에 떨어진 촛농 같은 것. "개념의 본질은 '부재'에서 여과 없이 보인다."라고 했던가. 배고파 보니 먹는 것의 소중함을

알았고, 생각을 비우려 보니 내 집착이 얼마나 검질긴지 알았다. 검약하게 먹고 고요함을 유지하는 것. 산에서 내려오는 날, 속세의 사물들이 맑게 눈에 들어왔다.

왕과 히자마즈리 문화

"손님은 왕이다."

자본주의의 속내를 이만큼 잘 드러낸 말이 있을까? 인구에 회
자하기를 "돈이면 안 되는 것이 없는 곳이 한국이고 돈만 있으면
가장 살기 좋은 나라 또한 한국이다."라는 말. 19세기 철학자들
중 눈이 맑은 일부는 자본주의의 성장을 보며 미래의 세상에 사
람들이 가장 추앙하는 사상은 신도, 사람도 아닌 상품(물질)이 될
것이라며 물신주의(物神主義)를 예견했다.

30년 압축 성장의 결과, 한국은 근대적 정신의 뿌리를 향유하
지 못한 채 돈과 성장의 위력에 휩쓸렸다. 한국 특유의 갑질 문화
와 특정 업장에 대한 별점 테러, 인스타그램에 넘실대는 플렉스
(Flex) 문화는 중국 또한 예외가 아닌데, 두 나라 모두 짧은 기간
고도성장을 이루었다는 특징이 있다.

2019년에 위생과장을 하면서 나는 별별 민원을 다 접했지만, 그중 단연 으뜸은 음식점을 상대로 '행정처분'을 요구하는 민원이었다. 민원 내용은 타당한 것들도 많았지만, 지극히 주관적이고 감정적인 보복심에서 비롯된 것들도 많았다. 민원이 접수되면 관할 기관에선 응당 사안을 파악해야 하는데, 이럴 때 식당을 하시는 분들이 힘들어하시는 모습을 보게 된다.

머리카락이 들어갔다거나, 식중독을 일으킨 경우, 잔반을 사용한 경우 등이 사실이면 모두 처분 대상이다.[2] 문제는 법을 악용하는 요구도 많다는 점이다. 만일 나라면, 머리카락이 음식에 들어갔다면 그 음식을 바꿔 달라고 하고, 이를 수용하지 않으면 민원을 제기할 것이다. 하지만 일부 민원인은 현장에서 그걸 탓으로 삼아 업주에게 뒷돈을 요구하다가 안 돼 민원을 제기하기도 한다.

2019년 4월에 ㅁㅁ 수산물시장에서 회를 떠서 2층 식당의 상차림으로 음식을 먹었는데, 배탈·설사 등 식중독에 걸렸다는 민원

1　식품위생법에는 '불결하거나 다른 물질이 섞이거나 첨가된 것 또는 그 밖의 사유로 인체의 건강을 해칠 우려가 있는 것', '식중독균 검출 기준 위반', '유통기한이 경과된 원료 또는 완제품을 조리에 사용하거나 판매', '손님이 먹고 남은 음식물을 다시 사용하거나 조리하거나 또는 보관', '청소년에게 주류를 제공하는 행위' 등은 영업정지에, 위생모를 착용하지 않은 경우 등은 과태료에 해당하는 처분 대상이다.

2　영업장(객실), 조리장(내부를 들여다볼 수 있는 구조), 급수시설, 화장실(정화조를 갖춘 수세식), 위생모 착용, 잔반 재사용 금지는 기본이다.

이 접수되었다. 하지만 해당 음식물에 대한 수거·검사 결과(서울시보건환경연구원)는 민원 내용과 달랐다.

현장에서 확인한 내용은 민원인들이 가져온 양주에 상 차림비를 받고 밑반찬(김치·무생채·상추·계란찜·장류 등)과 소주를 제공했으나 밥이나 찌개는 제공한 사실이 없었고, 이 식당에 오기 전 이웃한 지역에서 김치찌개와 순댓국 등을 배불리 먹고 2차로 와서 먹은 것이었다. 평소에도 상차림 비용을 적게 받는 등 잘해 줬으나 이날은 뭔가 기분이 뒤틀려 이른바 갑질성 민원을 제기했다는 평가가 지배적이었다.

며칠 뒤에 또 수산물시장에서 회를 먹고 배탈 났다는 민원이 제기돼 나가 보았다. 진실은 손님이 뒷돈을 요구하다 안 들어주니 민원을 제기한 것이었다. 이럴 땐 한숨이 절로 나온다. 정말로 그 식당에서 먹은 음식으로 인해 식중독에 걸렸다면 당연히 문제 삼아야 하겠지만, 배가 아프다고 왜 식당 업주를 겁박해 뒷거래하려고 하는가?

공무원 사칭 범죄도 있다. 그해 7월 점심을 먹고 직원들과 옹기종기 커피를 마시는데 식품위생팀 L주임이 대뜸 내게 묻는다.

"과장님, 어제 저녁 상암동으로 식사 가셨습니까? ○○식당 사장이 어젯밤에 위생과장이란 사람이 와서 행패를 부렸다면서 내일 찾아오겠다고 합니다."

난 차분하게 말했다.

"제발 찾아오시라고 하세요. 나도 그 내막이 정말 궁금하네요. 요즘도 관직 사칭하는 인간들이 있다니….."

이와 반대로 음식 서비스업의 초보적인 자질도 갖추지 못한 업체도 있다. 그해 초겨울 저녁이었다. 직장 인근의 스시집에서 직원 셋과 초밥을 먹는데, 서비스로 준 병어 무침에서 호치키스(스테이플러) 알이 입에 걸리는 게 아닌가. 조용히 종업원에게 얘기했더니 대수롭지 않은 표정으로 철심을 받아 들고 사라진다. 마치 '뭘, 이 정도 가지고 그러세요?'라는 행동이다.

기가 막힐 노릇. 내가 바로 관할 구역 현직 위생과장인데….. 이집이야말로 대가를 치러야 한다. 내가 바란 건 소박한 것이었다. "죄송합니다. 다음에는 이런 일이 없도록 하겠습니다." 이런 정중한 사과 한마디였다.

2012년 연말엔 승진한 S주임의 승진 턱으로 성산동에서 탕을 먹었다. 그런데 물미역 줄기에서 노란 고무 밴드가 통째로 나오는 게 아닌가? 서빙하는 분에게 조용히 얘기를 하였고 사과를 하겠지 했더니 웬걸, 주방에서 나온 분은 변명만 하다 사라진다. 이런! 내가 음식점에 대해서 너무 관대한가. 왜들 호미로 막을 것을 가래³로 막으려고 하는가. (때와 장소를 가리지 않는 위생과장의 엄

---

3   WHO(세계보건기구)에서 정의하였듯 '식품위생'이란 식품의 안전성, 건전성 및 완전 무결성을 확보하기 위한 모든 필요한 수단이다. 「식품위생법」 제1조(목

정한 업무 집행을 보여 줬어야 했던 것 아닌가?)

9년 전에 읽은 전여옥의 『일본은 없다』에서 남편을 주인으로 섬기는 '히자마즈리(무릎 꿇기) 문화'에 관한 대목을 보고 놀란 적이 있다. 일본에서 황혼 이혼이 점점 늘고 있다는 뉴스를 오래전 접한 적이 있는데, 보수적인 일본 사회가 여성에게 강요한 복종 문화가 영향을 미쳤을 것이다. 참고 살던 여성은 "늙으면 두고 보자!"며 황혼을 기다려 일생의 과업을 해치운다.

손님이 왕이라고 하지만, 직원 또한 누군가의 사랑스러운 자녀고, 업주 또한 우리의 부모님이다. 모두 존중받아야 한다. 손님과 업주, 직원 모두 정당하게 요구하고 당당할 수 있어야 한다. 업주는 사명감으로 위생 청결 등의 준수 사항을 잘 지켜야 떳떳할 수 있다. 그래야 불순한 요구를 하는 손님에게도 당당하게 대응할 수 있다.

그리고 만일 잘못했다면 얼른 잘못을 인정하고 시정해야 한다. 정당한 고객의 요구에 인색하지 말아야 한다. 고객 또한 불결한 음식과 부당한 행태에는 시정을 요구해야 한다. 특정 국가의 서

적)에서도 식품으로 생기는 위생상의 위해를 방지하고 식품 영양의 질적 향상을 도모하여 식품에 관한 올바른 정보를 제공하여 국민 보건의 증진에 이바지함을 목적으로 한다고 규정하고 있다.

비스 질은 고객의 수준을 반영한다는 말이 있다. 그래서 식당도 고객도 모두 당당하고 품위 있는 음식 문화를 만들 수 있다.

손님이 왕이라는 말은 오래된 말이지만, 정말 손님이 왕일까. 적어도 왕 대접받으려면 왕다워야 하지 않겠나. 언감생심 세종이나 정조까지는 아니더라도 연산군, 광해군이 돼서야 하겠는가?

어매, 어디쯤 가셨습니까

절집은 흩날린 아까시꽃으로 하얀 눈을 덮어쓴 것처럼 보였다. 적막한 파주시 보광사 법당에 홀로 앉았다. 이따금 저 혼자 삐걱거리는 문소리와 풍경 소리가 멧비둘기의 울음에 섞여 법당 바닥에 고였다.

어머니가 가셨다. 일흔여섯. 한 자 한 자 눌러 박은 작은 수필 책 몇 권만을 남겨 두고. 어떤 슬픔은 세월에 먼지가 앉듯 그렇게 흐려진다지만, 나는 쉬이 그러지 못했다. 가슴 언저리 한끝이 늘 저렸고 목울대에서 울컥거리다 떨리는 한숨으로 나왔다.

묵정밭[1]과 뻘등[2]의 갯고랑으로 흘려보낸 청춘이 아쉬웠던 당신

---

1   개간하지 않아 오래 묵혀 둔 거친 밭. 좋은 땅을 살 여력이 없던 사람들은 이 묵
     정밭을 개간하는 데 많은 노력을 기울여야 했다.
2   갯벌을 일컫는 전남 목포 · 무안 · 영암 등지의 방언.

은 이순이 넘어 검정고시 학원에 다니셨다. 서울 이화동 낙산의 비탈을 따라가다 보면 나오는 낡은 학원 하나. 그곳에서 어머니는 글을 배우셨고 오랫동안 묵혀 두었던 당신의 언어를 하나씩 풀어놓으셨다. 일제강점기 때 강제로 배워야 했던 '히라가나' 대신 '가갸거겨'를 배우신 어머니는 제일 먼저 당신의 공책에 자식들 전화번호를 바느질하듯 엮어 놓으셨다.

언제였을까. 어머니가 수화기를 들고 백로지 공책을 펼쳤는데, 그 안엔 지렁이처럼 꼬불꼬불한 우리말이 가득 담겨 있었다. 당신의 노력이 대단하다고 느끼면서도 한편으론 부끄러움과 서운함으로 이마를 떨구고 말았다.

어머니는 내게 항상 '하얀 등'이셨다. 저 멀리 고랑을 따라 하얀 등이 폭염의 아지랑이 사이로 흔들리시거나 부뚜막 생솔이 타면서 내는 자욱한 냉갈³ 속에서 당신은 언제나 하얀 등으로 쪼그리고 계셨다. 초등학교 시절 어머니는 날 앉혀 놓고 "복심아 보아라."로 시작하는 편지를 대필하게 하셨다. 서울의 큰딸에게 보내는 편지였다.

어머니가 불러 주는 대로 받아 적으면 될 일을 쥐방울만 했던 나는 성을 내며 툴툴거렸다. 떠오른 생각을 스스로 쓰는 것과 누

3　'연기'의 전남 방언.

군가에게 연필로 대필하게 하는 것은 다르다. 그리고 말과 글의 차이에서 오는 뉘앙스의 변화. 어머니는 당신의 뜻대로 옮기지 않는 나를 답답해하셨고, 나는 글로 적기 쉽지 않은 당신의 언어를 들을 때마다 골을 내곤 했다. 적어도 편지를 쓸 때만큼은 어머니는 내게 철저한 '을'이었다.

그런 어머니가 손수 쓰신 글을 보고 얼마나 후회했는지 모른다. 그리고 이제 더는 어머니께서 내 앞에 앉아 저 멀리 있는 누군가를 그리워하며 말을 전하지 않으실 것이다. 하시던 말씀을 끊고 밤하늘 저편을 살피는 모습도, 당신의 말을 찰떡같이 알아듣고 글로 옮겼을 때 대견하시다며 바라보시던 그 눈망울도 더는 보지 못할 것이라는 생각. 그래서 그날 어머니의 치부책은 내겐 뼈가 저미게 아픈 그 무엇이었다.

명지바람[4]이 수수꽃다리를 흔들던 어느 봄날. 어머니는 가셨다. 당신의 뜻대로 화장을 했다. 벽제 승화원의 전기로에 담긴 어머니의 몸은 1시간 30분 만에 앙상한 유골로 나오셨고 몇 주먹도 안 되는 재로 변한 당신은 하얀 단지 속으로 들어가셨다. 하얀 재 안에 금속 막대 하나. 돌아가시기 몇 해 전 대퇴골 골절로 수술받으며 박아 넣은 그것을 보며 나는 다시 울며 기진했다.

---

4   부드럽고 화사한 바람.

그리고 어머니의 노트 몇 권이 남았다. 그날부터였다. 당신의 집에서 챙겨 온 노트를 몇 장 넘기기도 전에 영락없이 앞이 흐려져 몇 번이고 읽는 것을 멈춰야 했다. 길을 걷다가도, 일하다가 문득, 자다가도 일어나 그 노트를 펼쳤다. 어머니의 노트에 코를 대면 뻘 냄새와 농약 냄새, 땀 밴 몸뻬 냄새, 꽁보리밥 가마솥에 허리띠 두른 시루번 냄새가 났다. 그리고 책장을 펼치면 비 오는 날 기스락에서 부서지던 어매의 구슬픈 장탄식이 바닥으로 흐르곤 했다.

　노트에 담긴 활자가 점점이 심장을 찔러 대길 여러 날. 나는 그 낡은 책을 서랍 깊숙이 넣어 놓았다. 저 표정, 저런 눈매였나. 결곡한 유관순 누나 같은 모습의 액자 속 어머니를 보며 나는 자꾸만 흐려지는 당신과의 기억을 소환하려 안간힘을 썼다.

　당신에 대한 그리움은 곧잘 아버지에 대한 원망으로 바뀌었다. 그럴 때마다 나는 역마살로 유유자적하며 전국을 유랑하다 집에 와선 장취불성(長醉不醒)으로 이승의 문을 영영 닫아버린 아버지를 끄집어내어 멱살을 잡고 고래고래 악다구니를 쓰며 가슴을 치다 쓰러져 울곤 했다.

　어머니가 가실 때 외롭진 않으셨을까. 어머니의 혼은 지금 어디쯤 가 있을까. 왜 나는 그해 어머니의 손을 잡고 봄 바다를 보러 가지 않았을까. 왜 그날 기운이 없던 어머니를 모시고 좋은 음식을 해 드리지 않았을까. 왜 나는 그때 안 먹겠다는데도 "그래도

조금만 먹어라."고 재촉하시는 어머니께 화를 냈을까.

어머니가 가신 그해 나는 끝없이 "왜"라는 질문을 던졌고, 질문을 모두 소진했다고 생각할 때 불쑥 새로운 질문은 나를 어지럽게 만들었다.

영혼이 사람의 육신에서 빠져나갈 때 맑고 푸르스름한 빛을 띤 혼불로 보인다고 한다. 대빗자루 모양의 꼬리 달린 불덩이는 남자의 혼불이고, 접시 모양의 둥글고 작은 불덩이는 여자의 혼불이다. 혼불이 집을 빠져나가고 나서야 그 집엔 어김없이 초상이 난다고 했다.

하지만 어머니의 혼불을 본 사람은 아무도 없었다. 차가운 아파트 숲에 홀로 갇혀서였을까. 우린 망인의 죽음을 알리며 옷을 지붕 위로 던져 올리지도 못했다. 어머니는 분명 물비린내도 없고, 대숲을 흔들며 달리던 바닷바람도 없는, 이 삭막한 철근 콘크리트 안에서 생을 마감하고 싶진 않으셨을 것이다. "용계댁"을 외치는 고향 동무들 품에 안겨 꽃동산 너머 옥색 바다 위를 날아가고 싶으셨을 것이다.

까까머리가 되고 맞이한 중학교 수학여행, 한 학년이 700명이 넘던 중학교에서 나 하나쯤 빠진들 무슨 표시가 나겠는가마는, 난생처음 태 자리를 벗어나 푸른 바다가 넘실대는 강원도의 꿈에 들떠 흥분했다. 하지만 며칠 안 가 굴참나무껍질 같은 어머니의

손등을 보면서 꿈을 접기로 하였다. 그리고 다짐했다. 공부 열심히 해서 명문 고등학교에 들어가고 그때 꼭 가겠노라고.

내가 S그룹에 합격했다는 소식은 제일 먼저 고향 이장 댁 느티나무에 매달린 확성기로 마을에 전해졌다. 그때 어머니는 산비알 골짜기에서 뚝새풀을 거둬 내느라 내 소식을 듣지 못하셨다. 일을 마치고 돌아왔을 때 옆집 동무 엄마가 소식을 전했다고 한다. 그날 어머니는 정화수 치성을 드리던 뒤꼍에서 한참을 끄억 끄억 흔들리셨을 것이다.

어머니는 내가 소년이었을 땐 "막둥이 장가갈 때까지만 살아야 쓰것다."고 입버릇처럼 되뇌셨고, 내가 결혼한 후엔 "제발 자식들에게 짐이 되지 말아야 할 텐데…."라며 당신께서 아직까지 살아 계심을 겸연쩍어 하셨다. 노인의 "죽고 싶다"는 푸념은 순전히 거짓말이라는 것을 알고 있었기에, 그럴 때마다 나는 당신의 그 어색한 거짓말이 해마다 계속되기만을 바라며 살포시 미소까지 지었다.

그런데 어느 해부터인가 어머니는 겨울철 가시나무처럼 마르기 시작했고, 자주 누워 계셨다. 그때마다 나는 불현듯 엄습하는 두려움을 일부러 떨쳐 내려는 듯 "잘되겠지" 하며 내일도 언제나 같은 날이 이어질 것으로 스스로를 속이곤 했다. 상투적이고 오래된 옛말. "부모님 가시고 나서 하는 효도는 아무 소용이 없다"는 그 말. 난 이제 어쩌면 좋나.

어머니는 당신 가시면 산새의 모이가 되게 뿌려 달라고 하셨다. 그물에 걸리지 않는 바람처럼 그 지긋지긋한 고통과 걱정에서 벗어나 자유로운 몸으로 훨훨 날고 싶으셨던 것 같다.

어머니는 역마살에 밖으로만 도는 아버지를 무척이나 원망하셨다. 아버지의 고향이 영암인데, 어쩐 일인지 어머니가 가장 좋아하는 노래는 하춘화의 〈영암 아리랑〉이었다. 노랫말에 "달을 보는 아리랑 님 보는 아리랑"이라는 대목이 있다. 어머니는 이 노래를 부르며 젊은 시절 온전했던 아버지를 생각했을까. 아니면 자식들은 끝내 알 수 없는 부부간의 연정이 그 시절에도 남아 있었던 걸까.

환생하신다면 어머니는 무엇으로 다시 오실까. 평생 검약하며 오 남매에게 희생하셨던 어머니. 그렇게 정 많고 올곧으며 이타적인 분의 다음 생은 어떤 모습일까. 법당 밖으로 나오니 하얀 꽃바람이 불었다. 어머니의 전생이 작은 석탑 둘레를 돌다 사라졌다.

제망모가

삶과 죽음의 길이
여기 있음에 두려워하고,
"나는 간다"라는 말씀도
못다 이르고 가셨습니까
어느 여름 무르익은 햇살에
무성히 우거진 갈매 잎 같은
어머니의 크신 사랑받고서도
당신 가는 곳을 전 모르옵니다
아아, 극락에서 만나 뵐 때까지
도를 닦으며 당신을 기다리겠습니다

이제는 고등고시(高等考試)를 폐지해야 할 때

공무원 채용제도는 그 뿌리가 고려 초 광종(光宗)의 '과거제도'에 닿아 있다. '직업공무원제'는 역량과 인품 있는 이에게 공무담임권의 기회를 부여해 능력으로 자아실현하고 공공선을 통해 국가 사회에 이바지하는 '경력직 공무원 제도'를 말한다. 공무원 공개 채용시험제는 9급·7급·5급 등이 있고, 특히 고등고시는 행정고시·기술고시·입법고시·외무고시·법원행정 고등고시로 분류할 수 있다.

이 제도는 급변하는 현대사회의 환경에 걸맞게 변화해 왔다. 해당 분야에 특별한 역량을 지닌 전문가를 영입하는 개방형 인사제도 등이 그렇다. 하지만 유독 5급 공채 시험만큼은 요지부동이다. 왜 그럴까? 한국전쟁 이후엔 국가 개발을 위해 우수한 인력을 확보하는 것이 급선무였지만, 지금 시대와는 걸맞지 않다. 오히려 이 제도의 특성으로 인해 인성과 역량이 검증되지 않은 부

적합한 관리자가 양산되고, 이로 인해 조직의 생산성이 저하되고 서비스의 질 또한 추락하기도 한다.

요즘 청년들이 얼마나 대단한가? 그런데 9급·7급·5급으로 임용하는 것이 적절한가? 고등고시를 통해 임용되면 지방정부의 경우 기초는 과장급, 광역은 팀장급으로 시작한다. 9급에서 5급으로 가는 기간은 빨라야 30년이다. 내 경우는 31년이 소요되었다. 공부 머리, 즉 암기 능력과 자격증 몇 개로 30년의 차이가 나는 출발점에 서게 된다.

2004년부터 미국의 예비 대학 수학능력 평가 방식의 논리력, 상황 판단 등 영역별 평가의 PSAT(공직적격성 평가)가 도입됐었지만, 이 역시 학원과 문제지로 수련하는 책상 공부의 성격에서 벗어나지 않는다. 5급 한 자리면 하위직 4자리가 생긴다. 그만큼 연봉의 격차도 크다. 물론 머리 좋은데 일까지 잘해서 조직의 역량이 효과적으로 쓰인다면 얼마나 좋겠는가. 하지만 실상은 그렇지 않다는 게 공직사회의 공공연한 평가다.

5급에서 9급으로 이어지는 명령계통은 융통성 없는 위계조직의 꼴을 하고 있다. 지금은 경제개발 5개년 계획으로 국정의 씨줄과 날줄을 짜고 위에서 지시하면 아래에선 집행하는 권위주의 개발 독재 시대가 아니다. 일사불란한 명령체계가 국가경쟁력을 담보하는 시대가 아님은 바로 옆 나라 일본의 '잃어버린 30년'에서도 검증된 것 아닌가. (현재 일본의 최대 고민 중 하나는 '사고하지 않

는' 정부조직의 혁신 문제다.)

1997년 IMF 구제금융 이후 노동의 비정규직화, 외주화로 인해 이제 정규직 공직자는 청춘의 열망하는 꿈의 직장 중 하나가 되었다. 경쟁이 치열한 만큼 등용되는 인물의 경력과 면면도 놀랍다. 하지만 고등고시 5급 출신과 7 · 9급과의 처우 차이는 너무나 큰데, 그 근거가 과거와 달리 매우 미미해졌다는 점이 문제다. 행정 수요자인 국민 입장에서는 고등고시 출신 여부가 중요하지 않다. 역량 있고 따뜻한 가슴을 가진 공직자면 되는 것이다.

고등고시 5급에 대한 현장의 여론도 흉흉할 때가 많다. 36년간 현장에서 수많은 고등고시 출신들을 상대하면서 느낀 점은 그들은 인성은 차치하고라도 현장과 밑바닥 사정을 너무 모른다는 것이다. 훌륭한 인품의 소유자도 있으나 일찍이 우월의식과 선민의식에 찌들어 등용 초기부터 조직의 사기를 떨어뜨리는 '완장'이 되기도 한다.

나는 고등고시제도를 점진적으로 줄여 나가기를 바란다. 이에 따라 내부 승진의 기회는 더 많아질 것이며, 조직 내의 위화감 또한 해소될 수 있다. 적어도 공직에 대한 호감도는 지금보다 치솟을 것이며, 고등고시를 거치지 않았으나 현장에서 바로 전력화될 수 있는 더욱 우수한 인력을 확보할 수 있을 것이다. 오히려 청년들의 공직에 대한 쏠림 현상이 더 심해질까 걱정마저 든다. 고등고시가 없어도 7급 공채 제도가 있으니 그 기능과 역할을 충분히

담보할 수 있을 것이다.

특히 일선 지방행정의 경우, 시민을 직접 상대하는 경험이 매우 중요하다. 이른바 경험칙. 그런데 서울시 등 광역지자체의 경우 실·국·본부장 대부분이 고등고시 출신이다. 새파란 고시 출신 후배의 기동력과 순발력 등을 활용한다는 명분으로 주요 직위를 독점하면서 그들만의 리그가 시작된다. 4급부터는 아예 라인을 챙기며 밀어 주고 끌어 주는 기묘한 갈라파고스 생태계가 형성된다.

만약 5급이 아니라 6급에서 공직을 시작해 현장의 실무와 서민의 애환을 직접 배우며 차근차근 성장한다면 어떨까? 그들이 선출직 공직자나 단체장, 중요한 기관장이 되었을 때 국민과 더 가깝고 실용적인 정책을 능수능란하게 구사할 수 있을 것이다.

모든 시스템은 혁신에 저항한다. 그 저항의 핵심은 사람의 기득권이다. 기득권을 허물고 개혁에 성공할 수 있는 방법은 공론과 위로부터의 혁신이다. 뜨거운 공론(公論)의 힘을 동력으로 해서 인사혁신처 등의 권한 있는 기관의 전향적인 결단으로 성과를 낼 수 있을 것이다. 지금 대한민국 공직자의 역량과 의식은 과거에 비할 바가 아니다. 옛날처럼 이도 저도 할 것 없으면 들어오는 곳이 공직사회가 아니다.

국민에게 수준 높은 서비스를 제공하기 위해선 공무원이 스스로 품위와 긍지를 느낄 수 있도록 처우해야 한다는 인식은 대략

김대중 정부 시절부터 뿌리내리기 시작한 것 같다. DJ 정부 때 지금은 고인이 된 김광웅(金光雄) 대통령 직속 중앙인사위원회의 초대 위원장(1999~2002)이 주도해서 공직자 보수체계를 대폭 손질했다.

개선된 처우만큼 유능한 인력들이 쉼 없이 공직의 문을 열고 들어왔다. (그러나 후배들의 미래에 대한 담보를 훼손한 박근혜 정부의 '공무원 연금 개악'은 구시대적인 공직자관의 결과. 공무원이 매월 떼는 기여금이 얼마인데 뭘 좀 알고 한 것인지?)

송호근은 『명강』에서 이렇게 주장한다.

"대학 입시와 더불어 한국 사회의 정의를 가늠하는 중요한 지표가 고등고시예요. 행정·사법·외무고시입니다. 이게 변하면 한국 사회의 정의는 변할 것입니다. 그런데 지금까지 자리 잡고 있어요. 왜냐하면 과거시험 전통 때문에 그래요. 조선시대의 과거제도가 500년 동안 시행됐습니다."[5]

다음은 2019년 현장에서 벌어진 사례를 직접 들은 것이다. 한 고등고시 출신의 부사장이 승진 심사에서 떨어진 서열 빠른 팀장

5 　송호근·유홍준·정재승 등, 「사회정의는 어떻게 실현되는가」, 『명강』, 동아일보사(2012), 21쪽.

들을 한 명씩 불러 면담했다고 한다. 그는 한 여성 팀장을 앉혀 놓고 그의 졸업 학교와 미혼 등의 이력이 담긴 신상 자료를 보면서, 자신은 승진을 시킬 수도, 떨어지게 할 수도 있는 생사여탈권을 쥔 권력자라 말했다고 한다. 불려 갔던 여성 팀장님의 당시 나이는 59세, 부사장의 나이는 51세였다.

그는 아무렇지도 않게 살생부를 흔들어 대며 직원의 인격을 모독한, 그 자리에 걸맞지 않은 사람이었다. 나 역시 직간접적으로 그에게 여러 번 당한 적이 있다. 막강한 힘을 가진 고위직의 한마디가 직원들에게는 큰 힘이 되기도, 평생 아물지 않는 상처로 남기도 한다.

인성과 역량을 검증할 수 없는 구시대적 5급 고등고시의 한 자리를 없애면 4명의 실력자를 뽑을 수 있다. 이제야말로 고등고시를 폐지할 때다.

미혹되지 마소

13년 전 5월의 햇살이 좋을 때였다. 고양시 덕양구의 화정 로데 오거리에서 책을 몇 권 사서 나오는데, 까만 가방을 멘 여성 2명이 내 앞에 섰다.

"아저씨, 인상이 좋고 눈이 참 맑으세요. 그런데도 수심이 가득한데, 저희가 도와드리고 싶어요."

그럼 요 앞 공원에서 얘기하자고 했더니 음료수를 사 달란다. 인근의 레스토랑에서 팥빙수, 커피를 시켰고 난 늪 속으로 서서히 끌려 들어가 녹아내렸다.

아저씨가 집안의 씨앗 자손인데 조상들은 해코질 하지 않지만 좋은 데로 가지 못하고 부모님과 조상님들이 모든 업을 나한테 부여했단다. 그분들이 구천에 떠돌며 씨앗 자손 주변에 머물면서 근심과 걱정이 집안에서 떠나지 않고 있다며 더 방치하면 큰일 난다고 했다. 마침 오늘이 길일인데, 원당 성소에 가서 치성을 드리

자며 나를 잡아끌었다.

홀린다는 것이 이런 느낌일까. 그들의 선의에 대한 기대감과 호기심이 나를 움직였다. 그들은 가까운 거리임에도 연신 두리번거리며 주변을 살폈다. 버스를 두 번이나 바꿔 타고 이른 곳은 문패도 없는 5층 빌라였다. 선방은 4층에 있었다. 꺼림칙한 기운이 스멀스멀 올라왔지만, 어쨌든 내가 여기까지 따라왔다는 것이 현실이었다. 선방의 문을 열었다.

남녀노소 한 무리의 눈길이 일제히 내게로 쏠렸다. 왜 그런 느낌이 들었을까. 그들 눈엔 넋이 없다는 생각이 들었다. 마치 일제강점기 징용에 끌려갔다 돌아온 자들처럼, 80년대 전기고문의 후유증으로 초점마저 사그라지던 눈빛들처럼. 그들 중 일부는 날 보자 익숙한 듯 일어나서 날 선방으로 끌고 가서 상담했다.

20분 정도 흘렀을까. 과일 상을 차려 놓고 기도를 하자고 했다. 치성(상)을 올리기 위해 지닌 돈(10만 원)을 내라고 했다. 기도할 때 뭐 해 달라고 주문하지 말고 '어머니, 아버지, 조상님 원한, 괴로움, 상처, 슬픔, 모든 짐 모두 털어 버리시고 이제 구천을 떠돌지 마시고 좋은 데(극락)로 가시라'고 빌라고 한다. 내게 흰 두루마기(소복)를 입히더니 법배 4배(손동작 상하)에 이어 좌우로 이동하며 수없이 절을 했다.

그들의 주문은 많았다.

"오늘부터 21일간 주의 사항 6가지입니다."

1 '~죽겠다.'라는 말하지 마라. (실수로 했을 때는 '죄송합니다.')

2 오늘 이 건은 누구에게도 말하지 마라. (부정 탄다, 끝난 후엔 괜찮다)

3 다리 꼬지 말고 떨지 마라. 뒷짐 지지 말고, 팔짱 끼지 마라. (복 달아난다)

4 21일 동안 터 밟기(매일 여기 선방으로 와서 상담 후 귀가할 것). 오늘 정성으로 구천에 떠도는 조상님 누군가는 좋은 데로 가시지만, 대상이 여러 분이기 때문에 21일 동안 정성을 드려야 한 분 한 분 올라간다.

5 문지방 밟지 마라.

6 여기 올 때는 인근에서 만나 같이 들어와야 한다. 전날 사소한 꿈이라도 얘기해 달라. 미륵보살을 모신다. 삼척 **면 **리에 도장(연수원)이 있다고.

'어머니, 아버지, 조상님, 원한과 괴로움, 상처, 슬픔, 모든 짐 모두 털어 버리시고 이제 구천을 떠돌지 마시고 좋은 데(극락)로 가셔요' 치성을 드리고 가려는데, 한 달간 꼬박꼬박 오란다. 물론 여기 올 때는 인근에서 만나 같이 들어와야 한다고 몇 번이고 강조했다.

집에 돌아온 나는 마나님(마눌+하나님)에게 끝없는 추궁을 당한 끝에 자백해야 했다. 나중에 알게 되었지만, 그들은 대순진리회

포교원들이었다. 현실이 눈에 들어오자 화가 치밀었다. 그들이 준 전화번호로 전화했다.

"내가 누군지 아느냐? 폴~(policeman)로 나가는, 당장 내 신상명세 소각하고 다시 오라 가라 하면 너희들 모두 쇠고랑 찰 줄 알아라!"

그렇게 호통을 치고 나서야 겨우 벗어날 수 있었다.

봄 햇살에 마음의 빗장을 모두 열어 둔 결과였을까. 미혹되어 따라간 변두리 빌라의 4층 방. 그곳에서 그들은 그들의 '복낙원(復樂園)'을 꿈꾸고 있었다. 삶에 배신당하고 세파에 지친 방랑자들이 몸부림 끝에 도착한 작고 어두운 궁(宮), 어쩌면 그곳은 그들에게 바깥세상에 내몰려 도착한 막다른 골목일 수도, 아니면 영영 깨지 않는 달콤한 꿈결일 수도 있을 것이다.

나는 반나절 동안 미혹되었고, 그들은 미혹된 끝에 신념화되었다. 인생엔 늘 안온한 허상과 참혹한 진실을 선택해야 하는 기로가 있다. 영화 『메트릭스』의 전설적인 대사, "빨간 약 먹을래, 파란 약 먹을래?" 인생의 절반은 수행이라는 말이 있다. 그래서 우리, 미혹되지 않고 비록 아프더라도 차가운 현실을 걸으며 별을 헤아릴 수 있는 눈을 잃지 않기를. 미혹을 통해 새로운 지혜를 얻기를.

천생연분까지는 아니더라도

대법원의 확정 판결이 났음에도 '불법건축물 이행강제금'을 체납하고 있는 분이 있었다. △△동의 '빅 마우스'로 눈썹이 숯과 같이 진한 분이셨다. 그분은 직원들 사이에선 '괴물'로 통용되었다. 수년간 송사를 하며 민원을 반복해서 제기하여 붙은 별칭이다.

관련 사안을 꼼꼼히 살펴본 후 담당자와 함께 그분의 집에 찾아갔다. 가족들과 한 시간가량 얘기를 나누었다. 이후 나는 2차례 현장과 구청을 오가며 그 건을 살폈다. 그 과정에서 일부 이행강제금이 잘못 산정되어 과도하게 부과된 부분이 있었다. 감액해 드리자 나에 대한 믿음이 쌓였는지, 서울시청까지 쫓아다니던 그분이 내게 호소했다.

집에서 여기까지 지하철을 타고 왔는데, 이제는 허리도 망가졌고 몸도 성치 않은데 매일 이 지경이라며 한숨을 뱉었다. 그분을 댁까지 차량으로 모셔다 드리는데, 그는 감액 또는 탕감을 호소

하며 눈물까지 글썽였다(순간 고지가 눈앞이라고 생각했다). 하지만 사연을 듣고 보니 기가 막혔다. 5층짜리 다가구 주택의 5층이 불법이었다.

"4층까지는 정상적으로 준공검사가 났고, 시공업자는 구청에서 5층은 증축으로 준공검사 해 준다고 했거든요. 그런데 허가부서에서 약속을 어겼어요."

내가 물었다.

"그럴 리가 없지 않습니까? 법원도 선생님의 주장을 받아들이지 않았잖아요. 혹시 다른 문제는 없었나요?"

내가 꼬치꼬치 캐묻자, 그는 긴 한숨을 내쉬고 창밖을 보면서 중얼거렸다.

"세상 물정을 너무 모르고 살았습니다. 시공업자에게 당했어요. 시공자가 설계 등 모든 것을 다 알아서 해 준다고 하기에 돈을 줬지만 막상 일이 터지니 법정에서 자기는 시공 안 했다고 하고, 당시 시방서·계약서 등은 찢어 버린 후라서 판사가 계약 근거를 제시하라고 하는 데도 제시 못 했습니다."

소송은 이미 완전히 종결되어 만약 체납처분을 이행하지 않으면 공매까지도 넘어갈 수 있는 상황이었다. 그는 결국 체납된 3,700만 원을 3회에 걸쳐 완납했다.

불법건축물 단속이나 무허가 노점 단속과 같은 업무는 사람을 지치게 한다. 업무의 특성으로 인해 나는 화사하게 웃는 얼굴

보다 적대감으로 찡그리고 노려보는 얼굴을 더 많이 만났다. 불법을 저지른 이가 오히려 "돈 받은 놈들이 무슨 낯짝으로 단속이야!"라며 삿대질을 하면서 의기양양하게 욕설을 퍼부을 땐 정말 복장이 터진다고나 할까.

드라마 〈동백꽃 필 무렵〉엔 부모에게 버림받아 평상 따돌림당하고 살아왔던 '동백'이라는 여성(공효진 분)이 등장한다. 그녀는 마음이 답답할 때마다 마을 기차역을 바라보며 시간을 보낸다. 그녀가 선망하는 직업은 철도공사 유실물센터 직원이다. 그녀에게 유실물센터 직원은 물건을 잃어버려 가슴을 졸이던 이들에게 언제나 "감사합니다.", "덕분에 물건을 찾았습니다."라는 말을 듣는 직업이다.

아마도 이 장면을 보면서 깊은 곳에서 뜨거운 것이 올라오는 것을 느꼈던 사람들이 많았을 것이다. 콜 센터 직원과 같이 감정노동을 하며 고객의 분노와 욕설을 끝없이 감내해야 하는 이들.

내가 닥친 분노는 주로 일시적이고 즉흥적이라기보다 오래 묵은 적대감과 증오심 같은 것들이었다. 불법을 바로잡으려는 공무원과 그 '시정'으로 인해 자기 삶이 흔들린다고 믿는 이들. 하지만 만남이 그렇듯 사람마다 결이 있고, 또 극악할 것 같은 상황에서의 어떤 만남은 묘하게도 유순하게 흘러가곤 한다.

별것도 아닌 일로 직원을 쥐 잡듯 괴롭히는 민원인이 어느 날 나의 대수롭지 않은 행동으로 유순해지는 경우도 많이 보았다.

사람마다 맞는 사람이 있는 것일까. 나는 천생연분까지는 아니더라도 악연이 시작되는 곳에서 좋은 인연의 씨앗이 뿌려지는 경험을 꽤 했다.

마케도니아의 군주 알렉산드로스는 당대의 폭마(暴馬) 부케팔로스를 단번에 길들였다. 부케팔로스는 사람까지 잡아먹었다는 소문이 돌 정도로 난폭하고 힘이 좋은 말이었다. 마케도니아의 맹장들이 나섰지만 모두 이 말을 길들이지 못했다. 하지만 알렉산드로스는 부케팔로스가 무섭게 날뛰는 이유를 '두려움'이라고 보았다. 해를 등지고 다가오는 이의 그림자를 보고 흥분했다고 본 것이다.

알렉산드로스의 손길이 닿자 부케팔로스는 잠잠해졌다. 알렉산드로스는 부케팔로스의 처지를 살폈고, 부케팔로스는 알렉산드로스에게 교감하며 순명했다. 그의 나이 12세였다. 이후 알렉산드로스는 부케팔로스와 함께 전장을 누볐다. 나중 부케팔로스가 죽어 매장한 땅에 '부케빌리아'라는 이름을 선사해 추모했다고 한다.

영웅의 곁에는 항상 명마가 있었다. 트로이전쟁의 가장 위대한 그리스 영웅 아킬레우스의 신마(神馬) 크산토스, 나폴레옹의 마렝고, 항우의 오추마, 당나라에서 활동한 고구려 유민 출신의 장군 고선지에게는 청총마가, 적토마(赤兎馬)는 동탁, 여포, 조조, 관우, 마충으로 이어졌다. 조조에게는 또 다른 명마, 발굽이 노

랗고 번개처럼 빠르게 내달렸다는 '조황비전'과 그림자가 보이지 않을 정도로 빨리 달렸다는 '절영마'가 있었다고 한다. 역성혁명으로 고려를 갈아엎은 조선의 국부 이성계에게는 '유린청'이 있었다지.

　업무를 위해 달린 곳을 전장으로 친다면, 나의 애마 페가수스는 대우 르망 GTE일 것이다. 1995년 의정부의 K 선배가 물려준 산전수전 다 겪은 연로한 백마.

어떤 이들은 지하수를 닮았다

1990년 즈음 종로에 근무할 때의 이야기다. 행정조직 업무는 반복의 연속이다. 물론 일을 반복하면, 해당 분야에 대해 깊이 알게 되고 업무 처리도 빨라진다. 조직 전체로 보았을 때 '효율적'일 순 있겠지만 당사자는 죽을 맛이다. 어제가 그제 같고 오늘이 어제 같아 세월의 시침은 내 사무실만 비껴가는 듯했던 그때, 새로운 업무에 배치되었다.

그런데 이게 웬걸. 이름도 생경한 하수과다. 하수과는 하수들이 근무하는 곳인가? 속으로 신소리를 주억댔지만, 아니나 다를까. 정말로 하수과는 힘없고 백 없는 직원들의 집합소였다. 일전에 인사팀장에게 편지로 업무 고충을 전달했는데 그분은 대뜸 그 내용을 인사팀원들에게 공개해 버렸다. 부서의 웬만한 사람들은 모두 이 내용을 알고 있는 듯했다.

당연히 비밀을 지킬 것으로 생각하고 올린 고충이었다. 보안을

유지해야 할 사람이 오히려 내 글을 잘 쓴 글이라며 공개해 버린 것이다. 그 편지에 어디 좋은 내용만 있었겠는가. 내 책상 서랍엔 그때 그 편지의 사본이 남아 있다. 다시 보니 나도 모르게 미소가 번진다. 그땐 참 푸르렀다. 세월 따라 자연히 쌓이는 먼지조차도 용납하지 못할 정도로.

그땐 인사발령 방식도 무척 공개적이었다. 그 팀장 아래 늙수그레한 인사주임이 구내방송으로 인사발령 대상을 느릿느릿 호명하면 직원들은 마른침을 삼키며 사무실 귀퉁이에 걸린 스피커에 모든 정신을 집중해야만 했다. 지금은 상상도 할 수 없는 처사다.
하지만 어지간히 대가 셌던 나조차도 일제강점기에 출생신고를 하셨던 고참 어르신들께는 감히 어찌할 생각을 하지 못했을 때다. 새로운 업무는 지하수 출수량 조사였다. 1년에 2~3개월을 집중해서 진행해야 하는 고된 업무다. 당연히(?) 종로구에서 가장 멀고 수전도 많은 변두리가 내 차지가 되었다.

그 당시엔 업무용 차량은 언감생심 그저 걷고 또 걸어야 했다. 하루에도 몇 번씩 공중목욕탕의 탕에 들어가 방수배관에 순간유량계를 들이댔다. 양복을 걸치고 들어갈 수도 없는 노릇이었다. 배관에 기계를 대고 있으면 목욕탕의 모든 나체들의 시선이 이쪽으로 쏠렸다.
시내 복판에 있던 어떤 단체의 빌딩은 뒤뜰에 우물이 있었다.

우물은 바지랑대보다 깊어 사다리를 이용해 내려가야 했다. 언젠가 TV에서 탄광 노동자들이 갱도로 들어가는 모습을 본 적 있다. 그들은 승강대에 앉아 한도 없이 내려가며 멀어져 가는 하늘을 이따금씩 보았다. 뭐 그 일이 그 정도까진 아니었지만, 무거운 쇠뚜껑을 열어 20㎏의 초음파유량계를 메고 내려갈 땐 때로 공포심마저 들었다. 지하수 배관이 작은 것은 구멍에 순간유량계를 들이대면 출수량을 측정할 수 있었지만, 규모가 큰 것은 007가방처럼 생긴 초음파유량계를 설치하여 측정해야 했다.

출수량은 지하수 요금 산정의 기초가 되기 때문에 업자나 건물주 입장에선 예민할 수밖에 없었다. 특히 매일 엄청난 물을 받아 쓰는 목욕탕이나 수영장 같은 설비는 더더욱. 1990년대 중반까지는 공무원 안주머니에 흰 봉투를 찔러 주는 일이 예사였고, 거꾸로 공무원이 거마비를 요구하기도 했다.

하수과. 정말 힘없는 부서지만, 서민에게는 관에서 과금(課金)하는 공직자는 하늘이었으리라. 민간인들이 내게 어떤 식으로든 잘 보이려고 하는 모습을 보며 이런 생각을 했다.

'이렇게 작고 보잘것없어 보이는 업무의 뒤란에도 부정의 싹은 자라나겠구나.'

업체 사장들은 직원을 구워삶으려 들고, 심장이 두꺼운 직원은 푼돈의 유혹을 떨쳐 버리지 못하고 고작 유흥비에 탕진해 버리는 악순환의 늪 말이다. 매일 익숙해지지 않으려 노력하며 자기 관리를 해야겠다는 생각을 했다.

TV에도 신문에도 나오지 않지만 보이지 않는 곳에서 묵묵히 세상과 삶을 지탱하는 사람들이 있다. 어떤 이는 평생 버려진 아이들을 후원하며 그들이 대학을 가고 취업할 때까지 속앓이를 하고, 또 어떤 이는 해외로 밀반출된 도난 문화재와 일제강점기 시절 빼앗긴 문화재를 찾기 위해 생을 바친다.

우리 동료 중에도 야학 봉사를 하는 이가 있다. 그들의 삶은 뭐라고 해야 할까. 그건 마치 지하수와 같다. 눈에 띄지 않지만 늘 흐르고 있으며 겨울을 견뎌 뿌리를 적셔 마침내 봄꽃을 피우는 지하수.

꼭 이렇게 훌륭한 일로 생을 빛내는 분들만 이런 몫을 해내는 건 아니다. 역한 분변 냄새를 참아 가며 정화조를 흐르게 하는 이들이 있고, 매일 새벽 대학로 광장에서 밤새 (비둘기에게 줄 요량으로?) 무언가를 잔뜩 토하고 돌아간 이들의 흔적을 지우는 사람도 있다. 공직자들이 하는 일은 사람들의 생각과 달리 눈에 보이지 않는 일이 대부분이다.

그 동네 꼴통 동장

2020년 상암동장이 된 지 얼마 안 되었을 때의 일이다. 동장실로 불쑥 찾아오신 손님. 걸음마다 바람을 몰고 다니는 듯한 착각을 일으키게 하는 위풍당당 C 의원님이었다. 초선 비례대표 구의원으로 안면은 있었지만, 구청에 있을 때 함께 일한 적이 없어 그저 데면데면한 사이였다. 초선이었지만 매사 적극적이었고 밝은 목소리로 사람에게 다가서는 외향적인 분이었다.

통상 동장이 부임해서 먼저 인사 전화를 하고 직능단체 회의나 행사 때 서로 안면을 트는 관례를 무참히 깨 버리고 성큼성큼 내 방문을 두드렸다. 예전에 개인 사업을 했던 경험이 있어 사람을 빨리 사귀는 기질인 데다, 새로 온 동장과 안면을 터서 이후 활용하려는 것 같았다. 내심 화끈한 성격이 싫지 않았다.

이야기를 나누다 보니 점차 사적인 이야기로도 깊어졌다. 알고 보니 고향 후배다. 동향인이라는 점이 마음의 빗장을 더욱 느슨

하게 했던 것 같다. 그녀가 내게 말했다.

"동장님, 꼴통으로 소문난 것 아시죠?"

"그래요? 강성이라는 얘기는 가끔 듣는데 '꼴통'은 처음이네요. 아주 흥미진진한데요. 누가 그래요?"

솔방울 눈으로 물었다.

"의원님들이 다 그래요. 동장님은 골나면 의원들도 패 버린다면서요? 시방 동장님과 얘기해 보니 많이 달라 보이는데요?"

꼴통이라. 난 그 꼴통이라는 말이 싫지 않았다. 이름값 못하는 이들에 비하면 이 얼마나 홀가분한가. 밑져야 본전인데, 이보다 더 좋은 장사가 어디 있겠는가? 조금 엇나가도 사람들은 "원래 걔는 꼴통이잖아."라며 넘어갈 것이다. 거침없는 걸음걸이와 닮은 그녀의 직설 화법에 내 마음도 그녀에게 성큼성큼 다가갔다.

> "나의 잘못을 말하는 자는 나의 스승이고, 나를 좋게 말
> 하는 자는 나의 적이다."

임진왜란 때 경상우도순찰사였던 학봉(鶴峰) 김성일(金誠一)의 말이다. 말이 그렇지, 면전에서 한다는 게 어디 쉬운 일인가. 그는 내가 가진 첫인상을 배신하지 않았다. 첫날 그녀가 구사했던 화법만큼이나 일도 만남도 투명했다. 이후에도 날 많이 도와주었다.

2020년 3월 비 오는 날이었다. 퇴근 무렵 동장실에 들른 그는

그날따라 유난히 풀 죽은 목소리로 울먹였다. 당시는 신천지 교인들을 중심으로 대구에서 코로나가 급속하게 확산되고 있었다. 마침 자원봉사캠프 일원 중 미싱 기술이 뛰어난 분이 있어 방역 마스크를 만들어 대구에 내려보내는 사업을 준비하고 있었다.

　원단비 등 150만 원 정도 드는 비용까지 마련할 계획을 구체화하고 있었으나, 동주민센터에서는 코로나 집단 감염 우려 때문에 마스크 공동 제작에 부정적이었다. 게다가 그녀와 경쟁 관계에 있었던 구의원들은 이를 정치적 행사로 보고 못마땅하게 여겼다. 자신의 본심이 곡해되어 공격받는다고 생각한 그녀는 상처받은 듯했다. 평소 바람을 일으키며 활달하게 다니는 모습에 감춰졌던 그녀의 본모습이랄까.

　그녀는 많이 서운해했다. 담당 팀장은 물론 이 일을 적극적으로 도와주지 않은 나에게도. 난 자초지종을 듣고 마음을 풀어 주었다. 그녀는 이제 비례대표의 한계에서 벗어나 당당하게 지역구 의원으로 재선하여 지금은 맹활약 중이다.

호주머니 속 그 도토리

우리 동네 화정동 꽃마을엔 작은 뒷산이 하나 있다. 사유지이지만, 주민들이 좋아하는 산책로이다 보니 사람 발길이 닿지 않은 곳이 없다. 축구장 2개만 한 조그만 야산이기는 하나, 콘크리트 빌딩에 둘러싸여 사는 주민들에게 소중한 곳이다. 군부대 시설로 사용하던 흔적이 남아 있고 철조망도 그대로다.

24년간 이 동네에서 살며 이 산이 계절을 타는 것을 모두 지켜보았기에 내게도 무척 소중한 숲이다. 먼 산은 못 가도 틈틈이 오르내려 작은 돌 바위 하나하나 기억하고 있다. 산 이름은 지렁산. 십 분이면 오를 수 있는 산 정상(?)엔 커다란 고인돌 모양의 바위도 있다.

산꽃과 열매가 풍성했던 어느 해는 실뱀도 몇 번 보았다. 아마도 산의 이름표는 이 파충류와 관련이 있는 듯하다. 어느 날 오래된 아파트 근린공원 목책에서 배춧잎을 삼시 세끼 먹은 듯한 도마

뱀을 만난 적도 있다.

산자락에 우리 아파트가 들어서고 이후 고등학교가 세워지더니 얼마 지나지 않아 민방위 교육장이 생겼다. 산의 발가락이 하나둘 잘려 나가고 있었다. 대형 차량 정비시설이 들어선 후, 얼마 전에는 작은 새끼발가락마저 자른 터에 물류창고로 보이는 커다란 건물이 들어섰다. 산의 입장에서 보면 다행인지 불행인지 시야가 완전히 가려진 셈이다. 사계를 또렷하게 느낄 수 있는 진풍경마저 사라지지 않을까 내심 조바심이 인다.

이 산엔 참나무가 많고 다음으로 밤나무가 많이 자란다. 가을이면 산머리 부분에 풍성하게 열린 알밤이 지천이다. 씨알이 골프공만큼 자라면 사람들은 짙은 밤 향내에 끌려 떨어진 밤송이를 발로 까기에 여념이 없다. 산 주인으로 보이는 아주머니의 쇳소리 호통에도 아랑곳없다. 나도 몇 번 그곳에서 스릴을 즐겼다. 비탈을 구르는 알밤과 막대기를 휘두르며 소리를 내지르는 산주(山主) 사이에서.

어느 해 늦가을 해가 식어 가던 무렵이었다. 청설모 한 마리와 눈이 마주쳤다. 낙엽을 뒤지다 나를 발견한 청설모의 눈은 다급해 보였다. 청설모가 부지런히 움직여도 수확은 기대할 것이 못 되어 보였다. 이미 사람들의 호주머니와 가방, 또 누군가의 자루 속으로 도토리는 죄다 수거된 후였기에. 이제는 정말 그만두어야 한다.

한때 배곯던 시절 우리에겐 소중했던 구황식물(救荒植物)이었지만, 지금이 어디 그런 시대인가. 음식물 쓰레기가 넘쳐나고 어르신들도 이제 보신탕 대신 흑염소탕을 찾지 않던가. 도토리묵이 아니더라도 먹을 것이 넘치는 시대에 살고 있다. 사람에겐 한때의 즐거움이겠지만, 다람쥐나 청설모, 갈까마귀, 딱따구리에겐 눈 쌓인 겨울을 버틸 수 있는 유일한 식량이다.

겨울에 시골길을 가다 보면 볏단을 모두 베어 낸 자리에 하얀 공룡알 같은 것을 볼 수 있다. 젊은 친구들은 눈 쌓인 들판에 놓인 이 정체 모를 원형 물체를 '마시멜로'라고 통칭하나 보다. '볏짚말이'나 '곤포 사일리지'라고 불리는 이것은 추수를 끝낸 논의 벼를 알뜰히 수거해서 원형으로 말아 둔 것이다. 주로 소나 돼지 등의 사료로 판매된다.

문제는 이렇게 사일리지로 포장된 논엔 떨어진 이삭이 거의 없다는 것이다. 그래서 이런 논이 많을수록 철새들에겐 고달픈 여행이 된다. 파주와 천수만, 김포의 철새도래지의 지자체는 농민들에게 사일리지만큼의 돈을 주고 그냥 볏단을 뿌려 놓는다. 긴 거리를 날아오느라 기진한 철새들은 이런 논에서 배를 채운다.

혹자는 조류독감을 이유로 철새들에게 먹이 주는 것을 중단해야 한다고 말하기도 하지만, 생태계 어느 종이든 개체 수가 치명적으로 줄어드는 것의 후과는 반드시 최상위 포식자인 인류에게 향하기 마련이다. 꿀벌이 사라지면, 세계 농작물의 70%가 사라

진다는 말이 있듯. 그러니 그대여, 산에 가거들랑 주머니에 넣은 몇 알의 도토리마저 다 숲에 털어놓고 오시라.

퇴임을 앞두고 K에게

K군. 한 번쯤은 노포의 난롯가에 앉아 밤새 두런두런 이야기를 나눌 수도 있었을 텐데. 떠날 때가 되니 아쉬움이 남네. 그런 거 잘 알잖나. 나이 들수록 젊은 사원에게 말을 조심하게 된다네. 혹여 내 말이 '라떼는 말야'식의 끝없는 회고담으로 들릴까 봐 그간 자네에게 긴말을 자제했네. 그래도 떠나는 마당에 자네에게만은 내 이야기를 남기고 싶었네.

대놓고 말하진 않았지만, 자네를 볼 때마다 참 바르다는 생각을 하곤 했지. 그리고 그 푸름이 세월에 변색하지 않고 자라서 많은 이들에게 그늘을 드리울 수 있는 나무가 되었으면 좋겠다고.

'장강의 뒤 물결이 앞의 물결을 밀어낸다(長江後浪推前浪, 장강후랑추전랑)'고 하지. 이 말을 사람들은 세대교체의 뜻으로 사용하네만, 이치로 따지면 앞의 물이 길을 내어야 뒤의 물이 폭을 넓히며 흐르는 것이 아니겠나. 그리고 처음 물길을 내야 하는 앞 물의

운명은 보통 흙탕물일세. 대지에 흔적도 없이 스며들어 사라지기도 하고 토사와 합쳐져 뒹굴며 길을 냈던 이들일세.

그래서 그들의 삶엔 무언가 정리되지 않은 구닥다리의 흔적과 온몸으로 맨땅을 파며 흘렸던 투지도 함께 녹아 있네. 권투로 치면 한 방에 통쾌하게 상대를 쓰러드리는 쾌감은 없지만, 매회를 버텨 끝없이 맞으면서도 잽을 던져 끝내 9회 말에 상대의 다리를 풀리게 만드는…. 아마도 나와 내 선배들의 삶이 지구력과 근성으로 점철된 데에는 그런 연유가 있었을 것일세.

처음 조직에 들어올 때 난 총무처를 지원했네. 보기 좋게 낙방하고 서울특별시장의 옥새가 찍힌 임명장을 받았지. 그때 난 처음 알았네. 서울시가 지방이라는 것을. 원하지 않는 곳에 배정되니 통 일이 손에 잡히지 않더군.

끝없이 흔들리는 마음에 난 다시 한국전기통신공사에 지원했지만 다시 낙방했네. 자네에게 재수의 경험이 있는지 모르겠지만, 젊은이에게 확정되지 않은 미래를 준비한다는 건 어떤 가능성이기도 하지만 한없는 불안감이기도 하네. 난 그렇게 3년이라는 시간을 흘려보냈네.

1986년을 기점으로 서울시가 17개구에서 25개구로 분구되었지. 인력이 필요하니 승진 기회도 자연히 찾아왔네. 1989년, 내부 승진시험을 통해 난 서기가 되었네. 지금도 기억나네. 수험번호는 1200번대. 고르바초프의 서기는 아니었지만, 이왕 하는 것

제대로 하자고 다짐했네. 고르바초프에 '서기장'이라는 단어를 자연스럽게 떠올리는 사람은 젊은 시절 소련의 붕괴를 목도한 세대일세. 서기장이라는 말이 어색하다면 자네가 그저 젊다는 뜻이니 기뻐하게.

1999년 3월 15일은 내게 뜻깊은 날이네. 수송국민학교 자리 1번지에서 근무하던 내가 마포로 적을 옮긴 날. 그때 멤버 중 두 분이 아직 조직에 있네. 2008년부터 2016년까지 내리 단속팀장을 했지. 4연속이었고 기간으로 따지면 8년 3개월이었네. 실업대책추진반에 배속받으니 혹자는 잉여 인력풀이라고 했지. 그때 반장이었던 사무관들이 문책성으로 내려오는 자리라는 인식이 강했다네. 썩 기분 좋은 일이 아니었지.

자네도 들어서 알겠지만 단속팀 업무는 매일이 전쟁이었다네. 무수히 펄럭이는 깃발 아래 갖은 욕설과 린치를 감당하며 한 점씩 나아가야 하는 일이지. 그 전쟁은 5년간 이어졌던 1차 세계대전보다 길어서, 나는 사무실에 앉아 영원히 끝나지 않는 서부전선의 참호전을 생각하곤 했네. 홍대·신촌권·도화동 한전서부지점 앞이 바로 내 전장(戰場)이었네.

자정 넘어 불야성을 이루던 기업형 노점을 일제히 단속한 건 20년 만의 대집행이라고 하더군. 대규모 강제집행만 12회였으니 몸도 마음도 금방 타 버리더군. 난 늘 12월 31일의 해넘이를 보면서 '내년엔 나를 대신할 후임이 오는 기적'을 기도했다네. 3년

간 직위 공모를 해도 누구도 단속 팀에 오려 하지 않았네. 기적처럼 응하는 인원이 왔지만 1년을 못 버티고 모두 줄행랑을 치더군. 직원 세계에서 단속팀장은 3D 업종 중에서도 가장 열악한 보직이었지.

'어떻게 단속팀장 업무를 8년 3개월이나 했냐?'면서 혹여 체질이라고 오해하는 이들도 있었네. 개미지옥에 갇힌 나방이 좋아서 그곳에 머무는 것이 아닌 것처럼 나 또한 그랬네. 난 유폐되어 잊히던 사람이었네. 마치 망가진 전자제품을 폐기하는 것처럼 사람을 한번 분류하면 그 사람은 폐기된 물건 취급을 받았지. 순환되지 않는 조직의 생리를 보면서 난 중세의 계급제도를 떠올렸네. 한번 내몰리니 끝이라는 생각에.

그럼에도 남들은 7~9년 걸린다는 사무관 승진을 나는 만 12년 만에 했네. 입사 동기들이 모두 사무관이 될 때에도 난 여전히 거리에서 철거 진용을 가다듬는 일을 하고 있었지. 처음엔 마포의 '워스트'들은 죄다 단속반에 배치된다는 말을 믿지 않았지만, 세월이 흐르며 확신하게 되었네. 이 조직에서 회자되는 말들은 대체로 사실에 부합한다는 것을.

긴 고통의 시간이었는데 난 그 고통의 실체가 무엇인지 나중에야 알았네. 그건 승벽심이나 고단함에 대한 불만 같은 것이 아닐세. 외로움이었네. 그 지독한 소외에서 오는 외로움 말일세.

'난 영문 모를 어떤 이유 때문에 철저히 버려졌구나.'

현장엔 늘 칼바람이 몰아쳤지만, 내 마음속엔 언젠가부터 바람이 사라지고 있다는 것을 느꼈네.

언젠가 요트로 '무동력 무기항 단독 세계일주'를 하는 사람의 다큐멘터리를 본 적 있네. 200여 일의 항해 중 가장 두려운 순간은 폭풍이 아니라 무풍(無風)이었다고. 무풍지대는 블랙홀과 같아서 한번 들어가면 영원히 빠져나올 수 없을 것 같은 분위기를 연출한다지. 때로 이 무풍은 일주일 이상 지속되기도 하는데, 엄밀히 말하자면 무풍이라는 기후가 지속되는 것이 아니라 '무풍지대'라는 특정 지대에 갇힌 거라네. 그곳에서 바다는 깊은 침묵에 빠지지.

바다는 태양빛을 받는 거대한 반사경이 되어 낮 동안 주변을 눈이 멀 정도의 광휘로 삼켜 버리네. 온몸이 익을 것 같은 고통 속에 미동도 없는 적요함이 이어지면 미칠 것 같은 외로움에 사로잡힌다고 하네. 자신의 숨소리마저 삼켜 버리는 그 절대적 정체(停滯) 속에서 사람이 할 수 있는 것이라곤 숨을 쉬거나 미친 듯이 노래를 불러 '소음'을 만드는 것이라고 했네.

나는 나의 무풍지대에서 세월을 견딜 수 있는 힘을 '책'에서 찾았네. 자네도 기회가 있다면 느껴 보게. 적막한 곳에서 책장을 넘기면 그 소리는 마치 파도 소리로 들린다네. 난 한 줄씩 읽어 한 쪽을 넘길 때마다 작은 파도 소리와 바람 소리가 나는 것만 같았네. 그리고 나는 기록에 몰두하였네. 2004년부터 틈틈이 습작했고, 생활의 작은 변화를 크게 받아들이기 위해 기록하고 생각

했네.

 일기는 입사 이듬해인 1986년부터 쓰기 시작했는데 이는 자신의 선택과 마음을 객관화하는 데 도움을 주었네. 행정전산망이 들어온 때가 아마 1990년 중반이었을 걸세. 2006년에 한 번 하드가 깨지기는 하였지만 1986년부터 쓰기 시작한 업무 관련 빅 데이터는 차곡차곡 내 곳간에 적재되었지. 이곳엔 내가 겪었던 다양한 체험과 실무적인 판단, 그리고 법령정보와 대처 방안이 깨알같이 기록되어 있었기에 실무에서 길을 잃은 후배들에게 요긴한 지침서로 쓰이기도 했지.

 작년 세밑 종합건강검진을 받았네. 검진 며칠 지나 우송된 결과는 매우 심각했네. 난 그러고도 눈앞의 업무를 처리하느라 서랍 속에 그 결과표를 방치했지. 42일이 지나서야 부랴부랴 신장내과, 소화기내과의 정밀 검진을 받았지. 조영제가 혈관을 타고 전신에 퍼지는 느낌은 마치 고춧가루에 몸이 절여지는 느낌이랄까. 너는 이번에 혼구멍이 나야 해, 그러는 것도 같았네. 원통의 CT 촬영기에 몸을 집어넣으면서 여러 생각이 들더군. 건강이 제일이라는 말은 누구나 할 수 있지만, 습관을 통해 건강을 유지하는 것에는 많은 노력이 따르는 법이라는 것을.

 조직검사와 문진을 받고 다행히 더 살 수 있다는 '집행유예'를 선고받았네. 술도 담배도 하지 않지만 스트레스가 소리 없이 몸

을 갉아먹었던 것 같네. 세상일이 다 그렇지만, 사람과의 관계만큼 어려운 게 또 있겠나. "바다가 말라 바닥을 볼지언정, 사람은 죽어도 그 마음을 알 수 없다(海枯終見底 人死不知心)."는 말이 괜히 나온 게 아니지.

부디 부탁하네. 자네도 얼마 안 가 인사에 큰 영향을 미칠 수 있는 지위에 올라갈 걸세. 열심히 일하는 사람이 정직하게 대우받는 조직, 잔머리 잘 굴리고 포장만 잘하는 사람은 금방 들통이 나서 도태되는 조직문화를 만들어 주게. 일보다는 뒷담화에 열중하고 없는 말도 지어서 유포하는 사람은 조직의 활력을 죽이고 사람의 삶을 망가뜨릴 수 있네. 부디 자네는 손님 같은 종업원이 아닌, 주인 같은 종업원이기를 기대하네. 공자님 왈(曰) "나무 심기에 가장 좋은 때는 20년 전이었다. 그다음 좋은 때는 바로 오늘이다."라고 하지 않았나.

내 공직 생활 36년 중 25년을 야전에서 보냈네. 사무실의 책상이 서류와 법령의 터전이라면 야전은 구체적으로 살아 숨 쉬는 사람의 세계네. '사람의 세계'에서 요구하는 것은 지침과 법령을 외우고 있는 관료가 아닌, 손을 맞잡아 줄 사람이었네. 법령과 규정을 읊으며 집행하는 사람은 흔하지만, 현실적인 방책을 함께 고민하는 '사람의 온기'는 아무나 줄 수 없는 것이네.

불행히도 내 공직 생활의 8년여는 단속 업무였네. 때로는 행정적 물리력을 동원해야만 했지. 거친 욕설과 린치를 당할 때마다

나는 심지를 더욱 굳게 했다네. 그러다 보니 어느새 나는 법과 원칙이라는 대장간에서 더욱 단단해지는 사람이 되어 갔네. 송곳 하나 꽂을 데 없을 만치 깐깐한.

그건 자연인일 때 보았던 관료적인 공무원의 모습과 무척이나 닮아 있었네. 전장으로 출정하러 가던 어느 날 아침 거울에 비친 내 모습을 본 후로 고뇌는 더욱 깊어졌다네. 그리고 난 규정과 현실 사이에서 끝없이 흔들리며 길을 모색하기로 했네. 그런 말이 있잖은가. 나침반이 끝없이 흔들리는 이유는 정북(正北)을 놓치지 않으려 노력하기 때문이라는.

2004년 초급관리자가 되면서부터 법과 규정은 준수하되, 다른 해석이 필요함을 느꼈네. 국민들에게 도움이 되는 쪽으로 말이네. 그마저 유리한 해석이 안 될 때는 역지사지의 심정으로 내 마음을 그들에게 보여 주고자 했네. 물론 이 결심은 외부의 시민뿐 아니라 내부의 직원들에게도 적용되었네. 이런 과정을 거쳐 나는 관념이 아닌 실체를 존중하고, 이론이 아닌 해법을 사랑하게 되었네.

사람의 사유 방식이 바뀐다는 것은 곧 세계관의 변화요, 실천 방식의 차이를 만들어 내지. 그래서 감히 K군 자네에게 바라건대, 모두가 기피하는 사업장에 배치되어 업무를 하더라도 그것이 자네를 영적으로 더욱 풍부하고 강한 인간형으로 바꿀 기회가 되기도 한다는 점을 잊지 말았으면 하네. 위기는 곧 기회의 또 다른

이름표라는 것을.

　진저리꼽재기[1]의 말이 너무 길었다면 용서하게. 자네에게 조금
이라도 도움이 된다면 더할 나위 없이 기쁠 걸세. 부디 건강하시
게. 영혼도 마음도.

2022년 6월

1　순우리말. 진저리가 나도록 꼬장꼬장한 사람을 일컫는 말.

국밥집에 앉아서

그 집이 그랬다. 낡고 어지러운 느낌. 옥호도 그렇고 입구도 그저 그랬다. 응암동 전통시장 안의 한 볼품없는 식당 앞에서 망설이다 메뉴 하나를 확인하고 들어갔다. 훅하고 달려드는 열기. 식당 안은 가마솥과 뚝배기가 펄펄 끓는 한증막이었다. 삼삼오오 대여섯 테이블이 차는 동안에도 나의 기대감은 배꼽시계보다 너그러웠다.

드디어 내 것이 나오고 국물을 한 숟갈 떠먹으니 기대 이상이다. 소문난 종로구 견지동의 이문설렁탕보다, 서대문구 행촌동의 대성집보다 나으면 나았지 결코 뒤지지 않는다. 가격은 사천 원이 더 쌌다. 국물이 너무 좋아 좀 더 달라고 했더니 사장님은 아예 투가리째 주방으로 가져가 새로 끓여서 준다.

또 한 가지 내가 눈여겨본 것이 있다. 그 식당에선 탕이 나오기

바로 직전 밥과 반찬이 나왔다. 보통 열에 아홉은 손님이 앉으면 밥과 반찬이 먼저 나온다. 그러면 막상 국이 나올 때 밥은 식는다. 많이 배고픈 이들은 국이 나오기 전에 밥과 찬을 곁들여 먹어 허기를 달랜다. 내가 업주라면 꼭 실천하고 싶었던 대목이었다.

바깥에서 볼 때와 달리 안은 널찍하다. 영락없는 한증막 구조다. 대충 데워서 주는 탕집이 아니고 뚝배기마다 일일이 끓여서 주는 집이다. 그제야 이해가 갔다. 상호며 고객이 드나드는 입구며 왜 더 깔끔하게 꾸미지 않았는지. 이 집은 굳이 꽃단장을 하지 않아도 입맛에 끌린 사람들이 끝없이 찾는 집이다. 개미장처럼 밀려오는 이들은 진짜 맛을 아는 미식가들. 낮밤을 끓고 끓여 깊이 우러난 설렁탕, 도가니탕, 갈비탕. 역전이나 전철 입구에 늘어선, 다품종 대량생산의 천박한 급식 시스템에서 나오는 음식과 어찌 비교할 수 있을까.

"동물은 삼키고, 인간은 먹고, 영리한 자만이 즐기며 먹는 법을 안다."
"당신이 무엇을 먹는지 말해 주면, 나는 당신이 누구인지 말해 주겠다."[1]

1   장 앙텔므 브리야 사바랭, 『브리야 사바랭의 미식예찬』, 르네상스, 2004.

미식학의 선구자 장 앙텔므 브리야 사바랭이 한 말이다. 난 음식을 두루 맛보며 즐기는 식도락가는 아니다. 다만 나는 음식의 연원과 풍미를 온전히 간직한 미학자를 꿈꾼다. 거창하게 말하자면 나는 게스트로노미스트(Gastronomist)²를 꿈꾸는 것이다. 국밥 한 그릇에 무슨 거창한 미식 이야기냐고 할 수도 있지만, 그건 모르는 소리.

유럽의 미식가들이 치즈 하나에 목숨 걸듯 우리 역시 장에 목숨 건 민족 아닌가. 겉만 번지르르하고 정성 없는 음식을 내오는 밥집과는 차원이 달랐다. 국밥 한 그릇이었지만 그 음식은 마음을 녹이고 기분 좋은 대화를 이어 가기에 충분했다. 국밥집을 나오면서 다시 한번 돌아보았다. 처음에 누추하고 번잡하다고 느꼈던 보잘것없어 보였던 밥집의 용모가 소담하게 느껴졌다. 감동은 이럴 때 배가되나 보다.

'문질빈빈(文質彬彬)³'이라 했다. 꾸밈(형식)이 바탕(내용)을 이

---

2   게스트로노미(Gastronomy)는 미식 요리에 초점을 맞춘 음식과 문화에 대한 연구를 말한다. 주로 1800년대에 출판된 여러 프랑스어 텍스트에 뿌리를 두고 있는데, 연구의 범주는 음식과 과학, 사회, 예술로 확장된다. 게스트로노미스트는 음식의 기원과 풍미를 온전히 이해하고 진정으로 음미할 줄 아는 이를 통칭한다.

3   子曰 質勝文則野 文勝質則史 文質彬彬 然後君子. 공자께서 말씀하시기를, 바탕이 꾸밈을 이기면 야해지고, 꾸밈이 바탕을 이기면 사해진다. 꾸밈과 바탕이 조화를 이룬 뒤에야 군자라고 할 수 있다고 하셨다.

기면 사해진다고. 그 어떤 것이든 속과 겉이 자연스럽게 조화를 이룰 때 아름답다고 했다. 이 문질빈빈의 가치는 문학예술에도 적용되고, 사람의 행실을 볼 때에도 중요한 기준이 될 수 있다. 사람도 그 밥집의 음식과 같아 껍데기를 포장하여 알맹이의 실체를 가리려는 이들이 있다.

정책도 마찬가지다. 중앙정부와 지자체에선 실질적으로 효과를 보기 어려운 정책을 각종 숫자와 통계를 인용해서 그럴듯한 정책이라는 것으로 홍보하기도 한다. 비쌀수록 고급이고, 희귀해야 명품이라는 평판 가치를 활용해 겉만 화려하게 꾸며 파는 상인들도 있다. 사람이든 물건이든 겉만 꾸민 것인지, 그 속도 알찬 것인지를 알아채는 지혜가 필요하다는 생각을 했다. 국밥 한 그릇 먹고 말이 많았다.

어쩌다 문득

　그의 밥상엔 늘 술이 있었다. 점심의 반주는 퇴근 후의 술집으로 이어졌고, 다음 날 아침 그의 해장국 옆엔 또 소주 한 병이 놓여 있었다. 술기운이 사라지기 전에 다시 술을 찾았기에 사실상 그는 늘 취해 있는 상태라고 봐야 했다. 당연한 말이지만, 술기운으로 느슨해진 그의 업무 실수는 눈에 띄게 늘었다.

　그의 눈빛이 반짝일 때는 오직 푸른 로진스키(진로소주)의 물결이 잔 위에서 파르르 떨고 있을 때였다. 어느새 그는 술이 없으면 존재감조차 느낄 수 없는 사람으로 변해 가고 있었다. 월급날이면 인근의 청진동, 무교동 술집 주인들이 찾아와 사무실 문밖에서 서성거렸고 가끔은 옥신각신 몸싸움을 하는 것 같았다.

　그런 그였지만, 그는 매우 명석했다. 한번은 직원 모두 적용하기 어려워했던 하수도요금 조견표를 뚝딱 만들어 내는 게 아닌가. 그로 인해 업무가 훨씬 수월했음은 말해 뭐 하겠는가. 그는

1980년 신군부의 사회정화 대상에 오른 공직자였다. 숙정을 당하고 9년 만인 1980년대 말 다시 복직했다. 신입 여사원과의 염문으로 부인에게 이혼당하고 소위 '학교'까지 다녀왔다고 했다.

깔끔한 양복 차림으로 다시 복직했지만, 배제된 세월 동안 거칠어진 심정만은 어쩌지 못했나 보다. 하루는 느닷없이 책상 유리 깔판을 주먹으로 내리쳐 박살을 내더니, 깨진 유리를 입에 넣고 씹으면서 피와 함께 뱉었다.

"씨팔, 다 퇴근해!"

아니, 이건 뭐지….

나는 그와 1년 동안 함께 근무했다. 이후 세월이 흘러 우린 서로 다른 일터에서 근무했다. 늦은 밤까지 술을 즐기며 가끔 폭주했던 그였기에 걱정되기도 했지만, 연락을 주고받을 정도로 가까운 사이는 아니었다. 결정적으로 내가 술을 좋아하지 않았기에 그와 함께 밤을 지새운 적이 없었다. 그렇게 30년이 흘렀다.

어느 날 120 다산콜센터를 통해 전화가 왔다. 정문으로 나가보니 초췌한 몰골의 60대 노인 한 명이 서 있었다. 그였다. 얼굴에는 퍼런빛의 병색이 완연했고, 눈동자는 정처를 찾지 못해 끝없이 흔들렸다. 그가 말을 할 때마다 몇 시간 전에 마셨을 소주 냄새와 오랜 세월 삭았을 그의 간과 폐와 위장이 뿜어내는 쉰내가 섞여 흘러나왔다.

그와 연락을 주고받을 정도로 끈끈한 사이가 아닌데도 그는 하

필 내가 앞가림 못 할 때면 족집게처럼 나를 찾았다. 순박하고 의리의 돌쇠로 보였던 내가 그의 마음에 남았던 것일까. 아니면 누구 하나 그를 반겨 주지 않아서 돌고 돌아서 찾아온 거처가 나였을까.

그는 나를 찾아올 때마다 직원들이 깜짝 놀랄 정도로 남루하고 더러운 행색으로 변해 갔다. 흡사 산에서 낙오된 빨치산을 보는 듯했다. 그가 올 때마다 난 단 한 번도 싫은 내색 없이 밥을 함께 먹고 내가 줄 수 있는 것을 챙겨 주었다.

하루는 국밥을 곁들여 소주를 두어 잔 털어 넣은 그가 말했다. 막노동판을 나가는데 작업 현장 동료가 꼬박꼬박 하대를 한다는 것이다. 물론 자신은 그를 형님이라고 불렀는데, 어느 날 그의 민증을 흘끔 쳐다보니 다섯 살 아래였다고. 이분의 본성을 가늠할 수 있는 대목에서 나는 까닭 없이 서글퍼졌다.

그는 잊을 만하면 불콰한 모습으로 다시 나타났다. 그는 돈이 떨어지면 노숙하기도 했고, 오직 기초생활수급자가 되기만을 기다린다고 했다. 그럼에도 그는 나와 식당을 나설 때까지 돈 이야기를 하지 않았다. 그 누구보다 돈이 절실했겠지만, 그는 모처럼의 따뜻한 한 끼 점심을 내어 주는 후배와의 관계마저 망치고 싶진 않았던 듯하다. 아니면 사람들의 거절에 미리 익숙해져 있었을지도. 그가 휘청거리며 일어나 골목 저편을 향해 걸어갈 땐 그의 그림자도 흔들리는 듯했다.

그렇게 소식이 끊긴 지 5년이 지났다. 어쩌다 문득 그가 떠올랐다. 늘 상처 입은 짐승이 잠깐 동안 은신처에서 몸을 녹이듯, 그는 그때마다 춥고 어색한 웃음을 내게 지었다. 그는 그랬다. 어쩌다 그렇게 찾아왔고, 난 문득 그를 기억해 냈다. 어디서 굶지 않고 사는지…. 내 뼛속에 새겨진, 가장 눈에 밟히는 사람.

축구, 그 아름다움에 대하여

컴퓨터를 끄고

냄비를 불에서 내리고

설거지를 하다 말고

내가 텔레비전 앞에 앉을 때,

지구 반대편에 사는 어느 소년도 총을 내려놓고

휘슬이 울리기를 기다린다

우리의 몸은 서로 죽이기 위해서가 아니라

놀며 사랑하기 위해 만들어진 존재

그들의 경기는 유리처럼 투명하다

누가 잘했는지 잘못했는지,

어느 선수가 심판을 속였는지,

수천만의 눈이 지켜보는

운동장에서는 위선이 숨을 구석이 없다

하늘이 내려다보는 푸른 잔디 위에

너희들의 기쁨과 슬픔을 묻어라[1]

최영미 시인의 「정의는 축구장에만 있다」이다. 7년 전에 이 시를 접하고 난 1970년대의 초등학교 운동장을 생각했다. 물론 당시엔 최영미 시인도, 이 시도 존재하지 않았다. 그 시절 난 축구공만 보면 사족을 못 썼다. 얼룩빼기 공만 보면 달려가서 차야 직성이 풀렸다.

축구가 세계에서 가장 대중화된 스포츠로 자리 잡은 이유를 사람들은 이렇게 말한다. 공 하나만 있으면 공터에서도 즐길 수 있다. 야구와 크리켓, 스케이트에서 필요로 하는 장비가 필요 없다. 룰도 간단했다. 지금이야 조기축구에도 아마추어 심판이 있어서 업사이드 라인을 체크하고, 페널티 라인에서의 반칙에 휘슬을 불지만 그 시절 이런 규칙은 게임을 재미없게 만드는 요소였을 뿐이다. 그저 발로 차서 넣으면 골인이었고, 골키퍼는 동네에서 뜀박질이 제일 느린 막내들 차지였다.

전교생이 동원되어 학교 뒷산에서 손에 손을 잡고 산토끼몰이를 했던 시절이었다. 벽촌에 운동기구라는 것이 있을 턱이 없다.

<hr>

1   최영미. 『돼지들에게』 은행나무. 2005.

그래서 축구공은 학교에서나 그것도 체육 시간에만 만질 수 있는 귀한 물건이었다.

방과 후엔 친구들과 볏짚으로 꼬아서 만든 공으로 놀았고, 동네 형들은 가끔 돼지 오줌보를 구해 볼이 미어터지게 바람을 불어넣어 탱탱한 축구공을 만들기도 했다. 새끼로 꼬아서 만든 것과 돼지 오줌보로 만든 공은 정말 차원이 달랐다. 그날만큼은 공의 보드라움으로 발이 호강했다.

발에 맞는 운동화 대신 깜장 고무신을 신고 뛰었기에 공을 차면 물체 2개가 허공에 떴다. 하나는 공이고 또 하나는 고무신인데, 때로 고무신은 공보다 높이 올라가 아이들의 머리로 떨어지곤 했다. 골대 앞에서 골을 차면 골키퍼는 늘 날아오는 2개의 물체를 분별해야 했다. 영악한 아이는 냅다 고무신부터 날려 골키퍼를 홀린 다음 볼을 차 골인에 성공하기도 했다.

뭐 축구 실력이라고 말할 것도 없었다. 그저 공 하나에 우르르 쫓아가는 동네 축구였고, 그러다 보니 죽어라 뛰어도 공을 찰 수 있는 기회는 고작 서너 번이었다. 어느 날 체육 시간에 내가 찬 볼이 허공을 갈랐다. 하필 공은 철조망 너머 비탈 아래의 배추밭으로 굴러들어 갔다. 그렇잖아도 혼구녕을 내주려고 벼르던 안쪽 동네 할머니는 공을 든 채 "느그 엄마 아부지 데려오라!"며 호통을 쳤다.

난 공을 내주지 않던 할머니 집으로 찾아가 몸을 배배 꼬며 이삼 일을 간청해서야 공을 받을 수 있었다. 지금 생각해 보니 체육

선생님이 가서 공을 받아 오는 것이 당연했다. 체육 시간에 운동 장구가 넘어간 일 아닌가. 선생님도 그 할머니가 무서우셨을 것이다. 어디 학교 울타리 넘어 그 밭에 떨어진 공이 한두 개만 있었겠는가.

축구를 그토록 좋아했지만, 난 학교 대표로는 한 번도 뛰지 못해 늘 벤치 신세였다. 나름 잘 찬다고 생각했지만, 선생님은 키도 작고 주력도 좋지 않은 나를 굳이 선발하고 싶진 않으셨을 것이다. 축구에 대한 사랑은 계속 이어져 직장 생활을 할 때에도 주말이면 난 유니폼으로 갈아입고 구장으로 향하곤 했다.

축구는 달리는 운동이며 공 하나를 탈취하기 위해 몸싸움과 발재간, 점프 등 온몸을 동원해야 하는 격렬한 스포츠다. 뛰지 않는 선수는 수비 라인을 돌파할 수 없고, 상대팀 문전에서 어슬렁거리는 선수에겐 골을 주지 않는다. (물론 군 시절엔 연대장님이 팀에 들어오면 거친 태클을 돌파해 낮은 패스로 문전 앞에서 기다리고 있는 연대장님의 오른발 앞에 척 하니 패스하는 병사가 사랑받았다. 그게 '군데스리가'의 국룰이었다.)

스포츠 중에 변수가 가장 많다는 축구, 드넓은 경기장에서 22명의 선수들은 오직 공 하나의 활동과 바운드에 따라 파도가 일듯 움직인다. 가로질러 오는 공을 짧은 퍼스트 터치로 받아 몸을 흔들어 수비수를 농락하고 가로질러 전진했을 때의 기분이란. 그래서 언제나 난 축구공만 보면 '꼭지가 도는 남자'였다. 1988년 서초

동 서울시교육원(인재개발원)의 러프한 잔디구장에서 종횡무진, 부서별 대항전에서도 스트라이커 역할을 한 적도 있었다.

몸의 모든 에너지를 순간적으로 폭발시키며 뛰어야 하고, 비지땀을 흘리지 않으면 안 되는 스포츠. 단지 한두 골을 만들기 위해, 또는 그 골을 막기 위해 22명이 거대한 매머드라도 포획하려는 듯 숨이 끊어질 듯 달린다. 죽어라 달려 얻은 단 한 골이 주는 거친 희열. 모든 스포츠 중에서 골의 가치를 가장 귀중하게 환산해 주고, 심지어 0:0 무승부에도 관중들이 모두 기립해서 박수를 보내며 품위와 영광이 있었다고 말할 수 있는 유일한 스포츠.

축구는 아름답고, 난 그 축구를 사랑한다.

한국인은 시키는 대로 하지 않는다

누구였던가. 봄철의 풍경을 어느 시인은 "봄이 되어 뚜껑을 여는 강"이라고 표현했다. 새벽 강이 뚜껑을 열어 차가운 수면 위로 뜨거운 '봄'을 뿜어내는 장엄한 광경이 자연스럽게 떠오른다. 끓어오르며 넘치는 포말을 어디서 보았던가. 강원도 화천의 북한강이었던가, 아니면 구례의 섬진강이었던가.

숙직을 선 아침 7시. 바지랑대로 누가 우케¹를 너는지 어둠이 걷힌 바깥은 보리쌀 뜨물을 뿌려 놓은 듯 희읍스름하다. 온몸이 찌뿌둥하지만 다음 근무자인 월번 사령에게 배턴을 넘기는 오전 9시까지는 긴장을 늦출 수가 없다. 조금 더 있으면 윗분들의 출근도 이어질 터.

---

1   찧기 위해 말리려고 널어놓은 벼.

청사 주차장을 가득 메운 안개를 멍하니 바라보고 있는데, 누군가가 뛰어온다. 시장에서 흔히 볼 수 있는 몸빼 바지 하나가 안개 속에서 달려왔다. 무슨 다급한 일일까. 40대 후반 정도 되었을까. 잽, 잽, 곧이어 스트레이트. 숨 돌릴 틈도 없이 질문을 쏟아 낸다.

"아저씨. 주민등록등본 발급기 어디 있어요? 찾아봐도 없어요."

바로 로비 앞의 에스컬레이터 입구에 있는 '무인 민원 발급 기계'로 안내한다. 두 발짝 앞인데도 급한 마음에 보이지 않은 것이다. 난 그녀의 뒤에서 지켜보기로 한다.

그녀가 천 원짜리 지폐를 투입구에 넣으면, 기계는 밥투정을 하는 미운 5살처럼 다시 뱉어 냈다. 그러길 서너 번. 그녀의 손동작에 잔뜩 짜증이 묻어난다.

"에이, 씨. 지하철역에 있는 무인 민원 발급기에서 안 돼 여기까지 뛰어왔는데…."

탁, 탁! 이번엔 쓴 약을 아이에게 먹이듯 지폐를 욱여넣자마자 투입구를 손으로 치며 막는다. 내가 나섰다. 여전히 기계는 눈만 끔벅거리며 "메롱" 하며 돈을 내밀었고 아무런 감정도 실리지 않은 목소리로 '발급을 원하는 증명 종류를 선택하십시오.'를 반복했다.

화폐 투입구에는 "신권 1,000원 지폐만 사용 가능"이라고 적혀 있다. 지갑에서 비교적 빳빳한 놈을 꺼내 넣어 보지만 역시 안 된

다. 다시 500원짜리 동전을 넣지만 마찬가지다. 어쩐다. 구청 직원도 어찌하지 못하는 기계라…. 이 정도면 구청의 관리 소홀로 인한 기계 고장이 아닌가. 자청해서 받은 일로 이제는 나 역시 설익은 홍시가 된다.

"기계가 고장인가…."

한숨을 내뱉으며 그녀가 푸념했다. 나 역시 그녀의 말에 고개를 주억거리며 동감을 표한다. 다급해진 그녀의 얼굴은 점차 누룽지가 되어 갔고, 홍시 같던 내 얼굴은 점차 창백해져 갔다. 번갈아서 기계를 살펴보지만, 여전히 무인 민원 발급기는 같은 말을 반복했다. 해피콜서비스에 전화해 볼까 했지만, 너무 이른 시간이었다.

원인을 알기까지 우린 근 20분을 그 기계 앞에서 쩔쩔맸다. 이유는 간단했다. 한국 중년들의 오래된 습관. 음료 자판기에서 캔음료나 믹스커피를 뽑아 먹던 버릇이 문제였다. 돈을 넣고 원하는 음료를 선택하면 우당탕하며 음료가 떨어지고 이어 기계가 잔돈을 뱉어 내는, 우린 그 추억의 논리 회로에 갇힌 것이다.

왜 그 생각을 못했을까. 터치스크린식 키오스크(Kiosk)는 모두예외 없이 '메뉴 선택 → 수량 선택 → 결제수단 선택 → 결제'와 같은 방식으로 되어 있다. 지하철에서 표를 구매할 때나 음식점에서 주문을 할 때에도. 그럼에도 우린 그 추억의 자판기 시스템을 생각했는지, 아니면 "신권 1,000원만 사용 가능"이라는 말에

꽂혔는지 돈만 욱여넣길 반복하며 식은땀을 흘렸던 것이다.

게다가 우린 기계의 말을 신뢰하지도 않았다. 그놈은 끊임없이 '발급을 원하는 증명 종류를 선택하십시오.'라고 반복 주입했음에도 우린 성의 없는 전자 음성 따위엔 귀를 기울이지 않았다. 그냥 기계가 일러 주는 대로 했으면 되었다. 마침내 순서를 바꾸자 기계가 돈을 먹었다. '증명 종류 선택 → 주민등록번호 입력 → 생채 지문 확인 → 수수료 투입'.

돈을 먹은 기계는 비로소 주민등록등본을 뱉어 냈다. 내가 목례를 하자마자 그녀는 끈 풀린 강아지 쫓아가듯 사라졌다. 4전 5기의 신화, 홍수환은 챔피언 자리에 오른 뒤 TV 카메라에 대고 외쳤다. "엄마 나 챔피언 먹었어!" 내가 딱 그런 심정이었다.

기계 앞에서 씨름을 했던 이가 나만은 아닐 것이다. 승강기 문이 채 열리기도 전에 '닫힘' 버튼을 쉴 새 없이 눌러 대는 한국인의 빨리빨리 문화에 '추억의 자판기 시스템'이 결합되면 누구든 나와 같이 진땀을 뺄 것이다. 한국인에게 그 기계는 바보상자일 수도 있겠다. 관리 부서에 알려 그 바보상자의 이마에 '딱' 정해진 순서를 표식한 안내문의 부착을 요청했다.

한 사회심리학자가 그러더라. 세계에서 한국인만이 보이는 독특한 특징이 있는데, 그건 바로 한국인은 기계에 설정된 매뉴얼에 따르지 않고, 각종 기기묘한 방법을 동원해 기능의 한계까지 밀어붙인단다. 거칠게 말하면 시키는 대로만 하지 않는 사람

들이 한국인이라는 것. 기계는 무한정 편리해야 하고, 한국인은 기계의 제한된 성능에 바로 불만을 드러낸다고 한다.

그래서 게임 개발자들은 최고의 난이도를 자랑하는 게임의 첫 론칭을 한국에서부터 시작하고, 전자제품도 한국에서 먼저 시판해 기능의 한계점을 빨리 파악한다. 이런 시장을 기업은 테스트 마켓(test market) 또는 파일럿 마켓(pilot market)이라고 한다. 즉, 그 시장을 제품의 장단점을 가장 빨리 파악하고 소비자 반응의 범위를 확인하기 위한 곳으로 활용한다는 뜻이다.

이를 민원발급기에 적용하면, 아마 한국인이 원하는 기계는 AI가 장착된 머리 좋고 경험 많은 기계일 것이다. 돈을 먼저 집어넣으면 "고객님, 1천 원을 넣으셨군요. 원하시는 증명서 버튼을 눌러 주세요. 추가로 돈을 투입해야 할 수도 있습니다."라는 멘트를 척척 내뱉는 기계 말이다.

아니면 고집스럽게 먼저 돈을 투입하는 고객에겐 "고객님, 정말 말귀를 못 알아들으시네요. 증명서 버튼을 먼저 누르지 않고 넣는 돈은 제가 그냥 먹겠습니다." 뭐 이런 멘트를 당돌하게 내뱉어서 단단하게 굳은 고객의 뇌를 깨우는….

'송곳'에 대한 기묘한 침묵

대충 그런 눈빛이었던 것 같다. 사교육으로 이름난 강남 대치동의 인문계 고등학교로 전학 온 촌놈. 꾀죄죄한 몰골로 점심시간이면 축구공에 정신 팔려 뛰어다니던 그 더벅머리라 모두들 만만하게 봤던 녀석. 과외도 안 하고 학원도 안 가던 그 녀석이 전학 온 직후 치른 모의고사에서 수학 만점에 전교 1등이라는 말을 들은 전교 2, 3, 4, 5등 아이들의 눈빛이 그렇지 않을까.

중견실무자반 직무교육에서 만점을 받았을 때 기관 동료들의 눈빛이 딱 그랬다. 타 기관에서 전입해 온 지 1년 3개월밖에 되지 않은 자가…. 그것도 IMF 구제금융 시절 '찍힌 자'들의 집합소라는 '실업대책추진반'에서 파견 근무하는 자가 만점이라니. 그 정도면 부사장님이나 전무님 정도는 기관을 빛냈다고 칭찬할 만도 한데 조금의 반응도 없었다. 참으로 기묘한 침묵이었다. 미루어 짐작건대 교육원으로부터 통보받은 인사부서에서 보고하지 않고

덮어 버렸을 것이다. 그런 부서일수록 시퍼런 경쟁자들이 득실대고 있었으니.

대신 소식을 접한 주요 부서 팀장들은 앞다투어 내게 책과 필기한 노트를 달라고 아우성이었다. 현장에서의 뜨거운 반응과 대비되는 상층부의 묘한 침묵을 보면서 나는 어떤 기시감을 느꼈다. 이곳도 마찬가지이겠구나 하는. 실제로 상부의 미묘한 기류와 의중 때문에 근무평정에서 피해를 본 적이 많았으니 무리한 추측은 아니다.

직무교육 평가에서 만점을 받기는 상당히 어렵다. 이전 직급 직무교육 당시(1993년) 서너 문제를 틀려 3등 턱밑에서 머물렀다. 이번에는 기필코 만점을, 그러니까 올백을 맞겠다고 결심했다. 교육 기간 2주 내내 난 사설 독서실에서 밤늦게까지 5배수의 예상 문제를 풀며 복습을 거듭했다. 나중에는 문제를 외울 정도까지 진도를 뺐다. 그 결과 내가 간절히 원하던 결과가 나왔다.

하지만 조직은 라인 밖 의외의 인물이 돌출되기를 원하지 않는다. 모난 돌이 정 맞는다고, 요철로 튀어 오른 군상들은 어떤 라인과 권세의 힘에 의해 선별되어 외진 곳으로 가기 마련이다. 두툼한 포대자루와 같은 인의 장막을 뚫고 나온 쇠뭉치 하나. 그 쇠뭉치의 반짝거림을 누군가는 송곳의 번뜩임으로 여겼을 것이다.

2002년 월드컵 전후로 난 서무주임으로는 감당이 안 된다는 신임 국장님의 명을 받아 밤낮을 가리지 않고 업무에 매진했다. 그것이 가장 중요한 업무라 했기에. 그럼에도 인사고과 시즌이 오자 내리 3번의 수(秀)를 받아 오던 나를 누락시켰다. 당시 나를 챙겨 주려던 과장님은 이 미묘한 권세의 흐름을 읽지 못했기에 아직도 당시의 진실을 모를 것이다. 승진에 가까워지려면 '수'를 4번 받아야 했기에 속은 타들어 갔다.

내가 일하는 모습을 누구보다 가까이에서 본 과장님께 말했더니, L 부사장님께 말하자며 내를 대동해 올라갔다. 부사장님은 그 자리에서 인사팀장에게 조정 '수'를 주라고 지시했다. 그 일은 그렇게 해피엔딩인 줄로만 알았다. 하지만 1년 후 다른 일로 인해 진실이 밝혀졌다. 당시 퇴직이 임박한 부사장의 지시를 인사팀장인 G가 깡그리 무시해 버린 것이다. 그는 인상 좋고 겸손하고 친절해 보였지만, 결정적으로 우리와는 출신(성분)이 달랐다.

그때가 2003년이었다. 지자체가 출범한 지 8년이 지났음에도 음지에선 기관장보다 인사팀장의 농단이 더 큰 위력을 발휘했다. 사실 인사 파트의 횡포는 어제오늘의 일이 아니다. 기관마다 정도의 차이는 있겠지만 7급 인사주임의 펜대는 6급까지 포함해 하위직 공직자들에겐 포세이돈의 삼지창보다 위세가 있었다. 심지어 자기 노력으로 받는 '표창'마저도 '맨입'만으로는 안 되는 시절이 있었다.

괴롭힘의 조직화

앞에서 이야기한 것처럼 난 주말마다 축구를 즐기곤 했다. 1986년 10월 1일 국군의 날 공휴일. 그날도 인근 S 초등학교 운동장에서 축구하다 결국 사달이 났다. 발을 딛고 뛰어올라 공중에서 볼을 차다 뒤로 넘어졌는데, 땅에 떨어질 때 오른쪽 장딴지를 깔고 눌러앉았다. 공과 한 몸이 되는 것이 모든 선수들의 로망이라지만, 공과 같은 탄성이 사람의 몸에 있을 리 없다. 우지끈하며 떨어진 순간, 눈앞에서 별이 반짝거렸다.

휴일이라 유야무야하다가 며칠 후 침 몇 대 맞은 게 고작이었다. 시간이 흐르면서 이런저런 작은 부상을 가볍게 여긴 대가를 톡톡히 치렀다. 통증이 심해질 때마다 한의원에서 찜질을 하거나 카이로 프랙틱으로 관절을 교정하는 등의 미봉책으로 때웠다.

그렇게 10년, 세월이 흐를수록 허리는 가라앉았고 디스크는 조금씩 내려앉았다. 더는 버틸 수 없어 1994년 9월 28일 고려병원

(현 강북삼성병원)에서 4, 5번 요추 추간판 탈출 제거 수술을 받았다. 다행히 명의를 만나 28년째 지장 없이 살고 있다. 당시 진료부 원장으로 계셨던 주문배 의사 선생님의 덕이다.

수술 후 직장에 복귀했더니 바로 위 선배가 앙갚음을 했다. 1994년 김영삼 정부의 쓰레기 종량제가 시행되는데, 정책 시행 초기라서 규격별로 지정 판매소에 수십 킬로그램의 봉투를 갖다 줘야 하는 등 몸으로 뛰어야 하는 중노동을 시키는 게 아닌가? 당시는 서무주임이 결재권이 있어 동을 좌지우지할 때였다.

그 선배는 당시 도급경비 · 일상경비 등 정기 정산 보고 등을 하지 않아 본부의 여러 부서로부터 지탄을 받는 선배였다. 하지만 전직 인사주임으로 워낙 실세이다 보니 웬만한 직원이었으면 중징계를 받을 사안도 말로 때워 면피하는 재주가 있었다. 뒤에선 그를 모두 손가락질했지만, 그에게 직장이란 늘 그의 뜻에 따라 움직이는 개인 사무실과 같았기에 그는 별 가책을 느끼지 않은 듯했다.

그는 마치 중사가 신임 소대장을 대하듯 소위 '짬밥'으로 서열을 정리해 나갔다. 새마을지도자 출신의 세 살 위 별정직 동장님을 바로 그 7급 서무주임이 우습게 대했고, 근무 시간에 숙직실에서 전날의 과음을 풀고 있어도 그 누구도 건들지 못했다.

난 그의 직속 부하로 일반서무를 보았기에 그의 행실 세세한 곳

까지 볼 수 있었다. 도무지 보고만 있을 수 없어 몇 차례 그에게 고언을 했고, 그때부터 그의 갑질이 시작되었다. 나를 자신이 직접 픽업했다던 그는 한 끗의 급수 차이의 괴력을 손수 보여 주었다. 왜들 하나같이 승진하고 나면 자신이 도와주었다고 생색인지….

7급과 8급. 이 한 끗발의 차이는 조직도표로 보면 별것 아닌 것처럼 보이지만 현장에선 그게 아니다. 그와 같이 보낸 몇 개월의 시간은 다시는 되뇌고 싶지 않은 끔찍한 생지옥이었다. 겉으로 봐서는 너무나 멀끔했던 그였기에 그를 잘 모르는 이들은 그의 어둡고 비린 속을 알 수 없었으리라.

> "인류의 원죄는 사과를 훔친 것에서 발생한 것이 아니다. 자신의 죄와 타인의 고통에 고통을 느끼지 못하는 것에서 시작되었다."

이스라엘 철학자 아브라함 J. 헤셸의 말이다. 그리고 슬프게도 인간의 참혹함은 문명화되지 않은 밀림 지대가 아닌 엘리트로부터 위계조직화된 문명사회의 사각지대에서 더 많이 발생한다. 사람(권력)이 사람의 육신에 대한 통제권을 쥐게 된 어떤 특정 시점에서부터 사람이 일을 통해 타인에게 고통을 주는 방식은 시스템에 의해 보장받는다. 그래서 피해자가 느끼는 고통은 일상적이고 구체적이며, 결국 이 고통은 조직 전체로 보편화된다.

"그래도 되는 줄 알았어."

학교폭력이나 군대폭력으로 고통받던 이가 훗날 가해자에게 그때 왜 그랬냐고 물으면 앵무새처럼 되돌아오는 답. 이런 대답이라도 들을 수 있다면 모를까, 대부분은 기억나지 않는다고 말한다. 그리고 그 '기억나지 않는다.'는 말은 대체로 사실에 가깝다. 가해자에게 일상이 된 사건은 너무나 소소해서 그에겐 기억할 가치조차 없는 것이다.

제2차 세계대전 당시 나치 독일의 친위대 장교이자 홀로코스트 실무 책임자였던 아돌프 아이히만(Adolf Eichmann)은 법정에서, "나는 명령에 따랐을 뿐이며 명령은 따라야 하는 것"이라고 되풀이했다 하지 않던가. 바로 '악의 평범성'이다.

2003년 여름휴가 때 생긴 일이다. 설악산 휴양소에서 여름휴가를 보내고 돌아오는 길이었다. 송천계곡을 등지고 44번 국도를 타고 한계령을 넘어 인제로 가는 길이었다. 마침 양동이로 들이붓듯 비가 퍼부었다. 3단 윈도브러시가 젖 먹던 힘을 써서 팔을 휘저어 보지만, 폭우는 하얀 장막을 드리웠고 안개까지 차량을 휘감아 한 치 앞도 보이지 않았다.

한계령 정상에서 인제 방향으로 내려가던 중 엔진이 떨리며 RPM이 급격히 떨어졌다. 계기판에 엔진체크 신호등이 켜지고 오르막선 타이어 타는 냄새가 진동했다. 인근의 주유소 공터에 차를 세워 긴급출동서비스를 신청했다. 얼마 후 나타난 견인트럭

은 내 차를 견인해 출발했다. 우린 승용차에 앉은 채 견인되었다.

주유소 공터에서 차선으로 진입하던 순간, 내리막길을 내려오던 24톤 덤프트럭이 내 승용차를 들이받았다. 앞좌석엔 나와 아내가, 그리고 뒷자석엔 11살, 8살 딸들이 타고 있었다. 폭우로 시야가 거의 없었던 내리막길이었지만 덤프트럭은 마치 스켈레톤 트랙의 썰매처럼 질주해 우리 차의 옆구리를 집어삼켰다.

차량은 개구리밥처럼 떠밀려 도랑에 처박혔고 신차인 1,500㏄ 누비라Ⅱ 안의 우리는 청동기시대 화석처럼 굳어 버렸다. 유릿가루가 폭죽처럼 터졌고, 지금까지 들었던 그 어떤 소리보다 강렬한 아내의 쇳소리가 빗소리를 뚫었다. 견인차 내부의 조수석은 마치 벼락 맞은 대추나무와 같았다.

절벽 구간이 아니었기에 망정이지, 그렇지 않았다면 견인 기사와 일가족 사망이라는 기사가 당일 9시 뉴스에 나왔을 것이다. 원통의 무지개병원으로 이송되어 나와 식구들 모두 입원해야 했고, 다음 날에도 거동이 어려워 집 근처 고양시 자인병원으로 이송되었다. 병원에 도착하니 저녁 7시가 넘어가고 있었다.

직속 상사에게 사고 경위를 설명하고 병가를 요청했지만, 돌아온 대답은 충격적이었다. 그에게 전해 들은 국장님의 호통.

"뼈가 부러져 움직일 수 없는 게 아니라면 당장 출근해야지! 이번 고과는 국물도 없어."

인사 고과의 4종 세트는 실적, 능력, 성격, 적성 아닌가? 승진

을 턱 앞에 두고 있던 나는 심연 속에서 녹아들고 있던 사지를 끌고 사무실로 기어들어 가야 했다. 치료를 중단했기에 불확정적인 예후만이 담긴 반 토막 난 진단서만 받을 수 있었다. 시간이 지나도 이해할 수 없었던 그의 처사. "그래, 가족 모두 교통사고를 당했다는데 어린애들은 괜찮냐?"라는 형식적인 위로의 말조차 듣지 못했던 것이다.

사람의 사연이 아무런 가치도 없구나. 일가족이 몰살당할 뻔한 사고를 겪고 아이들의 침상을 오가며 가슴 졸이는 아비의 사연 따위는…. 그저 한창 돈이 들어갈 나이의 아이 둘을 책임져야 할 후배의 처지를 이용해 마른 수건을 쥐어짠다는 생각만 들었다.

당시는 일 잘하는 것보다 특정 개인에게 충성심을 보이는 것이 더 중요했던 시절이다. 나는 그런 점에서 참 눈치가 없어도 너무 없었던 것 같다. 물론 선배들로부터 오랜 세월 이어진 못된 관행을 거부하는 건 차치하고라도, 눈치를 살피고 입안의 혀같이 움직이고 말하는 법을 그땐 알지 못했다.

아내는 그 일로 인해 일산의 종합병원으로 이송되어 치료받아야 했다. 혈액종양내과에서 듣도 보도 못한, 암 환자에게나 놓는다는 마약 성분의 진통제 주사(Henoch-Schonlein Purpura)를 수차례 맞았다. 병원에 입원한 지 한 달 만에 퇴원한 아내는 이후에도 통원 치료를 계속해야만 했다.

그토록 아랫사람에게 차갑고 저열하게 굴었던 사람이었지만,

그는 승승장구했다. 퇴직 후에도 그는 회전의자에서 수년간 영화를 누렸다. 경조사에는 꼭꼭 기별을 하고 현직에 있을 때도 내 애사는 모르는 체하던, 예의 인심 좋게 동글동글하게 생긴 그 사람. 그는 나를 어떻게 기억하고 있을까? 고지식하고 아둔해 그렇게 눈치를 줘도 자신의 뜻을 끝내 받아들이지 않았던 먹통?

　사람 사는 데 어찌 괴롭힘과 갑질이 없을 수 있겠는가마는, 또 누군가는 피해를 보면서까지 이런 그릇된 관행에 맞서고 악습을 단절하기 위해 노력한다. 젊었을 때 선배들에게 당했다면서 "라떼(나 때)는 그랬다"며 본전을 챙기려 아랫사람에게 못되게 구는 사람이 있고, 낮은 직위에 있을 때나 높은 지위에 있을 때나 품위와 존중을 잃지 않기 위해 불합리한 관행과 싸우는 사람이 있다. '내가 당했으니 너도 당해 봐'가 아니라, 내 대에 끝내야 한다. 다행히도 지금은 과거와 같은 악습은 많이 사라졌다.
　생각해 보면 공직자의 지위와 권한이라는 것 모두 국민이 일시적으로 권한을 위임한 정부로부터 주어진 것이다. 이 권한의 행사에는 엄정한 규칙과 제약이 따른다. 나를 괴롭혔던 국장은 심성의 문제를 떠나 이 공적 권한을 개인의 사리사욕을 위해 남용한 것이다.
　국장님, 부디 오래 사시라. 오래 살면서 남의 가슴에 박은 대못도 꺼내어 "내가 그때 왜 그랬지?" 한번 되씹어 보기를 원한다. 내가 바라는 것은 그뿐…. 죽을 때까지 늘 받을 생각만 하지 말고

주는 기쁨도 누리시기를.

"Директор. Хорошо кушайте и наслаждайтесь в будущем. Привет Привет!"[1]

---

1 러시아어. "국장님 앞으로도 쭈욱 그렇게 잘 먹고 잘 사세요. 바이 바이."

시스템 안에서의 사적 보복

라디오에 한 여성이 자기 부모님에 대한 사연을 보냈다. 그날은 부모님의 40주기 결혼기념일이었단다. 맛나게 정찬을 먹다 말고 엄마가 아빠에게 대뜸 물었단다.

"당신 그때 왜 그랬어?"

아빠는 웬 자다가 봉창이냐는 식으로 엄마를 물끄러미 보았다.

"그때 말이야. 나 첫째 임신해서 딸기 먹고 싶다고 그러니까 당신이 퇴근길에 사 오겠다고 그랬잖아. 당신 그때 술에 취해 12시가 넘어 집에 와선 나한테 뭘 줬는지 알아?"

아빠는 점점 더 이 상황을 받아들일 수 없어 그저 황당하다는 표정이다.

"딸기우유 사 왔잖아. 임신한 아내가 딸기가 먹고 싶어서 그렇게 조르는데…. 기껏 술 먹고 사 온 게 딸기우유였어."

아빠의 기억은 달랐다.

"아니, 당신이 딸기우유 사 달라고 해서 딸기우유 사 준 거 아 냐?"

"어머, 어머…. 이 양반이 세월 지났다고 무슨 소리를…."

그러니까 황혼을 걸으면서도 엄마는 문득 39년 전의 일화를 꺼 내 아버지를 궁지로 몰았고, 그것 때문에 자식들은 웃지도 울지 도 못하고 밥을 먹었다는 이야기다. 라디오에서 들려준 사연의 진상은 누구도 모른다. 부모님의 뇌리에 쌓인 기억을 모두 뒤적 일 수밖에.

39년 전의 일화를 기억해서 39년 후에 아빠에게 들이미는 엄마 의 복수는 소박하고 귀엽다. 하지만 조직 내에서 서열이 높은 자 가 아랫사람에 대해 가진 앙심은 그 성질이 전혀 다르다. 전자가 코믹멜로 가족영화 정도 된다면, 후자는 그야말로 노동인권을 다 룬 호러쯤 된다.

우선 앞에서 언급한, 부사장이 내게 '수'를 주라고 했음에도 이 를 묵살하고 낮은 평점을 주었던 후임 직위에 있던 A팀장과의 일 이다. 감사총괄 담당이던 내게 그는 회계 업무를 부적절하게 처 리한 자신의 친구에 대한 청탁을 한 적이 있다. 종합감사가 끝나 고 회계 문제로 당사자에게 내가 '훈계' 처분을 주기 직전이었다. A팀장은 당사자와 함께 식사 중이라며 이번엔 좀 봐 달라고 청탁 했다. 하지만 나는 훈계 처분을 고수했다.

징계보다 훨씬 가벼운 훈계 처분이라 내 딴엔 배려를 했다고 생각했지만, 당시 실세였던 인사과 A팀장은 이 조치를 모욕적으로 받아들인 듯했다. 감히 누구 부탁인데, 이를 거절하느냐는 마음이었을 것이다. 한때는 나는 그와 함께 일했다. 당시 그는 나를 자신이 가장 아끼는 동생이라고 규정하며 자기 사람을 만들기 위해 노력했다.

그 시절 그는 산업정책대상 응모전을 준비하면서 산업정책연구원과 모종의 거래를 통해 아이디어를 준비했다. 차 안에서 주고받는 얘기(비리)를 볼펜 녹음기로 녹취까지 해 가며 결국은 '대상'을 받아 냈는데, 그의 기질과 특징을 알 수 있는 대목이기도 하다.

청탁 거절. 이것으로 그와 나는 엇갈린 길을 걸었다. 이후에도 좋지 않았다. '사내 정치질'을 통해 자신의 출셋길을 닦고 작은 치적도 과대포장하며 아랫사람에게 공을 돌리지 않는 이기적인 사람이었다. 하지만 조직 내 비밀은 없는 법. 내가 그런 그에 대해 나쁘게 말했다는 소식이 그의 귀에 들어갔고, 그는 이후 나를 정조준했다. 인사 조직이라는 것이 그렇다. 누구를 지목해 마음만 먹으면 잘 되게도, 안 되게도 할 수 있다.

2010년 말 보고를 하러 부사장 사무실로 올라갔을 때, 그는 이렇게 말했다.

"자네 그동안 고생 많았다고, 이번 인사발령에서 당신 배려해

준다고 A팀장이 그러던데…?"

그리고 새해 1월 1일에 내가 발령받은 업무는 주택과의 '재개발 · 재건축 등 도시 및 주거환경정비사업 공공관리팀장'이었다. 발령받고 가 보니 책상, 의자, 공간, 자리도 없고 예산은 1원도 없었다. 이 팀의 신설은 예고되었으나 기술직 위주의 부서이다 보니 누구 하나 신경 쓰지 않았다. 팀원으로 온 2명은 다른 팀에서 그 둘은 받지 않겠다고 해서 떠밀려 온 6급, 7급 올드 멤버였다.

A팀장의 노림수는 단순히 나를 고된 업무에 배치하는 데 있지 않았다. 문제는 그곳이 고과(考課)에서 배제당하기 딱 좋은 죽음의 조였다는 점이다. 본선은 고사하고 예비에서도 평정을 받을 수 없는 곳이다. 왜냐면 국(局) 조직 내에 직위 공모는 2자리(뉴타운팀장 · 건축물정비팀장)인데, 수(秀)를 받는 인원 비율은 2%라고 법으로 정해져 있기 때문이다. 그는 나이 많은 도시관리국 1번 주무 팀장도 받지 못하는 국(局)에 고참 팀장인 날 보내면서 윗선에는 배려를 해 줬다고 말장난을 해 댄 것이다.

'구정을 농단해 사적 앙갚음을 하는구나.'

같은 팀장인데도 그와 나의 위치는 하늘과 땅 차이였다. 노점상과 구두 수선대(구둣방) 정비 등, 3년 전쟁을 치르고 고생했다고 배려해서 보낸 곳이 또다시 단속팀장이라니.

이런 말장난은 내게 처음이 아니다. 앞서 말했던 것처럼 2002 월드컵을 앞두고 가장 힘들었던 부서 중 하나인 산업위생과(지역

경제과)에서 위생업소를 단속하고, 이후엔 세외수입 징수사업에 뛰어들어 조직에서 전례 없는 불법 광고물 과태료와 건축 이행강제금 체납액 징수 실적을 기록했다.

3회 연속 수(秀)를 받았고, 그 어느 해보다 분골쇄신했기에 부사장 직권으로 내게 조정 수(秀)를 주라 했건만, 문고리 실세였던 앞의 그 직위에 있던 전임 팀장은 지시를 묵살하고 우(優)를 고수했다.

나에게 앙심을 품었던 또 한 사람은 같은 국에서 일하던 동료였다. 그는 나 때문에 자신이 고과를 못 받았다고 생각했다. 나중에 신분 상승에 성공한 그는 사사건건 내 발목을 잡고 늘어졌다. 선무당이 사람 잡는다더니….

'아니, 고과를 내가 주나?'

그 시절 나는 너무 큰 고통을 받았다. 조직 내에서의 경쟁은 조직 혁신을 위해 반드시 필요하다. 하지만 경쟁자 자체를 인격화된 '적'으로 생각하면 정말 답이 없어진다.

한 선배는 내가 인사를 해도 번번이 외면하곤 했다. 처음엔 우연이라고 생각했지만, 그것이 노골적인 적대와 무시의 표현이라는 것을 알아차리는 데에는 많은 시간이 필요하지 않았다. 그래서 어느 순간 나도 똑같이 인사를 안 하게 되었다. 이후 비서실장 위치에 버금가는 위치로 올라간 그는 내가 선배를 봐도 인사를 하

지 않는다는 둥 버르장머리가 없다는 둥 속내를 숨긴 채 다른 이유를 들어 유언비어까지 만들어 나를 괴롭혔다.

시간이 많이 흐른 후, 진실을 알게 되었다. 나를 유난히 괴롭히던 그도 세월이 흐르자 미안했는지 내게 털어놓았다. 그는 과거에 나 때문에 맡아 놓은 고과 받을 자리를 뺏겼다고 생각하고 있었다. 자리 배치나 보직 또한 부서장의 권한이지, 내가 하는 것 아니지 않는가? 내가 무슨 '빽'이 있다고. 하지만 그는 모종의 여러 가능성을 조합하고 조합해 나의 선발로 그가 탈락했다고 확신했다. 어이가 없었다.

'그랬었구나. 그래서 윗분이 내게 사람을 봐도 인사를 하지 않는다고 하였고, 팀원들을 쥐 잡듯이 한다고 했던 거였구나.'

나를 한때 미워했던 그 선배가 솔직해서 좋았다. 남자답다고나 할까.

그러고 보니 모두 승진에 얽힌 사적 복수와 억울함에 대한 이야기다. 승진이라는 것이 그렇다. 자리는 한정적이고 원하는 사람은 많다. 그럼에도 어김없이 인사고과와 승진 시즌은 돌아온다. 지금은 실적과 관계, 직무전문성 등을 종합해서 결정한다. 과거에 비해 많이 좋아졌지만, 그럼에도 여전히 결정권자나 추천권자의 의중이 절대적으로 반영되기 마련이다.

가장 큰 문제는 회전문 인사다. 자치구의 경우 고위층과 접촉이 잦은 인사, 감사·기획 관련 부서나 승진을 어느 정도 보장받

는 선호 부서만 회전문처럼 돌아다니는 인사들이 있다. 문제는 이런 인사들이 제때 걸러지지 않고 소위 '라인'을 잘 타서 승승장 구한다는 것이다.

직원들의 사기는 이럴 때 급락한다. 물론 정말 그 사람의 역량 이 탁월하다고 두둔할 수도 있다. 그렇다면 나머지 고되고 열악 한 부서에서 일하는 사람에게 그 역량 발휘의 기회는 제공되고 있을까. 공정한 사회는, 누구에게나 기회는 균등하게 주되 그 결과 에 대해서 스스로 책임지도록 하는 것 아니겠는가?

필자는 보직과 관련해선 경직될 정도의 순환보직 제도의 적용 이 반드시 필요하다고 본다. 결국 직원 역량이라는 것은 현장에 서 물음을 얻어 혁신하는 데에서 발전하기 마련이다. 현업부서 를 경험하지 않고서 구민들의 다양한 니즈를 정책에 반영하려 한 다면 우리(공급자)만의 플랜이 될 수도 있다는 것이다. 순환보직, 현업 부서와 선호 부서 간 예외 없는 순환근무가 필요한 이유이기 도 하다.

밑바닥에서는 누구보다도 훤히 아는, 그래서 많은 직원들이 현 장에서 인정하는 묵묵히 일 잘하는 인재들이 있음에도 고과에서 이를 제대로 반영하지 못하는 부분이 있다. 따라서 보완 장치로 승진심사나 전보인사 때, 이런 친구들이 발탁될 수 있도록 사전 에 전 직원에게 설문을 하여 수렴하는 것도 하나의 방법이 될 수 있겠다.

그냥 단순히 추천한다가 아니라, 왜 그 사람이 발탁승진을 해야 하는지 구체적으로 의견을 제시하게 하되, 담합을 막을 수 있고 사실관계와 다른 이가 발탁되는 경우를 예방할 수 있는 장치도 필요하다. 일 잘하는 직원은 누구보다도 직원들이 더 잘 안다. 친분 관계에 의해서 정실 발탁이 되지 않게 하려면 보다 객관적이고 보편적인 지수 개발이 우선이다.

관리자에 대한 평점제도 역시 그 내용을 옳게 보아야 한다. 갑질과 폭언으로 일관해서 낮은 평점을 받는 사람이 있지만, 일을 더 잘하기 위해 혁신하고 새로운 일을 더 하는 관리자도 좋은 평점을 받지 못하는 경우가 많다. 기피부서·격무부서는 팀장뿐 아니라 7급 이하의 직원에 대해서도 직위공모를 통해 선발 배치하고, 일정 기간(2년) 이상 근무하면서 평가 결과를 근무평정과 승진에 반영하는 것도 하나의 방법이다.

어떤 인사정책을 도입하면 그 정책에만 달달달 올인하는 소위 본말이 전도된 구성원들을 어떻게 가려낼 것인지, 일 열심히 하고 제대로 해내면 당연히 점수를 잘 받는 시스템, 달랑 자기 필요한 것만 쏙 빼먹는 얌체들에 대한 변별력을 확보할 시스템도 필요하다.

혁신의 '혁(革)'은 갓 벗겨 낸 가죽(皮)을 무두질하여 새롭게 만든 가죽이므로, 면모를 일신한다는 뜻. 기존의 것, 즉 일체의 묵은 제도나 방식을 고쳐 새롭게 한다는 의미이다. '자기 조직적 개

혁' 내지는 '지속가능한 개혁'을 통해 그 열매가 누구한테 갈지를 깊이 고민해야 하는 이유다.

공무원 조직의 승진제도와 관련 이해를 돕기 위해 정리해 둔다. 부디 열심히 일해서 당해 아니면 그다음 해, 아니면 그다음 해라도 승진하시라.

〈공무원 승진제도〉

직장이라면 사기업이든 공공 부문이든 예외 없이 눈과 귀가 온통 쏠린 승진. 우리 조직의 승진제도의 대강은 이렇다. 승진 방법은 전원 심사승진이며 승진후보자명부 순위에 의한 승진 예정 인원의 법정 배수 내 직원에 대하여 승진심사위원회의 사전심사(예비심사) 및 인사위원회의 심의(본 심사) · 의결을 거쳐 승진 예정자를 결정한다.

승진 요건은 승진소요 최저연수 경과자(5급 사무관은 4년 이상, 6급은 3년 6개월 이상이 지나야 한다. 직급별로 다르다), 임용하고자 하는 결원 수에 따라 심사대상자 수가 달라진다. 예를 들어 임용하고자 하는 결원 수가 1명이면 서열 7명이 후보이고, 결원 수가 2명이면 10명의 후보가 심사대상이고, 결원 수가 6명 이상 10명 이하이면 결원 5명을 초과하는 각 1명당 3배수+20명이 후보

가 된다. 즉, 결원 수가 7명이면 26명이 되는 것이다. 기본적으로 교육훈련 의무 이수(4·5급 심사대상자 공통), 5급 승진 기본자격 이수(3과목), 직급별 필수자격(정보화 자격증 등)의 취득을 요한다.

이런 과정을 거쳐서 심사대상에 오른 후보들은 업무 추진실적 공개 및 검증, 7급 이하는 다면평가, 청렴성 검증을 거쳐 승진심사위원회의 예비심사, 인사위원회의 본심사를 통해 승진대상자로 결정된다.

심사 원칙은 관리자의 자질과 능력을 갖춘 자로서 구정업무에 기여한 공적이 뛰어나며 업무 추진 능력이 탁월하고 공·사생활에서 타의 모범이 되는 자를 우선 선발하고, 승진후보자명부 순위와 구정기여도, 주요 업무 추진 실적, 업무 추진력, 창의성, 신망도, 청렴도 등을 종합적으로 평가하여 적격자를 선발한다. 물론 청렴성 및 공·사생활에 문제가 있는 자, 근무 자세 불성실자 및 동료·상사로부터 지탄을 받는 자, 다면평가 결과 하위 5% 해당자 등은 제외된다.

심사 과정에서 서열이 뒤에 있어도 발탁승진이 있어, 고과 과정의 일부를 상쇄하기도 한다. 참고로 서울시의 경우는 사무관 승진에 있어 반은 심사승진으로 하고 심사대상에 올랐던 나머지는 역량평가로 반을 승진시킨다.

퇴직하니 매일 천국행이다

사기업에서 25개월, 그리고 계급사회에서 36년 10개월 10일을 살았다. 퇴직을 앞두고 결심한 것이 있다. 바로 출근이다. 새로운 일을 시작하기 전까지 나는 정해진 시간에 무조건 집을 나서기로 했다. 달라진 것은 행선지. 그리고 유급에서 무급으로, 수직에서 수평사회로의 합류.

퇴직 후 이레째 되는 2022년 7월 7일. 난 시간에 맞춰 어김없이 집을 나섰다. 사실 이 길을 퇴직 이후에 걷기 시작한 것은 아니다. 빗물이 범람하여 둔치의 이마를 잠그는 상황이 아니고서는 1년 4개월을 한결같이 뚜벅이로 출퇴근했다. 불광천 상류에서 시작해 모데라토로 45분 걸어 직장에 도착하면 오전 7시 30분쯤 된다.

다만 이곳 도서관은 9시 정각에 문을 연다. 더 일찍 와도 소용없다. 변두리 단독주택 밀집 지역 내에 위치한 도서관이라서 그

런지 청춘들이 별로 없다. 문을 열자마자 뛰어가 치열한 자리다툼을 할 필요가 없어 한결 마음이 놓인다. 오래전 서울 시내 시립도서관에 들어가면 나올 수도 없었다. 도서관 내를 벗어나면 자리를 내놔야 했기에.

도서관으로의 출근 복장은 늘 같다. 오른손에는 노트북, 왼손에는 물병과 휴대폰 그리고 잡다한 기기. 대림시장을 거쳐 속길 따라 싸목싸목, 서두르지 않아도 20분이면 족하다. 도서관에 나간 지 둘째 날 사물함을 발견하였다. 하지만 노트북을 이곳에 보관하진 않는다. 새 노트북이기도 하지만, 당분간은 내 스스로의 기강을 잡기 위해서라도 거치대까지 포함 4㎏은 되는 노트북과 가방을 들고 다니리라.

뜨거운 음료를 좋아하는 내게 보온병은 필수다. 연세가 좀 있으신 분들은 보온병을 마호병, 마호빙이라고도 한다. 일본어로 보온병을 가리키는 '魔法瓶(まほうびん)'에서 유래한 것이라는데, 뜻이야 당연히 따뜻함이 유지된다는 점에서 착안한 '마법병'. 요사이 흔히 말하는 텀블러도 이것의 일종이다.

어젯밤 비가 거칠게 쏟아지더니 아침은 좀 선선하다. 바람은 어떻게 머무는가? 바람은 늘 대상을 통해 자신을 시현(示現)한다. 도서관 정문 마당에서 올라간 깃대에 매달린 깃발을 보면 그의 존재를 확실히 알 수 있다. 무형의 유형. 태극기를 중심으로 좌우에 새마을기와 구기가 바람의 희롱을 자연스레 받아들인다. 바람의 샤워를 머리카락으로 쓸어 올려 바지랑대 위에서 가위바위보를

하며 펄럭거리는 모습이 제각각 싱싱하다.

어제 오늘 점심을 김밥천국에서 먹었다. 착한 김밥이 죽으면 가는 곳이 바로 '김밥천국'이라는 썰렁한 농담이 있었다. 메뉴판을 보면 맨 위에 '천국김밥'이라는 것이 있다. 값이 착해서 천국에 간 김밥이다. 2,500원. 대개 사내들의 선택지는 단순하다. 메뉴판을 대충 훑어보고는 "이모, 라면에 천국김밥이요." 아니면 돈가스. 하지만 남자 친구를 끌고 들어온 여성들은 메뉴판을 보는 즐거움을 안다.

천국김밥, 치즈김밥, 참치김밥, 참치마요김밥, 새우날치알김밥, 돈가스김밥, 킹소세지김밥, 직화소불고기김밥, 제육불고기김밥, 새우튀김김밥. 김치스팸김밥, 멸치김밥, 게살김밥… 라면, 떡라면, 치즈라면, 해물잠뽕라면, 만두라면, 떡만두라면, 쫄면, 칼국수, 수제비, 김치만두, 고기만두, 갈비만두, 떡볶이, 라볶이, 치즈떡볶이, 치즈라볶이, 어묵탕, 유부우동, 한우사골만두국, 한우사골떡국, 모듬튀김을 건너 식사류. 스팸김치볶음밥, 치즈스팸김치볶음밥, 햄야채볶음밥, 직화낙지덮밥, 직화주꾸미덮밥, 불고기낙지덮밥, 돌솥비빔밥, 비빔밥, 오므라이스, 치즈오므라이스, 뚝배기불고기, 생등심돈가스, 순두부찌개, 김치찌개, 된장찌개, 육개장, 부대찌개, 공깃밥. 그리고 계절메뉴. 물냉면, 비빔냉면, 냉모밀. 그리고 상대적 부자들의 세트메뉴. 돈가스+라면, 치즈돈가스+오므라이스+콜라.

어떤 드라마²에서 주인공이 그랬다. "메뉴판을 보는 즐거움을 아는 남자라면 참 괜찮다."고. 젊은 여성들은 60개가 넘는 메뉴에서 각각의 맛을 분별해 음식의 개별성을 확보한다. 뱃살을 염려하며 글루텐이 가득한 탄수화물과 밥 사이에서 끝없이 망설이다 분식집에서 그런 고민 따위는 어울리지 않는다며 "맛있게 먹으면 살 안 찐다."는 남자 친구의 넉살에 그저 행복한 웃음을 지으며 라볶이와 김밥, 돈가스 세트를 주문하는 여성들의 천국이 또한 김밥천국이다.

가볍게, 그리고 건강하게 먹고 싶다면 단연 김밥이다. 김밥 한 줄에 거대한 보온통에서 받아 온 육수 한 그릇이면 이후에도 몸이 가볍다. "김밥은 믿음직스러워요. 재료를 한눈에 볼 수 있어 예상 밖의 식감이나 맛에 놀랄 일도 없습니다." 2022년 드라마 〈이상한 변호사 우영우〉에서 나온 대사다.

주인 손맛을 안 타는 음식이 없다지만, 김밥이나 비빔밥만큼 예측 가능한 음식도 별로 없다. 김밥이나 비빔밥에 들어가는 야채들은 다시 가열되지 않은 채 밥과 섞인다. 어지간히 간을 못 보는 주인장이 아니고서는 우엉과 당근, 배추와 시금치, 콩나물, 달걀부침에 무슨 엄청난 맛의 편차가 있겠는가.

옆 테이블엔 먼저 온 노파의 제육덮밥을 같이 먹자고 합세한 동

---

2   이병헌, 김영영이 극본을 쓴 〈멜로가 체질〉. JTBC에서 2019년에 방영되었다.

글동글 뽀얀 노파. 제 음식을 나눠 먹자는 친구의 반죽이 그리 달갑지는 않았겠으나 수저의 움직임은 거침이 없다. "이 집 제육덮밥이 그렇게 맛있다며, 양도 많고. 오늘은 네가 사지만 낼은 내가 살꼬마." 동무라서 숭하지 않아 보인다. 안 본 척할 테니 맛있게 잡수세요.

　나는 순두부찌개다. 뜨거운 음식인 데다 가격도 저렴하다(6천 원). 비록 고깃덩어리는 안 들어가지만 계란이 둥둥 뜨고 바지락까지 골고루 들어가 먹을 맛이 난다. 덤으로 이 집에서만 맛볼 수 있는 콩나물국. 짠 것을 싫어하는 내게 딱이다. 천국이 별건가. 이 세상 마음 편히 앉아 즐길 수 있다면 그곳도 천국이다. 퇴직하니 도처가 천국이다.

저녁 밥상 위 고등어의 눈을 보며

내가 자란 일로(읍)는 무안군에 속해 있지만, 고향 사람들은 그저 일로(一老)라고 불렀다. 풍양 사람들이 행정구역상 예천군이지만 여전히 풍양에 산다고 말하듯 오래된 고장의 사람들이 대개 그렇다. 황토, 고구마, 양파, 낙지가 명물이고 33만㎢라는 엄청난 크기의 흰 연꽃 자생지인 회산백련지가 있는 곳이다.

마당극에 각설이 타령을 곁들여 근대 한국인의 애환을 그린 연극 〈품바〉가 초연된 곳이기도 하다. 〈품바〉는 5천 회 공연 기록으로 기네스북에 오르기도 했다. 한국의 다례인(茶禮人) 중 가장 중요한 인물로 꼽히는 초의선사의 고향도 일로다. 그는 1828년 지리산 칠불암에 머물면서 차서(茶書)『다신전』과『동다송』을 저술하였던 다성(茶聖).

우리 집은 가난했지만, 고장엔 농수산물이 풍부했다. 환경의 바로미터라는 작은 고래 상괭이의 집단 군무를 그 시절 자주 볼

수 있었다. 또 무안갯벌은 세계 5대 갯벌 중 하나로 2001년 우리 나라 최초로 습지보호지역으로 지정되었고, 2008년에 람사르습 지에 등록되어 도립공원으로도 지정되었다.

 난 대학을 갈 형편이 되지 않았기에, 진로는 중학교 때 결정해 야 했다. 그 시절 난 대학 아니면 취업 외에 제3의 진로는 없는 줄 알았다. 나는 목포기계공고를 목표로 했다. 지금은 어떤지 잘 모 르겠으나, 당시엔 지역에 이름난 상고와 공고가 있었다. 비평준 화 지역이라서 경쟁도 치열했다.

 1979년 합격 이후 낮에는 학과 수업을 하고 밤에는 실습했다. 군 정비창에 커다랗게 붙어 있던 표어, '닦고 조이고 기름칠하자' 라는 말은 이때부터 익숙했다. 실습실에 들어가면 A0제도용지인 하얀 켄트지와 자브(과업지시서)가 기다렸다. 쏟아지는 형광등을 받은 켄트지는 마치 폭설이 내린 대관령을 선글라스도 없이 걷는 듯한 눈부신 설원이었다.

 기계로 깎는 것이 기계과의 영역이라면, 내가 선택한 기계설계 는 상상 속에서 자르고 부수고 부품을 조립하는 세계다. 정면도, 측면도, 평면도, 3차원의 드로잉. T자, 분도기에서 드랩트 머신 (Drafting Machine)으로, 트레이싱페이퍼, 드로잉 먹물 펜이 주요 도구였다.

 실습 선생님은 우리 반 담임이기도 했는데 연로하셨다. 판금이 전공이라 기계설계 쪽으로는 역량이 부족하였고, 무엇보다 우린

대놓고 해답지를 보고 베꼈다. 실습은 현장에서 지도하는 선생님의 역할이 무척 중요하다. 하지만 우린 숙련된 장인의 손길이나 가르침을 받을 수 없었다. 실력 있는 옆 반 선생님이 그렇게 부러울 수가 없었다. 실제 전문성과 같은 실력에선 기계제도 수준이었고, 자존심만은 정밀기계설계와 어깨동무를 하고 있었다.

적성이야 맞든 안 맞든 산을 옮기는 심정으로 이론과 실기에 매달렸다. 3학년 1학기 때 남들 따지 못하는 정밀설계기능사 2급(1981.4.)을 땄고 2학기 때는 남들 다 따는 기계제도기능사 2급(1981.10.)을 취득했다. 이때 정밀설계기능사 자격증(FIC) 부상금으로 받은 장학금 10만 원은 학교에 전액 기부하였다.

실습에서는 늘 헤맸던 어리바리한 내가 150명 중 10명에 들어가다니. 느리게 배웠지만, 배운 것은 확실히 내 것으로 만드는 '숨겨진 재능'이 있었는지, 아니면 제일 마지막까지 교실에 남아 문제를 풀었던 인내심 때문인지 어쨌든 나도 모르게 실력이 축적되었던 것 같다.

졸업을 앞두고 나 역시 취업에 온 신경이 쏠렸다. 전통적으로 현대, 삼성, 대우라는 빅3 기업을 당시 공고생들은 선호했다. 나 역시 그룹 3사의 입사시험 원서를 목이 빠지게 기다렸다. 1981년 그해 제일 먼저 우리 학교에 노크한 기업은 삼성이었다.

지금도 그렇지만 우리나라 조선업은 세계 최고 수준이었다. 재계 랭킹 1위인 현대의 현대중공업, 조선 분야의 1위인 대우조선

의 원서를 내심 기다렸다. 나에게 온 첫 번째 카드로 응시하기로 마음먹었다. 하지만 학교 추천 원서는 오지 않았다. 후에 안 사실이지만, 그해는 현대중공업도 대우조선에서도 학교 추천 입사원서가 없었다고 한다.

예년보다 취업이 늦어졌기에 마냥 기다릴 수만은 없었다. 삼성 3사(전자, 중공업, 제지)의 문고리 중 하나를 잡아야 했다. 담임 선생님은 삼성전자(수원)는 도제식으로 운용되는 기능장들의 몫이라고 아예 못을 박았다. 젠장! 결국 선택지는 2개. 삼성중공업(거제)으로 갈 것이냐, 전주제지를 택할 것이냐. 해당 기업에 대한 구체적인 정보가 없어 고향 일로(一老, 무안군 소속)와 가까운 전주를 선택했다.

서류 전형에선 내신과 자격증 등을 심사했고, 필기시험, 적성검사에 이어 면접을 보고 입사했다. 내게 주어진 파트는 전공과는 거리가 먼 초지과(抄紙課)의 피니시 라인이던 리와인드 파트였다. 경공업 분야이니 당연했다. 하지만 회사를 오래 다니진 못했다. 입대 영장이 나왔기 때문이다. 빨간 딱지에 이어 퍼런 딱지가 나의 청춘을 기다리고 있었다. 빨간 딱지는 징병검사통지서고, 파란 딱지는 입대영장이다.

배속받은 곳은 육군종합행정학교였다. 성남시 장지동에 학교가 있었는데, 실제 복무는 명륜동의 성균관대학교 103학군단에서 했다. 다행히 틈틈이 책을 볼 시간이 많았다. 주요 업무는 무관

후보생의 군사훈련(ROTC)과 학부생들에 대한 군사교육(MTC), 야간대학원 위탁 장교들에 대한 행정지원이었다.

퀴퀴한 시멘트 바닥에 군홧발 소리만 요란한 곳이 군대라지만, 이곳에는 대학 본부에서 지원한 내 또래의 타자수 아가씨와 야간 여자고등학교에 다니는 사동이 있었다. 이름도 장미였다. 당연히 전방 GOP 수컷들의 연병장과는 사뭇 분위기가 달랐다. 학군단 은 예비역 포함 장교들의 집합소였고, 단장은 현역 육사 출신 대령이었다.

행정병인 나에게 예산농고 출신의 선임 하사님은 속내를 훤히 들여다본 듯 "너는 나가서 '공(公)'자와 인연을 맺어라."라고 예언을 곁들인 조언을 하셨다. 알게 모르게 원하는 대학에 가기 위한 숨 가쁜 레이스가 시작되었다. 계열도 문과로 확 바꿨다.

기왕 서울의 복판, 그것도 대학에서 근무를 했기에 난 제대 후 다시 지방으로 내려가고 싶진 않았다. 회사 일 역시 전공 분야도 아니고 무엇보다 대졸과 고졸에 대한 처우는 너무나 달랐다. 나 는 관리자, 그러니까 화이트컬러가 되고 싶었다. 특히 부대 내 선 후배는 대부분 대학생이었고 그중 최고 학부를 다니는 이들도 꽤 되었다.

제대 후 전주의 회사로 갔다. 당연히 내가 복귀(귀사)할 것으 로 믿어 의심치 않던 인사과장님은 나를 반겼다. 하지만 난 서울 의 태평로에 있는 그룹 본사로 발령을 요청했고 밀당은 사흘간 이

어졌다. 본사로 알아보더니 발령을 내줄 수 없다고 했다. 이에 난 과감히 퇴사했다. 그리고 수원에 있는 국립 세무대에 호기롭게 도전, 면접까지 보았으나 거기까지였다. 우선 직장을 구해야 했다.

지금 뒤돌아봐도 공과 계열은 내게는 맞지 않았다. 당시 한국 경제는 사우디아라비아의 공항 건설, 리비아 대수로 개발 등 중동 SOC붐의 막차를 타고 있었다. 그랬기에 난 당연히 먼저 취직해서 돈을 벌고, 이후에 진학하는 것이 연차별 목표였다. 내 안에서 무시로 꿈틀거리는 활화산은 당분간 멈출 이유를 갖고 있었던 것이다.

학창 시절 정말 열심히 했으니 지금 생각해도 후회는 없다. 어느 정도 지혜가 쌓인 후 복기해 보니 공부 요령을 좀 더 달리했었더라면 우공이산의 무모함은 많이 거세되었을 텐데 하는 아쉬움 정도만 남았다.

입시 준비를 하며 그저 시간을 보낼 순 없었다. 노모와 함께 둘째 형님 댁에서 더부살이를 하니 더욱 면목이 없었다. 곧바로 내가 들어갈 수 있는 곳이 있는지 알아보았다. 마침 종로에 박문각이라는 공무원 고시학원이 있었고, 그곳이 내 길토래비가 될 것이라는 생각에 자주 드나들었다. 사명감이니 국가관이니 이런 거창한 슬로건보다는 호구지책을 위한 방편이었다.

먼저 총무처 행정직에 응시하였으나 심혈을 기울인 수학이 발목을 잡았다. 시험 날 물먹은 솜이 돼 돌아와 풀어보니 최소 60점

을 넘어서 다른 과목의 점수가 아까웠다. 특히 전통적으로 강한 국어는 문제가 쏙쏙 들어왔기에 시험을 보면서 '높은 점수로 합격하겠구나!' 하며 김칫국만 실컷 들이켰다.

곧이어 치른 서울시 지방공무원시험을 통해 공직에 입문했다. 그때까지도 난 '서울'이 지방이라는 사실을 몰랐다. 지방자치가 실시되기 전 관선시대, 서슬 퍼런 군사정권이었으니 다른 누구도 그리 생각했을 것. 총리실 산하라는 것은 더더구나.

이후 방송대 법학과(1992), 국문과(2007)에 등록하여 다니는 둥 마는 둥 하다가 학기를 마치지 못하고, 직장에서 경험한 '관광학'을 공부해 보고 싶어 뒤늦게 등록하여 과거의 우를 범하지 않으려 고군분투했다. 3년간 동안 익힌 시·구 관광행정 정책을 학문과 융합하기 위해 현재 5학기째 열공 중이다.

최근엔 명절을 앞두고 어른들이 조카나 아랫사람에게 묻지 말아야 할 것을 신문에서 소개한다. '넌 언제 결혼할 거냐?'며 스트레스를 주지 말라는 건 이미 익숙하다. 그중 내가 흥미롭게 보았던 대목은 조카들에게 "넌 꿈이 뭐니?"라고 묻는 것이란다.

20세기는 영웅의 시대였다. 개천에서 용이 나고, 쌀집 점원이 재벌이 되기도 했다. 빈민가에서 뛰어난 스포츠 스타가 탄생했으며, 흑인 대통령을 키워 낸 시대이기도 하다. 삶의 목적이 '숨 쉬는 것'이 아닌 것처럼, 꿈과 목표가 없는 인생은 살아도 죽은 것이라는 인식이 강했다. 어른들은 아이들에게 꿈을 물었고, 대답 중

빠지지 않았던 것은 대통령과 선생님, 과학자 같은 것이었다.

돌아보면 그것은 꿈이 아닌 직업이었다. 꿈에는 사회와 세상을 향한 가치가 투영되어 있지만 직업이 꼭 그런 것은 아니다. 직업은 생계를 위해서도, 좋아서도, 그리고 꿈을 이루기 위한 수단으로도 선택할 수 있다. 그런데 이제 청소년들은 그 꿈 말고도 '좋아하는 것이 뭐니?'라는 질문도 부담스럽단다. 실제 좋아하는 것이 게임밖에 없거나 자신이 뭘 좋아하는지 몰라 고민하는 아이들도 많으니까.

기존의 범주화된 영역, 그러니까 노래나 춤, 그림이나 로켓, 차, 강아지 등에 특별한 애정이 있을 것으로 생각한 어른들은 실망할 수 있다. 어른은 좋아하는 것도 직업으로 연결 짓기 마련이다. 가령 강아지를 좋아하는 아이에게 커서 수의사가 되면 좋겠다고 말하거나, 스케치를 좋아하는 아이는 웹툰 작가로 키우면 되겠다고 생각한다.

언젠가 배우 신구 선생에게 라디오 진행자가 물었다.

"선생님, 어떻게 그렇게 오랜 세월 외길을 걸으실 수 있으셨어요?"

신구 선생의 대답은 간단했다.

"연기 외에는 달리 할 줄 아는 게 없었거든. 배가 고파도 연기만 했으니까 나중엔 할 수 있는 게 없어지더라고…."

실제로 세상의 많은 일은 이렇게 이뤄진다. 나 역시 꿈이니 좋

아하는 것이니 하는 고민이 천상(天上)의 것이라면, 현실의 직업은 월세와 쌀, 그리고 아이들 학비를 내어 주는 지상(地上)의 것이었다.

나의 공직 생활은 그렇게 구성되었다. 다만 내가 가진 소박한 가치라면 세금 받아먹는 공복으로, 월급값은 해야 한다는 것이었다. 거창하지 않아도 본연의 노릇이라면 응당히 몸을 들이밀어 땀 흘리는 하루. 그것이 저녁 밥상 위에 올라온 고등어의 눈을 보며 부끄럽지 않을 수 있는 유일한 방법이기도 했다.

사람의 숲에서 재목을 알아보기

하루는 전입 직원들의 부서 배치를 위해 과장들이 모두 모였다. 그중 신입 행정직 2명에 대한 선택권이 내게 왔다. 사실 이름 외에는 그이들에 대한 아무런 정보도 없었다.

"주무과에서 알아서 하세요."

그래도 선택하라고 조른다. 난 김○○에 동그라미를 친다. 굳이 나에게 고르라고 해서 선택한 사람이기에 당연히 우리 부서로 올 줄 알았다. 하지만 다음 날 7급 이하 인사발령장 수여식장에서 보니 김○○이 아닌 이◇◇로 바뀌었다. 그저 모르는 척 넘어갔지만, 물어보나마나 뻔하다. 국(소) 주무과에서 당일 아침 면대하니 그 직원이 무척 맘에 들었던 모양이다. 김○○이란 직원에 대해 아는 게 없었지만, 서운함마저 어쩔 순 없었다.

하지만 결과는 대만족이었다. 이◇◇은 그야말로 보물덩어리

였다. 소위 금수저 집안인데도 마음도 이쁘고 일까지 척척 알아서 했다. 하나를 일러 주면 정확히 이해하고 실행하는 친구라 가르치는 맛도 쏠쏠했다. 일을 잘하니 자연히 이뻐 보이기 시작했다. 나중엔 내가 처음에 동그라미를 쳤던 김○○이 내게 인사를 할 때마다 속으로 '우리 이◇◇이 백배 낫지. 아무렴.' 하며 되뇌는 지경에 이르렀다.

나는 과장 또는 동장 시절 신입사원의 부모님께 육필로 초대장을 보내 식사에 초대하곤 했다. 자녀분의 일하는 모습과 근무 환경 등을 둘러보고 꽃다발까지 드리자는 생각이었다. 하지만 부모님들은 이런저런 이유로 응하지 않으셨다. 그 친구는 부모님이 현직 의사라서 시간이 나질 않는다고 했다. 서랍에서 버리지 않고 남겨 둔 3년 전의 그 부서 배치 초안을 보니 웃음이 절로. 지금은 외청에 가 있는 *현아! 내 맘 알지?

한번은 부서에 전입 온 직원 4명의 팀을 배치해야 했다. 유독 H 팀장님이 특정 직원을 지목해서 달라고 요청했다. 부서장으로서 난감했다. 전체를 좀 보고 요구하면 얼마나 좋아. 하지만 여자 팀장님을 이길 수야 있나? 입이 댓 발 나온 그분 뜻대로 해 주었다. 그리고 몇 개월 후 H 팀장님은 조용히 내게 다가와 속삭였다.

"과장님 말씀을 들을걸…. 제 발등 제가 찍었네요."

그분과는 이런저런 일로 인연이 깊다. 해프닝 중 가장 기억에 남는 일은 구의회 상임위 민간위탁 동의 상정 건이다. 구의회 정

례회에서 '2020년 예산안 예비심사 및 민간 위탁 동의안 심사 중 민간위탁 동의안'이 상정되었다. 예산안 예비심사 후 복지도시위원장이 갑자기 예정에 없던 〈민간 위탁 동의 상정안〉에 대한 제안 설명을 하라고 하는 것 아닌가.

정례회가 열리기 전에 난 팀장으로 하여금 C 전문위원에게 제안 설명 등을 알아보라고 지시했지만, 모 전문위원은 제안 설명이 필요 없다고 했다는 말을 전해 들었다. 즉시 단상으로 튀어 나가 임기응변으로 대처. "존경하는"으로 시작해서 취지와 기대 효과에 대해 설명했다. 누구를 탓하랴.

또 하루는 H 팀장이 출근길 교통사고 가해자가 되어 나락의 보따리를 껴안고 실의에 빠져 있었다. 당시 내가 직원들의 탄원서를 조직해서 챙겨 줬더니 무척 존경하는 눈빛으로 나를 쳐다보는 것이 아닌가.

악(岳) 악(岳) 찾다 악악하는

1984년 무렵이었다. 형님 집은 아마도 성북2동 만해 한용운의 아담한 사저 심우장(尋牛莊)이 내려다보이는 언덕이었을 것이다. 낙산 이화동의 명물, 타일로 꽃을 피운 60개 꽃 계단을 올라 8부 능선쯤에 올라야 나온다.

그 시절 난 매일 아침 하얀 물통에 약수를 받아 왔다. 경로는 이화장과 대학로를 거쳐 성균관대학교 뒤 백악산 약수터. 난 매일 200개의 계단을 오르내렸다. 생활의 긴장을 잃지 않기 위해 매일 새벽에 일어나 몸을 다듬었다. 젊은 시절의 단련은 직장에 들어가서도 달리고 걷고 오르는 육체적 활동에 대한 자신감으로 이어졌다.

1990년 봄부터 3년 남짓 매주 일요일 산을 탔다. 주5일제가 전체 정부부처에 실행된 것이 2005년이었으니, 당시 토요일은 오전

근무를 해야 하는 반공일이었다. 내가 오른 산 이름 열에 아홉은 악(岳)이 들어갔다. 삼악, 운악, 관악, 치악, 월악, 설악, 백악, 황악, 모악, 감악, 악휘봉 등.

심지어 구례 화엄사에서 진주 중산리까지 회사 산악회 동료 넷이서 1박 2일로 종주하기도 했다. 이 코스는 대표적인 지리산 종주구간으로 총거리가 47㎞다. 14시간 이상 흔들림 없이 걸어야 하기에 훈련된 산악인이 아니고선 2박 3일이 일반적인 일정이다.

형 셋과 막내인 나, 이렇게 넷은 회사에서도 알아주는 One팀이었다. 47㎞가 아니라, 2박 3일 100㎞ 등정에 도전하기로 했다. 회사 산악회의 앞자리에 우리 4인방의 깃발을 꽂고자 하는 마음에 무리해서라도 기록을 남기고 싶었다. 막내인 나는 돌쇠의 체력을 보여 주기 위해 배낭의 부피도 남달랐고, 입맛이 좋을 때니 당연히 힘도 좋았다. 하지만 이제 와 돌아보니 젊은 날의 치기 같은 것이다. 그땐 잘 몰랐다. 슬관절은 사용할수록 닳고 특히 내리막길이나 내려오는 계단에서 급속도로 소모된다는 것을.

당시 산행일지는 찾을 수 없고, 다만 그다음으로 열심히 걸었던 지리산 산행 일정의 기록은 남았다. 1992년 5월 3일(일)~5월 5일(어린이날)까지 2박 3일간 4명이 지리산을 걸었다. 102.98㎞, 만보계로 81,098보.

첫날(5.3.)

서울역(전날 23:50 통일호, 입석) → 남원역(05:06 도착, 해장국)

→ 남원역(06:24 택시로 이동) → 용담리 → 육모정(六茅亭) → 주천 → 정령치 → 노고단주차장(07:10 도착) → 산행 시작. 노고단(08:25, 1507m) → 돼지평전(09:38) → 임걸령(09:55, 1320m) → 노루목(10:30) → 삼도봉(1499m) → 백사골정상(12:35) → 토끼봉(1534m) → 총각샘 → 명선봉(1586m) → 연하천산장(15:30, 1박)

둘째 날(5.4.)

연하천산장(08:10) → 형제봉(09:10) → 벽소령(10:05) → 덕평봉(1522m) → 세석평전(1560m) → 선비샘(11:15), 13:55출발 → 칠선봉(14:45, 1558m) → 영신봉(16:10, 1652m) → 다시 세석산장(16:50, 1박)

셋째 날(5.5.)

세석산장(05:45) → 촛대봉(1703m) → 삼신봉(1289m) → 연하봉(1730m) → 장터목산장(07:15, 1653m) → 소지봉(09:05, (1499m) → 참샘 → 백무동 민박촌(13:00) → 산행 마감 → 인월(마천) → 남원 → 전주 → 이리 → 군산 → 다시 이리(23:59) → 서울(03:20)

그 시절 난 능선의 밤하늘 아래로 달빛을 받으며 흐르던 운해를 보며 감격했고, 근육이 지녔던 모든 에너지를 소진할 때 찾아오

는 엔도르핀의 행복감을 오롯이 즐겼다. 일요일이 가까워지면 배낭 속에 장비를 욱여넣으며 정념에 빠지곤 했다.

하지만 악산(岳山)을 탔던 혈기는 관절과 인대를 조금씩 망가뜨렸다. 체계적인 관리로 무릎과 근육을 보호하지 않았기에 이제는 깊은 산을 가면 내려올 길이 아득한 것이다. 그야말로 악악거리며 악산을 찾던 관절은 이제 내리막 한 걸음마다 악악대며 비명을 질러 댄다.

푸르렀던 시절의 만용이라 할 수 있지만, 그 시절 매주 체력의 한계에 도전하며 고통 이후에 찾아오는 성취감에서 행복을 얻었던 기억은 지금도 단단한 생활력의 토대가 되었다. 아침에 일어나 바라본 하늘이 청명하고 서늘한 기운을 품고 있으면 지금도 이렇게 심장이 뛰는 것이다.

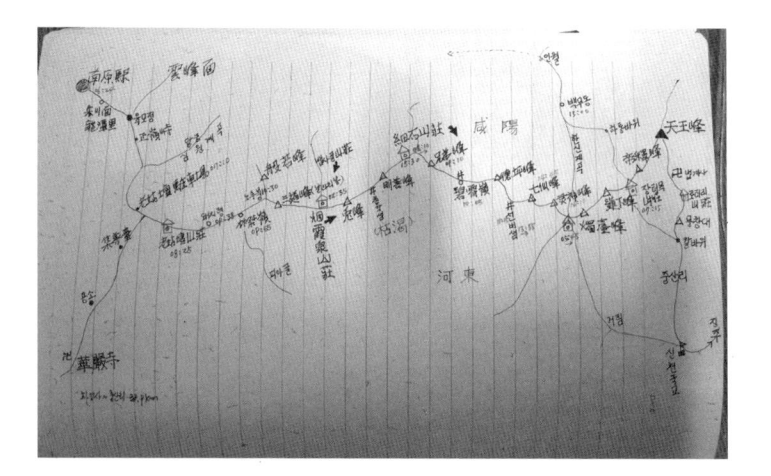

1992년 5월 당시의 등반 수첩

반성문

#2014년 어느 날의 반성문

사실 전 한때 농땡이 대장이었습니다. 저를 만난 상관들은 너나없이 말했습니다.

"쟤는 반항아야. 사회에 불만이 아주 많아."

그때 저는 원하지 않는 길로 들어선 저 자신에게 마구 돌을 던졌습니다. 1989년 3월 내부 승진시험으로 한 계단 오르기 전까지는 그랬습니다. 그래도 두 가지는 확실하게 지켰습니다. 출근 시간 그리고 고지서 직접 송달입니다.

전날 술이 떡이 돼서도 어떻게든 제시간에 직장에 나와서 요령

껏 사라졌습니다. 이재(吏才)는 아니더라도 오고당하(午鼓堂下)¹는 스스로에게도 허락할 수 없는 일. 예전에 동사무소에서는 오물수거 수수료, 세금고지서, 취학통지서, 예비군 및 징집명령서 등 각종 고지서 돌리는 일이 상당히 많았습니다.

대부분의 동료들은 민방위통지서만 돌릴 의무가 있는 통장님에게 고지서를 내맡기고 고지서의 '전달부 수령인난'에는 소지하고 있던 수백 개의 막도장을 함부로 찍어 댔습니다. 어떻게 들릴지 모르겠지만, 농땡이를 치는 와중에도 내가 해야 할 일을 남에게 넘기진 않았다는 뜻입니다. 물론 그게 자랑은 아닙니다. 당연히 제가 해야 할 업무였으니까요.

1990년 구청으로 발령 나면서부터 제가 생각해도 전 열심히 일했습니다. 24년 난닝구에 땀이 젖지 않은 날이 그리 많지 않았습니다. 장담하건대 앞으로도 변함없을 것입니다. 전 반면교사로 일을 배웠습니다. 좋은 스승이 많지 않았지만, 나쁜 선배들은 많았기에 그들의 행실이 길잡이가 되어 주었습니다.

'저렇게만 하지 않으면 되겠구나.'

네, 이게 당시 제가 가지고 있던 윤리적 나침반입니다. 승진 때만 되면 열심히 일하는 척하는 이들, 생색나는 일만 하려는 이들,

---

1   오고당상(午鼓堂上)이 정오 종을 칠 때쯤에 출근하여 일을 시작하는 관리라는 뜻이니 오고당하야 더 게으름을 의미한다.

여기저기 기웃거리는 이들. 팀장, 과장만 되면 일손 놓고 폼 잡는 일부 관리자들을 보고 배웠습니다. 다 그런 것은 아니지만, 염치 없이 봉급 받는 사람들이 참 많습니다.

일이라는 것이 그렇습니다. 칼로 무 썰듯이 모든 일의 경계가 뚜렷한 것이 아닙니다. 그러니 어떤 일은 해도 그만 안 해도 그만 인 일로 보일 수 있습니다. 하지만 양심을 기준으로 하면 세상에 그런 일은 없습니다. 리더라면 솔선수범하는 것은 물론이고, 아 랫사람보다 훨씬 많이 받는 봉급만큼의 가치 있는 일을 해야 합니 다. (2014년 0월 00일)

#이제 와서 쓰는 반성문

더 잘할걸, 베풀걸, 즐길걸….

정답만을 찾아 동그라미 치던 세월이 너무 길었습니다. 가끔은 삑사리도 좀 내면서, 허튼소리도 좀 하면서, 그렇게 쉼표를 찍어 가며 살걸 그랬습니다. 종점을 앞두고 뒤늦게 발동 걸린 신소리, 흰소리….

특히 아이들에 대해서 너무 해 준 게 없습니다. 아이는 부모의 등을 보고 자란다는데, 애보다는 내 입장이 먼저였고 체벌로 이 어질 때도 많았습니다. 잔소리를 너무 많이 했는데, 그땐 엄하게 키우는 것과 사랑을 구별하지 못했습니다. 뒤늦게 아이들과 여행

을 꿈꿨으나 이미 커 버린 아이들의 마음과 내 마음과의 거리는 좀처럼 좁혀지지 않았습니다. 그렇게 자판을 두드리며 홀로 세웠던 계획들은 수정되지 않은 채 이따금 뒤통수를 간지럽힙니다.

자기계발 분야의 베스트셀러 작가인 브라이언 트레이시는 『백만불짜리 습관』에서 "당신은 당신이 가장 많은 시간 동안 생각한 무엇이 된다(You do become what you think about most of the time)."라고 했습니다. 그렇다면 내 생애 동안 가장 많이 생각한 그 무엇은 무엇일까요. 영국 속담에 "지혜는 들음에서 생기고 후회는 말함에서 생긴다."고 했습니다. 요즘은 이 대목에서 오랫동안 머물게 됩니다.

요행과 다행, 우연과 운명 사이에서

언젠가 늘 복권을 선물로 주는 사람의 이야기를 들었다. 그이는 매주 로또 복권을 여러 장 사서 그 주에 특별히 고맙거나 애정을 표현하고 싶은 이에게 로또 한 장씩을 선물로 주곤 했단다. 로또 1장에 5회의 응모번호가 있으니, 그는 5천 원짜리 '대박의 꿈'을 선물한 셈이다. 그는 로또를 선물로 주는 이유를 이렇게 말했다.

"5천 원으로 1주일 내내 설렐 수 있다면 복권보다 좋은 선물이 어디에 있겠는가. 그리고 1등 당첨 가능성은 적어도 '814만 5060분의 1'이라는 확률로 분명히 존재하니 '인생 대박'이 아예 불가능한 것은 아니지 않느냐."

그렇게 듣고 보면 또 그런 것도 같다. 복권을 산 자가 대낮에 벼락 맞을 확률보다 운이 좋다면 기적을 얻을 수 있다. 로또 역대 최고 당첨금은 2003년 봄의 19회 1등 당첨금이었다. 무려 407

억 2,295만 9,400원이었는데, 이는 통상 5명 정도 나오던 1등이 3회 연속 나오지 않아 금액이 이월되었기 때문이다. 그는 인생의 모든 운을 모아 한 번에 쓴 것이 분명했다.

성인이라면 카지노나 파친코, 복권과 같은 도박성 게임에서 딸 확률보다 잃을 확률이 더 많다는 것을 잘 알고 있다. 그럼에도 사람들은 특별한 행운에 돈을 건다. 누구나 당첨이 되는 게임이라면 승률은 높지만 상금도 적다. 확률이 적을수록 상금은 올라간다.

행동경제학자들은 경제 주체들의 행동을 분석한 결과, 비이성적인 선택을 하는 경우가 의외로 많다는 것을 규명했다. 그리고 뇌 과학자들은 인간의 뇌는 애초에 타인의 불행과 죽음은 쉽게 떠올리지만 자신에게 닥칠 불행은 생각하지 않는 방향으로 진화했다는 것을 밝혀냈다. 과도한 긴장과 공포심은 인간의 진화에 유리하지 않기 때문이다.

중요한 결정을 운에 맡기는 행동은 얼핏 불합리한 것으로 보인다. 하지만 대부분 축구 리그에선 중앙선에서 양 팀의 공수(攻守)를 결정하기 위해 동전을 던진다. 심지어 국가도 이 운발의 시스템을 활용한다. 태국의 경우 징병 대상자를 제비뽑기로 고른다. 병역 대상자로 뽑힐 확률이 20% 정도라고 하니 태국 젊은이 입장에선 해 볼 만한 승률이다.

다만 태국은 자발적 지원병을 늘리기 위해 복무 기간을 조정했다. 자발적으로 지원할 경우 대졸자의 경우 6개월, 고졸자는 1년이지만, 제비뽑기로 당첨(?)되는 비자발적 병역 선발인원은 2년 동안 복무해야 한다. 이런 제도는 젊은이에게 재미있는 심리적 교훈을 준다.

우선 제비뽑기 결과에 대해 누구도 불공정하다고 불만을 품지 않는다고 한다. 제비뽑기 자체가 운이니까, 운이 나빠 징병된 사람은 그저 자신의 불운(?)을 탓하거나 운명으로 받아들인다. 그리고 요행을 갈구하면 반드시 대가가 따른다는 것을 보여 준다. 남들보다 1년 이상 더 복무하면서 자신의 선택을 두고두고 생각하게 된다는 것이다. 하지만 태국인은 그것조차 운명으로 받아들인다.

구약에도 제비뽑기에 대한 기록이 있다. 레위기 16장 8절에서 대제사장은 속죄일에 두 염소 중 어느 것을 제물로 바칠 것인지를 결정하기 위해 제비를 뽑으라는 지시를 받았고, 여호수아 18장 6~10절에 가나안 땅이 이스라엘 지파들에게 제비를 뽑아 분배되었다. 역대기 상 24장 5절에서 제사장들은 성전에서 직무를 수행할 순서를 결정하기 위해 제비를 뽑았다. 이런 걸 보면 아마도 복권의 기원은 하늘이 열릴 때부터 이미 존재한 것은 아닐까?

기적과 요행으로 일확천금을 딴 자들에 대한 뉴스도 흥미롭다. 과거에는 당첨금 수백억을 딴 사람이 방종과 사기로 전 재산을 잃

고 노숙자가 되었다는 뉴스가 단골이었다. 이런 뉴스는 '쉽게 번 돈은 쉽게 빠져나간다.'는 진리를 각인시켰고, 오직 자신의 땀으로 얻는 성취가 참된 것이라는 교훈을 주었다.

　이런 뉴스에 심술이 난 기자들도 많았나 보다. 그들은 주식의 급등 또는 복권 당첨으로 거부가 된 사람들의 행복한 일상을 전한다. 당첨자들은 학자금 대출을 모두 갚고 부모님께 저택을 사 드린 후, 연인과 함께 15년째 고급 요트로 세계 여행을 하고 있거나 스페인의 알카사르성과 같은 거대한 저택에서 당첨금보다 100배나 많은 투자금을 굴리는 부자의 삶을 살고 있다는 것이다. 서운하게도(?) 그들은 지금이 과거보다 훨씬 행복하다고 말한다.

　우리 동네 역 광장에도 소위 '로또 명당'이란 곳이 있다. 1등 당첨자가 다른 곳에 비해 곱절이란다. 토요일 오전이면 꼬리에 꼬리를 무는 문전성시다. 나라고 흔들리지 않았던 것은 아니다. 내 안에 황금과 영혼을 맞바꾸게 한 『파우스트』의 악마, '메피스토(Mephisto)'가 왜 없겠는가. 다만 기질적으로 그런 요행이나 벼락 맞을 운 같은 것에 기대지 않았다. 그런 천운이 내게 오지도 않았지만, 무엇보다 행운은 노력의 산물이라고 생각하기 때문이다. 특히 시험 합격은 최선을 다한 사람에게 하늘이 내려 주는 선물인 듯하다.

　최선을 다하고 결과는 하늘에 맡기자는 생각은 고3 시절 취득했던 자격증으로 인해 생긴 것 같다. 고3이었던 1981년 봄에 정

밀설계 기능사 2급 자격증(FIC)을 따고 10월에는 기계제도기능사 2급을 취득했다.

시험에도 운이 필요하지만 내가 경험한 바에 의하면 시험은 객관적이다. 특히 정밀설계기능사는 내게 놀라움을 안겨 줬다. 실습시간에 늘 과제물을 늦게 제출하고 번번이 헤맸던 나. 열에 아홉 문제는 정답지를 보고서야 완성할 수 있었던 실력이었음에도 150명 중 10명이 합격하는 정밀설계기능사 2급에 도전했다. 실기시험은 심리적인 백병전이었다.

결과물을 제출하고 나오니 거의 탈출하듯 시험장을 나온 친구들이 밤샌 몰골로 웅성거리고 있었다. 작업지시서의 지문(地文)을 제대로 이해하지 못했고 시간도 부족하여 대부분 중간에서 포기하고 나왔다는 것이다. 주관적 판단으로는 내가 떨어져야 정상이었지만, 기능사 시험이라는 객관의 영역에선 나보다 빨리 과제를 이해하고 제출했던 급우들이 떨어지고 나는 합격했다.

마감종이 땡 칠 때까지 매번 끙끙대며 과제를 완료했던 습관이 도움이 되었다. 문제가 너무 어려워 지레 친구들이 포기하고 있을 때, 난 종이 울릴 때까지 붙잡고 있었다. 지금은 허용되지 않지만, 당시에는 종료 후 1~2분은 허용하는 경우가 많았다.

나에게 문제란 늘 어려운 것이었다. 그래서 당일 지문이 더 특별히 어렵다고 생각하진 않았다. 평소와 같이 하나씩 단계를 밟으며 마지막까지 풀어 종료 시간이 넘어서야 답안을 제출했던 것이 나에게 합격을 가져다주었다. 꼼꼼히 들여다보고 하나씩 생각

하다 보면, 접신(接神)하는 경우가 있다.

운전면허시험을 볼 때도 특유의 '끝까지 매달리기' 근성은 빛을 발했다. 도봉면허시험장에서의 기능시험(수동 클러치 면허). 당일 추적추적 비는 내리고 오르막 정지선에서 잠깐 신호에 맞게 멈춰야 하는데, 이런…. 시동이 꺼진다. 시험관으로 동석한 매서운 여경(시험감독관)의 눈빛.

"내리세요."

통상 감독관이 내리라고 하면 수험생들은 탈락을 받아들이고 내릴 것이다. 하지만 난 시동이 꺼지자마자 잽싸게 다시 시동을 걸었다. 감독관은 '얘는 뭐지?' 하는 표정에서 짐짓 봐주겠다는 표정으로 고개를 끄덕인다. 도봉시험장의 '언덕길 정차'는 마의 구간, 즉 지뢰밭이라고 소문이 났다. 1995년 4월에 드디어 2종 보통 면허증을 한 번에 취득했다.

재직 30년 즈음에 장기재직 휴가를 갔다. 그간 쓰지 않은 휴가가 꽤 남았다. 이번에는 쓰지 않으면 끝이라는 각오로 마지막 배수진을 치고 3종류의 휴가를 몰아서 썼다. 4분의 1가량은 훼손(출근)됐지만, 나는 휴가 기간에 소방안전관리자 2급 자격증을 땄다.

3전 4기. 그러니 자랑은 결코 아니나 '포기'와 친했더라면 결코 내 것이 될 수 없었을 것이다. 그리고 퇴직 후 바로 1급 자격증을

따다. 통상 합격률은 20% 내외란다. 오르지 못할 나무도 많지만 지레 겁을 먹고 시도하지 않는 것은 기질상 맞지 않았다.

시험처럼 정직한 것은 그리 많지 않다. 운도 따른다. 최상위 클래스에서 1점차로 당락이 결정되는 경우, 시험 전에 특별히 많이 풀어 보았던 문제가 출제되면 당연히 유리하다. 하지만 그것도 열심히 한 사람에게 따르는 것이다.

중학교 때 울 동네 젤 갑부의 아들 내 친구는 전교에서 다섯 손가락 안에 드는 친구의 도움(커닝)을 받아 늘 우수 학생으로 뽑히곤 했다. 그 친구는 커닝으로 인한 도움이 별것 아니라 생각했는지, 아니면 오래 커닝으로 받은 점수를 자신의 실력으로 착각했는지 명문 고등학교에 원서를 넣었다. 결과는 탈락. 친구의 부모님은 꽤 충격을 받았겠지만, 당연한 일이었다. 남을 속이다 보면 자신까지 속이게 된다는 말이 이런 것 아닐까.

국회의원이 저임금 노동자라면

최근에 어떤 분이 사회관계망 서비스에 국회의원은 무보수 봉사직으로 했으면 좋겠다는 의견을 내놓았다. 동감이다. 한국의 국회의원은 OECD 국가 중 일본, 이탈리아에 이어 3번째로 높은 연봉을 받고 있다. 수당(월급)과 상여금, 활동경비를 포함해 1억 5천만 원 정도 된다. 본회의, 상임위 등의 회의에 참석하지 않거나 옥에 구금되어 있어도 수당은 지급된다.

국회의원 월급에 대한 논란은 오래전부터 있어 왔다. 국회의원 급여를 낮추면 안 된다는 주장도 있었다. 국회의원이 장·차관급 이상의 월급을 받아야 한다는 이유로 가장 많이 등장하는 논리가 '궁핍한 권력은 부패한다.'는 것이다. 다시 말해 국회의원이 돈이 궁할수록 자신의 권력을 악용해 이권과 결탁하거나 불법 후원금 모집에 혈안이 될 것이라는 말이다.

이런 주장은 얼마간은 꽤 호소력이 있었다. 과거 재벌가 출신

의 한 국회의원은 선거 과정에서 "나는 돈이 많아서 부정한 돈과 이권에는 전혀 관심이 없고, 자유롭다."고 주장하기도 했으니까. 하지만 이런 주장은 어디까지나 권력을 가진 선출직 공직자는 어쩔 수 없이 부패할 것이라는 전제를 담고 있다. 후진적이고 퇴행적이다. 한국의 경우 국회의원 스스로가 세비를 결정하고, 그 공개 방식과 범위 또한 자신들이 결정한다.

프랑스는 공무원 임금의 상승률에 연동해서 국회의원의 월급을 결정하고, 미국은 물가와 생활임금의 상승폭에 연동한다. 한국은 예외다. 핀란드, 노르웨이, 스웨덴 등의 북유럽 정치선진국에서도 국회의원의 월급은 일반 국민 평균 소득의 2배에 달한다. 하지만 그들은 권력에 걸맞은 공개의 원칙을 가지고 있다. 기차표 하나, 유류비 영수증 하나마다 모두 내역을 명시해서 대중에게 공개하도록 되어 있다. 한국과 같은 수천만 원의 식대를 일식집에서 공금으로 지출하고도 아무런 일도 생기지 않는 정치문화와는 거리가 멀다.

심지어 스웨덴의 자유당 소속 총리 후보였던 지방의원 출신의 라르스 니칸데르다(Nicander)는 2019년 시에서 발급한 신용카드를 사용해 개인 용도로 초콜릿을 구입한 것이 폭로되었다. 그가 사비로 관련 지출을 다시 메웠고, 관련 제한 규정이 생기기 전에 관행적으로 용인되었던 일이었지만, 그는 공직자가 가져야 할 지출의 엄정함을 어겼다는 시민들의 비난으로 결국 사임해야 했다.

만약 국회의원의 급여가 상여금을 포함해 근로자 평균임금 수준인 290만 원 내지는 최저임금 200만 원 정도라면 어떨까. 더 나아가 완전한 무보수 봉사직이어도 국회의원을 하겠다고 수억 원의 선거자금을 써 가며 출마하려 할까. 이 경우 의정 활동을 위해선 자기 돈을 써야 할 것이다.

원래 4년제 비정규 봉사직인 국회의원직은 지금은 직업화되어 전문 정당 정치인의 고착된 시장을 형성하고 있다. 국회의원의 월급을 파격적으로 낮추고 후원금과 수당 등의 내역을 실시간 공개·검증하는 시스템을 도입한다면 참신하고 능력 있고 양심적인 정치인이 대거 등장할 것이고, 국회의원들이 가진 특권 또한 상당 부분 내려놓으라는 사회적 압력을 받게 될 것이다.

무엇보다 그들이 저임금 노동자로 살아간다는 것은 비슷한 처지의 시민의 삶에 깊이 공감하고 개선을 위해 노력할 수 있다는 것을 의미한다.

공무담임도 두 가지가 있다. 위정자들처럼 국민의 손에 의거 선출되는 선출직이 있고, 공개채용이든 서류심사든 채용에 의거 임명되는 직업공무원이 있다. 소위 경력직 공무원은 직업이다. 선량한 관리자로서의 주의의무가 명확하다. 해도 되고 안 해도 되는 직업이 아니다. 나랏일의 종사자로서 법과 규정에 얽매이며 이중삼중의 감시 장치를 통해 딴문을 팔 수 없는 자리다. 국회의원부터 최소한의 품위유지비만 받고 국민에게 봉사하는 자리매김

한다면 국민들의 시선 또한 호의적으로 바뀔 것이다.

특히 국회의원은 기초 지방자치단체장과 지방의원의 생사여탈권에서 빨리 손을 떼야 한다. 정당공천 배제가 핵심이다. 정당 공천을 받아야 당선권에서 경합할 수 있는 현행 구조에선 후보자들이 유권자인 주민의 눈치를 보는 게 아니라, 정당에 예속되어 우선 공천권자의 눈치만을 보게 된다. 그리고 공천권자들은 후보자의 능력이 아니라 자기 사람인지를 먼저 확인하기 마련이다. 그래서 우린 해마다 함량 미달 정치인의 기행에 경악하고, 그 뻔뻔함에 질리기를 반복하고 있다.

1991년 지방의회, 1995년 지방자치단체장이 주민의 선거에 의해 선출됨으로써 본격적인 지방자치단체가 깃발을 올렸다. 국민들이 바라는 지방자치의 선출직 또한 국회의원과 다름없을 것이다. 그 나물에 그 밥, 내로남불이 아니라 선량한 '선량'을 기대한다.

승진의 고수

2011년 한 술자리에서 전해 들은 전설의 △ 주택과장님의 신화다. 금요일 저녁 호프집에 둘러앉은 우리는 ○주임에게서 자신이 상급자로 모셨다던, 전설 속의 '그분' 이야기를 들으며 혼이 나갈 수밖에 없었다. '그분'은 전년도에 국장으로 승진했고, 승진하기 전까지 누구도 그의 승진을 예측하지 못했다고 한다.

어느 일요일 아침, △ 주택과장님은 아랫사람인 ○주임에게 당시 가톨릭 신자였던 S 구청장이 다니던 성당 주변을 자신과 함께 자전거로 돌자고 요청했다. 마침 주일미사를 보고 나오던 구청장님을 마주칠 수밖에 없는 상황이었다. 당시 비정치인 출신 구청장님은 아현동 뉴타운 정비사업으로 골머리를 썩고 있었다. 구청장님은 주택과장에게 여기는 웬일이냐고 물었고, 주택과장은 그 순간을 놓치지 않고 말했다.

"일요일이지만 집에 있을 수가 없어 아현동 뉴타운 정비사업 구

역을 순찰하며 좋은 방법을 찾고 있습니다.”

그의 답변은 청산유수였다고 한다. 이후는 물어보나 마나, 그는 곧바로 국장으로 승진했다. 게다가 그는 당시 소위 굴러온 돌이었다. 2년 전인 2008년에 서울시에서 상사로 모신 분이 구청 2인자로 오면서 함께 전입 왔으니까. 우연을 가장한 기가 막힌 조우로 감동을 선사했고, 그 역시 커다란 선물로 돌려받았다. 홉으로 주고 말로 받은 격이다.

그의 기지는 협상에서도 발휘되었다. 재개발조합과 협상이 결렬되어 헤어지는 마당에서 그는 조합장에게 손을 내밀었다. “우리 악수나 하자”며. 그 장면이 언론에 보도되었다. 그는 사전에 당시 공보관광과 직원을 통해 일간지 기자를 섭외했고, 기자는 누가 보아도 협상이 순항하고 있다고 믿을 만한 사진과 함께 협상이 잘되고 있다는 보도기사를 냈다. 이후 시간이 좀 지나자 협상은 자연스럽게 타결되었다.

이야기를 매듭짓던 ○주임이 먹태를 씹으며 말했다.

“당시 주택과장님은 얽히고설킨 현안에 대한 교통정리를 잘하셨고, 정책 결정이 나면 뚝심 있게 밀어붙이는 식이라 직원들이 일하기가 아주 좋았어요.”

난 ○주임의 열변을 들으며 뭔가 쿵 하고 내려앉는 느낌을 받았다. 사실 그분이 곧바로 승진하리라고 생각한 직원들은 많지 않았기 때문이다. 역량이 뛰어난 분이시니 다음번 정도. 참 기발하

다고 말할 수밖에. 그의 생명력은 강했다. 이후에도 그분은 승승장구하여 권력 서열 3위까지 하고 정년퇴직하였다. 모시던 구청장이 정치적인 곡절로 교체되었음에도 그는 후임 구청장의 콜을 받고 퇴임 후 산하기관 상임이사까지 지냈다.

그런 그가 정치력만 지녔던 것은 아니다. 실제로 그는 일벌레였고 역량도 뛰어났다. 그와 함께 일했던 직원들은 대개 초주검이 되었다는 풍문이 파다했다. 오죽하면 6층 국장일 때는 6병동, 9층 국장일 때는 9병동이라는 말이 나왔겠는가? 물론 그동안 좀 느슨하게 업무에 임했던 직원들의 입에서 입으로 회자하는 경우가 흔했고, 정말 내 사업처럼 일 잘하는 직원들은 되레 그분에게서 좋은 영향력과 도움을 받았다는 것 또한 사실이다.

나와는 인연이 닿지 않아 멀리서만 지켜볼 수밖에 없었다. 아니 그분과 일하고 싶다고 적극적으로 기획팀장을 원했는데도, 일부 호사가들의 부정적인 여론과 더 큰 힘이 작용하여 내게는 기회가 오지 않았다. 나는 그런 깐깐한 상사가 좋다. 혹독한 트레이닝을 거치면 부쩍 근육이 붙어 있는 자신을 발견하는 것이다. 한번 믿으면 도장까지 맡기는 스타일. 역량 면에서는 내가 많이 못 미치지만 기질과 태도는 나와 닮았다.

다만 그분은 외유내강형, 나는 외강내유형이다. 같이 근무하지는 않았지만 퇴직 전에도 퇴직 후에도 존경을 담아 식사 자리를 마련한 적이 있었는데, 그분은 소신이 뚜렷했다. 일 열심히 하

고 제대로 하면 지옥에까지 따라가서라도 도와주겠다는 것. 은퇴 후에는 다문화가정을 상대로 한 한국어 선생님 노릇을 한다고 한다. 명불허전이다.

직장인들이 진정 바라고 원하는 것은 무엇일까. 프로이트-칼 융의 제자 라캉에 의하면 욕구(need)는 몸이 원하는 것, 요구(demand)는 욕구를 언어로 표현한 것, 욕망(desire)은 요구해서 욕구를 채웠는데도 본원적으로 충족이 되지 않는 것이라고 한다.

권력욕, 명예욕도 그런 욕망의 노예나 다름없다. 과장이 되면 차장, 부장, 팀장, 임원에 오르고 싶은. 그래서 월급쟁이의 꽃은 임원이라고 하였던가.

사과와 용서,
그리고 우리가 잃어버린 것들

　연예인이나 기업 총수, 정치인과 같은 유명인이 큰 잘못을 했을 때 잘못된 방식의 사과로 원래의 사건보다 더 큰 타격을 입는 경우가 많다. "이유가 어찌 되었든 국민께 심려를 끼쳐 드려 유감입니다." 내지는 "도의적 책임을 느끼고 죄송하다는 말씀을 드립니다."와 같은 형식의 사과다.

　'이유가 어찌 되었든'이란 말 속엔 실제로 잘못은 없지만, 이 사건으로 국민에게 미움을 샀으니 사과하겠다는 뜻이 담겨 있다. '도의적 책임을 느낀다'라는 말엔 법적인 책임이나 직접적 책임 당사자가 아니지만 어쨌든 사과하겠다는 말이다. 이런 반성은 대부분 법률 조력자들의 조언을 반영한 것이다. 대체로 향후 재판 과정에서 불리하게 작용할 사건의 실체는 발언하지 않되 여론의 뭇매는 피하자는 것이 그 목적이다.

사과는 사건 실체의 인정을 토대로 반성을 표명하는 것인데, 재발 방지 및 피해 회복을 그 실질적 내용으로 한다. 공개적인 사과는 책임을 인정하는 자가 유사한 피해가 발생하지 않도록 노력하겠다는 의지의 표명이다. 사람들은 이를 통해 공동체가 유지해야 한다고 생각하는 윤리적 기준선을 명확하게 하고자 한다. 그런데 우린 사람의 진정성을 파악할 수 없다. '진심 어린 사과를 전하며 용서를 구한다.'라는 말을 들었을 때 그 사과가 그 사람의 진심인지 가식인지 어떻게 변별할 것인가.

그래서 국가와 형법제도가 탄생하기 이전의 부락 공동체에선 도둑질이나 폭행 등의 죄를 저지른 사람은 마을 사람들이 감시하거나 따돌리는 방식으로 책벌했고, 그이의 반성 정도를 오랜 세월에 맡기곤 했다. 세월이 한참이나 흘러 사람이 변했다고 판단되면 촌락공동체의 어른들은 그자의 마을공동체로의 복귀를 윤허했다. 죄가 매우 클 경우엔 마을에서 추방했다.

우리 고향 마을에서는 멍석말이로 뭇매질을 해서 내쫓던 관습법이 있었다.

하지만 현대 사회에서 타인의 진심을 판단하기란 매우 어렵다. 그래서 법원은 가해자의 진심 어린 사과의 기준을 피해자에 대한 배(보)상 등의 행동으로 가늠한다. 이 과정에서 최악의 사과가 탄생한다.

옥에 수감된 가해자가 합의에 이르지 못했을 때, 자신의 양형

을 감경받을 목적으로 제출하는 반성문이다. 이 경우 반성과 위로의 서신은 피해자가 아닌 판사의 책상 위에 수북이 쌓인다. 이런 시스템으로 인해 음주 교통사고로 자식을 잃을 어미가 가장 많이 만나는 사람은 보험회사 직원이며, 이로 인해 피해자나 유족은 위로받을 기회를 박탈당하고 가해자를 용서해 줄 권리조차 잃게 된다.

가해자를 용서하기 위해 마지막으로 찾은 교도소의 면회실. 깊이 반성하고 있을 줄 알았던 그자가 자신은 이미 회개해서 신에게 용서를 받았다고 말할 때. 또는 이미 자신은 이미 국가가 준 벌을 받아 죗값을 치르고 있는데, 내가 왜 다시 당신에게 사죄해야 하냐고 되물었을 때 피해자는 어찌해야 할까.

사과와 용서는 본질적으로 치유의 기능을 가졌기에 위대한 것이었다. 하지만 어떤 사과는 천박한 권력관계와 사회적 압력의 기능만을 반영하고 있다.

언젠가 음식점 종업원이 반찬 그릇을 퉁명스럽게 테이블에 내려놓아 큰 소리가 났다. 그 고객은 종업원과 사장을 자신 앞으로 불러 "정식으로 사과하세요!"라고 거칠게 소리쳤다. 국회 상임위에선 "국민들이 보고 있습니다. 사과하세요!"라는 외침이 일상화되었다. 사과는 애초 당사자의 자발적 참회에 따른 것이었지만, 이제 사과는 요구해서 받아 내는 것으로 그 성격이 변질되었다. 따라서 사과는 우리사회에서 '굴복'과 '승리'를 뜻하게 되었다.

나 역시 공식적인 사과를 했던 적이 있다. 행정사무의 민간위탁의 경우, 개별 업무 관련 조례뿐 아니라 '행정사무의 민간위탁에 관한 조례'에 따라 입법부의 동의 절차를 거쳐야 한다. 그런데 전임자가 이 과정을 생략하는 '의도적인' 실수를 저질렀다. 마침 의원들도 그것이 당시 2인자의 아집에 의거 그렇게 됐다는 것을 알고 있었다. 구의회 상임위는 후임 국장인 내게 공식적인 사과를 요청했다.

이 일에는 지혜가 필요했다. 전임자를 대신해 내가 사과할 경우 나는 인정받겠지만, 전임자의 과오를 저격하는 셈이 된다. 결국 나는 그 누구의 잘못이라기보다는 법률 해석상의 오류를 들어 사과했다. 따라서 지금이라도 바로 잡아 민간위탁 사무의 투명성과 공정성을 높이고자 하는 조례 취지를 존중하고자 한다고 사과했다. 제대로 군기를 잡겠다며 예산심사 시기를 벼르던 의원들은 나의 진정성을 믿고 통과시켜 주었다. 그러니 후임 과장이 얼마나 힘들었겠는가?

심사가 끝나고 뒤늦은 점심을 먹고 들어오다가 유난히 거칠게 반대하며 공식 사과를 요구했던 K 의원과 복도에서 마주쳤다.

"국장님이 사과하는 모습을 보고 감동 먹었어요!"

자신을 집요함의 대마왕이라고 자칭한 분에게서 나온 반응이다. 그러나 전임자의 과오를 드러내지 않으면서 사과한다는 것이 쉬운 일은 아니다. 다른 데와는 달리 입법부에서의 공식적인 발언은 속기사에 의해 모두 기록된다.

서울시에서 근무할 때에도 사과를 요구받고 사과해야 했던 적이 있었다. 공직자가 공직자에게 사과한다는 말은 주로 승복과 조아림을 의미한다. 당시 집권당 前 사무총장의 딸이었던 이ㅇ현 의원은 내 앞에서 우리 팀의 전△△ 주임에게 소리쳤다.

"서울시 역사상 6급이 감히 얻다 대고 시의원한테 대드느냐?"

이 바람에 그는 내 업무도 문제 삼았다.

나는 서울시에서 '중국 산둥성 제남(Jinan)시 국외교역전'을 준비하고 있었다. 그런데 경영기획실에선 예산의 항목을 '제남시 국외교역전'이 아닌 유력 일간지에서 주관하는 '대한민국 지방장치 경영대전' 예산으로 사용하고 이후 추경에 편성하라고 지시했다. 당시 ㅁㅁ 시장의 의중이 반영된 듯했다.

자칭 중국 전문가인 이ㅇ현 의원은 예리하게 이를 포착해서 문제 제기한 것이다. 나는 '국외교역전' 예산은 포괄적 성격이라 당초 예산에 반드시 '제남시 교역전 예산'이라고 못 박을 수 없다고 대응했지만 통하지 않았다. 이ㅇ현 의원은 이를 두고 K본부장이 와서 사과하라고 엄포를 놓았다. 결국 새파란 과장님과 내가 가서 더 새파란 이 의원에게 사과하고 일단락되었다.

자신의 잘못이 아님에도 사과를 해야 할 때가 있다. 내가 실행하거나 지시한 사업이 아님에도 큰 문제가 발생해 연대 책임을 져야 할 땐 참담하다. 조직 생활의 어려움 중 하나는 책임이 분산되거나 전가되는 현상이다. 아버지를 아버지라 부르지 못하

고, 형을 형이라 부르지 못하는 길동이가 되는 것이다. 그럴 땐 대나무 숲에라도 들어가 임금님 귀는 당나귀 귀라고 외치고 싶은 심정이다.

미치광이 여행자병과 떠남의 미학

수잔 서랜든와 지나 데이비스 주연의 〈델마와 루이스〉(1991)의 엔딩 장면이 떠오르는가? 관광이든 여행이든 언제 하는 게 좋을까?

"여행은 다리 떨릴 때 하지 말고, 가슴 떨릴 때 하라!"

그게 어디 쉬운 일인가? 건강한 청년기엔 돈이 없고, 결혼 이후엔 아이들 키우고 업무에 집중하느라 시간이 없다. 그리고 일상 도처에 남는 시간이 넘실거리는 황혼녘이 되면 건강이 허락하지 않는다. 이것이 보편적인 우리네 삶이다. 수천 명 신자들 종부성사(임종성사)를 엄수했던 한 신부님은 가장 존엄하고 이상적인 죽음을 '걷다 지쳐서 죽는 것'이라며 늘 노년의 신자들에게 지금 떠나라고 재촉하곤 한다.

인류에게 영감을 주었던 작가와 음악인들 역시 정주지를 떠난 이역(異域)의 길 위에서 자신의 예술이 익었다고 고백한다. 그래서 떠남과 걷기는 이미 충분히 굳어 버린 인연과 굳은 몸의 족쇄를 끊고 자신의 진정한 내면을 찾아 나서는 철학하는 과정이라고 말하는 철학자들도 많다.

미국의 사상가이자 작가인 소로와 프랑스 철학자 장 자크 루소, 알베르트 까뮈 모두 걷기가 지친 영혼을 회복시키고, 창의적이고 지적인 일에 필수적이라고 했다. 빈센트 반 고흐는 걷기야말로 세상을 가장 명확히 보게 하고 세계의 심오한 진리를 접근하는 도구라고까지 말하곤 했다.

18세기 프랑스에선 둔주병(遁走病), 일명 '미치광이 여행자병'이라는 것이 유행한 적 있었다. 어느 날 아침 출근을 위해 집을 나선 가장은 무작정 걸어서 터키나 러시아 등지에서 발견되어 추방당하곤 했다. 그들은 몸이 상할 정도로 걸었다. 자신이 왜 고향을 등지고 떠나야 했는지 그 이유를 설명하진 못했지만 어디서 죽든지 자신의 집에선 멀리 벗어나야 한다는 것은 명확히 알고 있었다고 한다. 심지어 7번 넘게 집에서 탈주하고 잡혀온 사람도 있다고 한다.

많은 의료인들이 이들을 연구했지만, 그 원인을 끝내 밝혀내지 못했다. 다만 가정과 사회에서 부여받는 높은 사회적 압력이 그들을 '탈출'하게 했을 것이라는 사회학자의 분석과, 어떤 소수의

사람들은 애초 한곳에서 정주하지 못하는 선대의 DNA를 가졌을 것이라는 추측만이 남아 있다.

이렇듯 인간은 내면의 해방을 위해서 떠나기도 하고, 사람들로부터 잊히기 위해 고향을 떠나기도 한다. 800㎞ 산티아고 순례를 떠난 이들은 일부는 철저한 고독과 극심한 육체적 고통을 통해 온전히 자신이 살아 있음과 절대자의 존재를 느꼈다고 말하고, 또 어떤 이들은 자신의 관계와 생의 목표, 그리고 삶의 가치 이 모든 것을 재검토하기 위해 떠나서 엄청난 영적 경험을 하게 되었다고 밝히기도 한다. 떠남, 여행의 역사는 인류의 역사이기도 하다.

20년 정도 되었을 것 같다. 사람들은 관광과 여행을 구분하기 시작했다. 혼용되어 사용해 왔던 관광과 여행은 그 목적과 형태에 있어 분명한 차이가 있기 때문이다.

먼저 관광, 마드리드에 있는 유일한 정부 간 관광기구인 '세계관광기구(UNWTO)'의 정의에 의하면 관광은 1년 미만의 기간 동안 일상 생활권을 벗어나 여가 · 업무 · 기타의 목적으로 여행을 하거나 머무르는 인간의 활동이다. 정리하면, 관광은 1년 미만의 기간 동안 일상 생활권을 떠나 다양한 목적으로 여행을 하거나 머무르는 인간의 활동으로, 보수를 받는 활동과 관련이 없어야 한다. 속성은 자발성, 탈일상성, 일시성, 유희성, 비영리성, 교육성(17~18C 그랜드투어가 시초)이다.

관광객(tourist)이란, 방문지에서 최소 1박 이상을 체류하는

방문객이다. 'tourism'의 근간이 되는 tour의 어원은 라틴어의 'tornus'로 '순회하다'이다. 'tourism'은 'tour'의 파생어로 1811년 영국의 『The Sporting Magazine』이라는 월간잡지에서 처음으로 사용되었으며, 1975년부터 모든 국제기구에서 관광의 영어적 표현을 'tourism'으로 통일하여 사용하고 있다.

다음은 여행. 여행은 관광을 포함하는 조금 더 포괄적인 개념이다. 여행자(traveler)란, 둘 또는 그이상의 지점 간을 통행하는 사람이다. 이동 행위에 방점을 두고 있다. 그래서 관광은 tour의 파생어인 tourism이고 여행은 travel 또는 trip이라고 부른다. 관광은 다시 돌아올 것을 전제로 하나, 여행은 한곳에서 다른 지점으로의 이동행위에 초점을 맞추고 있다.

비슷한 용어로 여가(leisure)는 시간, 활동, 마음상태에 초점이 맞추어져 있다는 게 통설(모험 · 문화 · 복지 · 생태 · 농촌관광 등)이다. 관광은 대부분 여가 영역에 포함되지만, 비즈니스관광과 MICE는 오직 관광만의 영역이다. 레크리에이션(Recreation)은 일을 하지 않는 여가시간에의 활동이다. 부등식으로 구분하면, '여가 ≥ 관광 ≥ 레크리에이션'이 될 듯하다.

유엔세계관광기구(UNWTO)의 2015년 백서에 의하면, 국제관광객은 2012년 최초로 10억 명을 돌파했으며, 2015년에는 (인바운드) 11억 8,400만 명이 국경을 넘었다고 한다. 이는 세계 인구를 73억 명으로 추산했을 때 무려 16.2%를 웃도는 수치다.

여행업계의 빅데이터를 보유한 영국 트래블포트(Travelport)의 고든 윌슨 최고경영자(CEO)는 여행업계의 성장을 주도하는 핵심 키워드 세 가지로 모바일(Mobile), 아시아(Asia), 경험(Experience)을 꼽는다. 여행객 중 70%는 본인의 경험을 온라인에서 공유하고, 5명 중 1명은 지인이 소셜 미디어에 올린 게시물에서 직접적인 영향을 받는다고 한다. 이러한 트렌드 속에서 단체 여행 대신 개인 여행 수요가 늘어나는 것은 자연스러운 현상이다.

세계가 봉쇄에서 벗어나 국경을 개방하기 시작한 2023년 2월. 미국 매체 USA 투데이는 글로벌 숙박 플랫폼 에어비앤비(airbnb)의 통계를 인용하며 "최근 일어났던 문화적 변혁 중 가장 흥미로운 사실"이라면서 네티즌들의 여행지 검색 순위를 공개했다. 1위는 역시 부동의 이탈리아 로마였고, 3위 영국 런던, 4위 포르투갈의 포르투이, 5위 스페인 바르셀로나, 6위 아일랜드의 더블린이었다. 2위는 대한민국 서울. 10위권 나라 중 유럽을 제외한 아시아 국가는 오직 대한민국밖에 없었다.

세계적인 여행 전문 칼럼니스트들은 이 현상을 이렇게 설명하기도 한다. 과거의 여행이 아름답고 이국적인 정취를 체험하거나 쉬기 위한 목적이 많았다면, 2023년의 여행 트렌드는 자신이 영화관과 동영상, 블로그 사진에서 보았던 그 장소와 맛을 직접 확인하기 위해 가는 것으로 바뀌기 시작했다는 것이다. 즉, 이미지라는 기호를 체험을 통해 그 실재(實在)를 확인하고 내 것으로 만

드는 과정이 여행이 되고 있다는 말이다.

물론 이런 변화는 한류의 영향 탓이다. 한 시간이면 국경을 넘어 마트에서 장을 보는 것이 가능한 유럽과 달리 분단의 섬으로 남아야 했던 우리 민족사로 보더라도 혁명적 변화다. 해상과 대륙으로의 통행을 봉쇄했던 조선 창건 이후 가장 많은 이들의 '여행'이 지금 이루어지고 있는 것이다.

나 역시 마포구청 관광일자리국장으로 재직하면서 외국인의 한국(마포) 방문을 고심해야 했다.

"우리는 무엇을 해야 하고 준비해야 하는지 틈틈이 고민하고 아이디어를 내주시기 바랍니다. Ladies and gentlemen, Thank you for all."

당시 국장실에서 관광과 5명에게 한 OJT 내용이다. 당시 나는 서울시에서 추진한 국외 교역전 2건, 국내 교역전 1건 등 핸드아웃 자료와 경험을 제공했다. 토론의 핵심은 "마포관광, 외래 관광객 어떻게 오게 할 것인가?"였다.

『참회록』의 성(聖) 아우구스티누스 말했다.

"세상은 한 권의 책이다. 여행하지 않는 사람은 그 책의 단지 한 페이지만을 읽을 뿐이다."

2

공인의 구실과 역할

폐문부재

2022년 1월 27일, 중대재해처벌법이 시행되었다. '중대재해'의 책임자에게 과거에 비해 더욱 적극적으로 책임을 묻겠다는 것이다. 뉴스를 보다 떠오른 추억이 있다. 2013년 아현동의 한 집에 대한 이야기다.

고지대의 아현동 골목, 언덕 다랑이 위에 위태롭게 세워진 작고 낡은 판잣집. 인근 지역이 모두 자력 재개발되어 다세대주택들이 광휘를 드러낼 때도 그 집만은 흉물스럽게 방치되어 있었다. 그 집의 터는 서울시 자산관리과 소관의 시유지였고, 건축물은 기존무허가건물(스레트/목조/시멘트 구조)로 당시 기준으로 8년 전에 자력 재개발이 끝난 상태였다.

붕괴 우려가 있었으므로 통상적인 절차에 따라 건축신고를 하고 정비를 해야 함에도 깊은 잠에 빠져 있었다. 그해 1월부터 집주인에게 자진 보수토록 공문을 보내고 안전표지판을 부착했다.

그래도 답이 없어 자진 철거 공문을 보냈다.

봄이 되자 그 집은 발 틈새로 겨우내 얼린 물을 쏟아 내었고, 적어도 내 눈에는 물이 빠져나간 자리가 헐거워 조금씩 기우는 듯한 느낌이었다. 3월부터 나는 신입인 '노랑머리 L'을 데리고 추적을 시작했다. 마포구를 떠난 집주인은 성북구에서도 여러 차례 주소를 옮겼는데, 봄에 시작한 추적은 여름까지 이어졌고, 마침내 7월 집주인의 주소를 확인할 수 있었다.

찾아갔던 석관동 빌라에 그 사람은 없었다. 퇴근 시간이 훌쩍 지난 저녁에 장위시장 인근의 한 아귀찜 식당으로 가서 대구탕을 먹고 잠복을 시작했다. 그렇게 3시간가량이 지났을 때 빌라 지하층에 불이 들어왔다. 지하에서부터 올라온 노란 불빛이 어찌나 반갑던지. 불이 다시 꺼질세라 L과 함께 불빛을 향해 달려갔다.

"똑똑."

"……."

현관문 깔때기 렌즈를 통해 커다란 눈망울 하나가 안쪽에서 다가왔다 사라지는 것이 보였다. 짧은 침묵이 이어졌다. 밤늦게 시커먼 남정네 둘이 서서 문을 두드리니 두려웠을 것이다. 자초지종을 짧게 설명하고, 연두색 대문 앞에 포스트잇을 붙였다. 연락처와 함께 시간 나시면 이곳으로 찾아오시라고.

일주일이 지난 어느 날 아침, 작은 키의 여성이 딸과 함께 사무

실에 찾아왔다.

"며칠 전 밤 너무 죄송했어요. 공무원인지 아닌지 의심해서요."

그녀는 아현동 그 집은 57년 전 자신이 태어난 곳이라 했다. 여력이 있었으면 고치든지 재개발 때 다시 짓든지 했을 텐데 먹고사는 것이 힘들어 이러지도 저러지도 못했다고.

굳이 캐어묻진 못했지만 알 만한 사연이다. 우리네 부모님의 이야기. 그녀의 어머니는 그녀를 그 집에서 낳아 길렀고, 그녀와 함께 자란 남매들에겐 그 다랑이처럼 쌓인 위태로운 계단이 하나의 우주이자 놀이터였을 것이다. 그녀는 성인이 되어 집을 떠났을 것이고 세월이 흐른 어느 날 그 집의 슬레이트를 얹었던 아버지가 돌아가시고, 담벼락에서 민들레를 살피던 어머니도 가셨을 것이다. 그녀에게 그 집은 포근한 동글 속 놀이터였고, 가족과의 사연을 구들장 바닥에 촘촘히 박아 넣던 유년기 전체였겠지.

생활이 어렵다는 말을 반복하며 연신 도와 달라는 그녀의 요청에 나도 모르게 말이 튀어나왔다.

"여북하면 그러시겠습니까? 아믄요!"

그분의 동의를 구해 인근 대형공사장의 B 건설사의 협조로 펜스를 설치하고 출입구를 봉했다. 결국 이듬해 장마가 시작되기 전, 그 집은 철거되었다.

그리고 10년이 지난 2022년 봄에 나는 그곳을 다시 찾았다. 그 자리에 우리가 설치했던 EGI 펜스는 말끔히 걷어지고 대신 군더

더기 없는 몸매의 매시 철망이 단단히 뿌리박고 있었다. 그 앞
확장된 도로 위론 차량이 무심히 질주하고 있었다. 그해 여름의

철거 전후 및 현재의 모습

흔적이라곤 "서울시주택도시공사 사유지"라는 안내 표지판 하나.

상상이나 할 수 있을까? 그 좁은 터 위에 위태롭게 매달린 둥지가 하나 있었고, 그 둥지에 한 가족의 일생이 담겨 있었다는 것을.

종로에서 마포종점까지

내가 올랐던 산들은 주로 골산(骨山), 그중에서 '악(岳)' 자가 들어간 산이 많았다. 산에 10번 오르면 6번은 '△악산'이었다. 마포에서 23년, 대저 14개의 봉우리를 오르내렸다. 나의 공직 생활은 마치 나의 산행과 닮아 거친 암벽을 타듯 했다. 누군들 험한 일을 원했겠냐마는, 나 역시 "때려 부수는 덴 임자만 한 사람이 없어."라며 한사코 내 등을 떠미는 보이지 않는 '흰 손'의 기획에 의해 노란 완장을 찼다.

노란 완장. 영화나 드라마에서 완장을 찬 비열한 공무원은 험상궂은 건달을 부려 어머니의 포장마차를 야멸차게 때려 부수고, 아들은 바닥에 주저앉아 오열하는 어머니를 바라보며 출세해서 복수하겠다고 다짐하는 장면이 클리셰(cliché)로 반복된다. 조세희의 『난장이가 쏘아올린 작은 공』에서도 '완장'은 빈민의 생존권과 존엄을 짓밟는 마름의 상징으로 나온다.

그런데 내 팔에 노란 완장이라니. 때려 부수는 데 적임자가 따로 있을 리 없다. 나는 그렇게 '벼락'을 맞았다. 단속부서 팀장 업무를 주면서 약속한 인센티브는 함흥차사. 윗사람은 내게 어떤 설명이나 위로의 말조차 건네지 않았다. 누구의 생각이었을까.

직장이나 사회생활에서나 '기회는 평등할 것이고 과정은 공정할 것이며 결과는 정의로울 것'으로 생각하는 건 얼마나 순진한가. 기회는 주어지지 않고 과정은 밀실에서 이뤄지며 헌신은 쉽게 잊힐 수 있다.

다만 난 당시에도 지금도 이 가치를 믿고 내 손길이 닿는 곳엔 이 가치를 구현하기 위해서 노력했다. '노란 완장' 일엔 곳곳에 크레바스가 도사리고 있었고, 그 깊이는 가늠하기 어려웠다. 20여 년의 공직 생활을 하며 일터를 가려 본 적이 없었다. 하지만 단속 팀장으로 발령된 순간만큼은 머릿속에 온통 쫓고 쫓기는 호루라기 소리가 울렸고, 나를 둘러싼 사무실 벽이 어지럽게 돌았다.

발령장을 받자마자 K 과장에게 인사를 했다. 다음 날 아침 웃을 때마다 쩌렁쩌렁 울리는 저음의 목소리를 가진 반장(가로정비반장)의 손에 이끌려 단속 외근 직원들이 모인 사무실로 향했다.

제3별관 중국집 '흑룡강성'의 이전적지(移轉跡地)[1]. 5층 옥상 건물엔 조립식 샌드위치패널 콘센트 막사가 있었다. 걸상은 퇴행성 슬관절염 환자처럼 삐꺽대며 널브러져 있고, 누군가 커다란 주먹으로 "××" 하며 내리쳤는지 더께 낀 우레탄 유리는 빗줄이 자글자글했다.

"새로 오신 팀장님입니다. 인사하세요."

굵은 저음의 반장이 커다란 주먹을 피며 내 쪽을 가리켰다. 잠바를 걸친 떡대 7명의 눈총이 젖내 나는 새로운 팀장(나)을 향해 작렬했다. 나 역시 반장과 같은 톤으로 어금니 꽉 깨물며 비장한 톤으로 인사하고 돌아섰다. 가파른 계단을 내려오는데 반장이 뒤에서 속살거렸다.

"팀장님, 신고식 거하게 하셔야 합니다."

아차. 조금 전 그 '형님'들의 입술이 씰룩였던 건 입맛을 다시는 것이었나. 그해 여름 좁아터진 사무실 안에선 단속하라는 민원과 단속하면 죽어 버리겠다는 겁박이 어지럽게 얽혔고, 더위 먹은 벽은 끝없이 열기를 토해 내는 통에 생지옥이 따로 없었다. 화산의 속이 아마 이렇지 않을까. 겉에서 보면 뭉실뭉실 연기만 나는 것 같지만 그 속은 시뻘건 지옥불의 괴성이 끓고 있는.

그래도 그땐 내 피가 용암처럼 뜨거웠나 보다. '기획파트에서

---

1   건축물 시설의 이전하기 전의 대지.

10여 년 근무했으니 이참에 단속부서에서 완력을 좀 키워 보지, 뭐.'라며 두려움을 애써 누르며 투쟁심을 키웠다. 하지만 이 다짐이 무력하게 고개 떨구는 데에는 달력 한 장이 필요하지 않았다. "요즘 세상에 이런 조직도 있었구나. 그나저나 술을 못하는데 큰일이군." 그날부터 주야장천 개미지옥에서 허우적대기 시작했다.

직장인이라면 누구나 간직한 포장마차에 얽힌 추억이 있을 것이다. 추운 겨울 눈발이 날릴 때 뜨끈한 어묵 국물을 두고 마주앉아 소주를 기울였던 낭만적인 아날로그형 기억들. 노란 불빛을 내뿜으며 고단한 직장인에게 작은 안식을 주었던 포장마차 말이다.

작은 생계형 노점이라면 모르겠지만, 내가 부임했던 지역의 노점은 이미 그런 규모를 넘어 거대한 기업형 포장마차로 터를 잡고 있었다. 2호선 홍대입구역 5번 출구 주변과 국민은행 네거리, 신촌로터리, 마포역 인근 염리초등학교 앞에서 밤샘 술을 파는 영업을 하던 노점들.

이런 노점상 문제로 골머리를 앓던 서울시는 2009년 당시 2억원 미만의 재산을 가진 생계형 노점상에 대해선 매대를 재배치해서 도시 미관을 복원하고 영업도 보장하는 소위 '상생(안)'을 제안했으나 그들은 '재산 조회 동의'를 거부하며 제안을 받아들이지 않았다. 무엇보다 2억 원을 초과하는 그들의 재산이 문제였다.

행정대집행(철거)을 고지한 후에는 눈을 뜨면 현장엔 어김없이 철거에 저항하는 이들의 깃발이 나부꼈다. 떡볶이와 어묵 냄비, 국자가 허공을 갈랐고 쇠파이프가 휘파람 소리를 내며 귓가를 스쳤다. 린치로 삼만 원짜리 감색 허리띠가 두 번이나 동강 났다. 저항하는 노점 상인은 순찰차 밑으로 들어가 눕거나 카메라를 들고 촬영하던 총각의 가랑이를 걷어찼다.

피아가 구분되지 않는 깊은 밤이 이어졌다. 구타보다 참기 어려운 것은, 차마 입에 담지 못할(영화 속 건달들의 대사는 우습게 보이는) 모리배들의 쌍욕이었다. 욕먹은 그대 오래오래 살지니. 입만 열면 "잘라 버리겠다. 찌르겠다. 가르겠다. 갈아 버리겠다."였다. 퇴근길에 지하철을 타면 목울대를 거칠게 긁어 댔던 욕설이 귓전에서 웅웅거렸고, 그럴 때마다 난 뒷목을 더듬으며 생각에 잠겼다. 이 일은 거칠고 고독한 일이다.

사람 붐비는 목 좋은 길가는 노점상과 업주 간의 전장(戰場)이었다. 민(民)에 맞선 민(民)의 봉기. 그들은 무기 없는 관군(?)을 사이에 두고 험악한 삿대질을 했고 참다못한 이들이 참호를 뛰쳐나가면 주먹질로 이어졌다. 노점 철거를 원하는 인근 점포주들은 공무원들이 뒷돈을 받고 봐주니까 저들이 제집 안방처럼 살림 차린 것 아니냐고 항의했고, 노점상들은 이 일로 자식 학교 보내고 여태 살아왔다며 거칠게 저항했다.

그들의 조직은 이해관계에 따라 이합집산 했다. 어제의 동지가

오늘은 적이었고, 어제 헤어졌던 조직들이 오늘 아침엔 하나의 깃발 아래 다시 결집했다. 나는 매일 아침 비쩍 골은 로시난테[2]를 탄 채 15㎝ 볼펜을 움켜쥐고 하루 70만 원짜리 매상의 포장마차 진지로 달려갔다. 그들은 떼거지로 내 사무실(건설관리과)로 쳐들어왔고 사무실은 난장판이 되곤 했다.

그들이 돌아가면 다음 날 아침엔 다른 진영의 무리가 사무실을 점거했다. 그리고 아침엔 전날 보지 못했던 새로운 깃발이 나부꼈고, 연대집회가 있는 날엔 전국 방방곡곡에서 몰려온 빨·주·황·청·백 깃발이 거리를 뒤덮었다. 방송에서는 "홍대 신촌이 지금 야단법석"이라고 보도되었고, 매일 아침 피라미드 꼭대기에서 내려온 명령으로 내 업무 수첩은 까맣게 물들어 갔다.

결국 서울시의 '노점 디자인 거리' 조성사업은 무시하라는 명령이 떨어졌다. 지우개로 지우듯 하얗게, 하얗게. 안 되면 화이트로라도 발라 버리라는 말일까. 고삐 풀린 돌개바람은 계절이 따로 없었다. 일은 '페넬로페의 베 짜기'[3]였다.

---

2   쓸모없는 폐마. 여기서는 10년 넘은 순찰차.

3   쉴 새 없이 하는 데도 끝나지 않는 일을 의미한다. 페넬로페는 전쟁에 나간 남편(오디세우스)을 오랫동안 기다렸다. 구혼자들이 결혼을 조르자 페넬로페는 시아버지 라에르테스의 수의 한 벌만 짜 놓고 결혼에 응할 것을 약속한다. 하지만 페넬로페는 사흘 동안 베를 짜면 다음 사흘 동안은 그 베를 풀어 다시 실로 만든다. 페넬로페는 이렇게 하며 남편이 돌아오기를 기다렸다.

한 사회학자가 말했다. 한국에서 가장 첨예한 전장은 남북이 대결하는 삼팔선도 아니고, 노사 간 계급투쟁의 장도 아니며, 국회의사당도 아니다. 생존권을 걸고 싸우는 노점과 업장 사장, 사창가 포주들과 일대를 밀어내고 재개발을 하겠다는 건축조합, 토지를 수용하려는 지자체에 맞선 원주민 간의 전장이다. 그에게 '같은 배를 탄다'는 건 존재할 수 없다. 그들에게 투쟁은 망망대해 쪽배 하나를 두고 서로를 밀어내야 사는 서바이벌 게임이다.

1980년대 중반에 시작한 공직 생활. 종로에서 출발해 마포종점까지 36년을 뚜벅뚜벅 걸었다. 단속팀장으로 보낸 시절은 돌아보면 '불꽃'이었다. 매일 산화하고 재가 되어 집에 돌아갔던. 하지만 나는 더 단단해졌고 현장에 대해서도 눈을 뜨게 되었다.

더디 가도 곧게 간다

상암대첩

2014년 상암동 디지털미디어시티 방송가 인근의 도로는 24시간 불야성이었다. 불법 전대도 하루가 다르게 늘어 갔다. 법원·검찰청의 무슨 직책이 새겨진 그럴듯한 명함을 가진 시커먼 조폭이 개입해서 잽싸게 불법건축물을 축조한 일이 발생했다. 조립식 샌드위치 패널이었다.

우린 불법건축물을 눈으로 뻔히 보고도 손쓰지 못하고 당했다. 단속 부서가 어디냐를 결정하다가 초기 대응에 실패한 것이다. '개발행위 허가제한'인지 '개발제한구역(그린벨트)'인지에 따라 단속 부서가 달라지다 보니 실무자가 "어어~" 하는 사이 가건물은 올라가고 불법영업이 시작되었다. 해당 부지는 코레일 소관의 철도용지로 국유지였다. 이런 식으로 불법 건축물을 세워 무려 9개

점포가 보란 듯이 밤샘 영업을 했다.

사태 해결을 위해 경찰서의 정보과장과 경비과장, 코레일 서울본부 팀장 등과 합동 대책회의를 했으나 실마리가 잡히지 않았다. 불법 사안을 점포 주인에게 고지하고 강제 집행하는 것이 원칙이었지만, 경찰서에선 병력 지원을 하지 못하겠다고 물러섰다. 주거지역이 아니었지만 5년 전의 '용산참사'를 의식한 것 같았다. 물리적 마찰을 피하고 해당 건물을 철거하기 위해선 순차적으로 집행할 수 있는 모든 법적 조치를 밟아 가야 했다.

우리 부서는 그해 7월 불법건축주들을 경찰서에 고발했고, 이행강제금(8,400만 원 상당)을 반복해서 부과했다. 이어 예금 및 신용카드 매출전표를 압류했다. 점주들은 순순히 응하지 않았다. 송사는 이듬해 봄까지 이어져 법원에 집행정지가처분에 이어 대집행계고처분 취소소송까지 제기했다.

이어 법적 정당성을 확보한 우리는 다시 철거를 위한 대집행을 계고하고 관할 경찰서, 소방서, 한전서부지사, 한국전기안전공사, 서부수도사업소를 순회하며 협조를 구했다. 경찰서와 철거대집행을 위한 시뮬레이션 합동회의를 하는 등 철거까지 많은 과정을 거쳐야 했다. 아마 당시 사업 내용을 세세히 쓰면 백서 한 권으로도 부족할 것이다. 결국 철거업체와 함께 행정대집행 직전인 9월 12일에 철거를 마감했다.

2022년 봄에 해당 지역을 갔을 때 해당 부지에는 메시 철망 울

타리가 올라가 있었다. 철거 당시 코레일의 서울본부 팀장과 만나 다시는 이런 일이 재발하지 않도록 잘 관리해 줄 것을 요청했었는데, 7년이 지난 시점에도 무단 점유자 없이 잘 관리되고 있었다.

철거 전후 및 현재의 모습

바벨의 결탁

2008년 SBS 〈8시 뉴스〉(4월 13일자)에서 보도한 내용이다. 현장의 제보를 받아 부조리를 폭로하던 '기동취재반'에서 취재한 내용이었는데, 제목부터 자극적이다. "노점 자릿세는 당연하다? 폭력배 갈취 현장". 서울 신촌 홍대 거리에서 신흥 폭력배들은 노점상들에게 월 160만 상당의 자릿세를 갈취하며 군림했다. 작은 좌판이면 80만 원, 좌판 두 개면 160만 원 이런 식이다.

자릿세를 거부하면 조폭들은 끌고 가서 주먹으로 얼굴을 때리거나 짓밟았다. 불법 노점이었기 때문에 노점상들은 하소연할 곳도 없었다고 한다. 조폭들은 1년 5개월 동안 자릿세를 받아 챙겼다. 조직원 4명이 구속되고 다른 4명은 달아나 당국에서 지명수배 했다. 그런데 그 사건에 가로정비반장(7급)이 연루되어 형사처벌을 받았다.

자세한 사정은 모르겠지만, 소문으론 반장 또한 조폭에게 당해서 빚어진 일이라고 했다. 해당 지역 공무원들은 죄다 그 사건을 알고 있었다. 조직의 분위기도 흉흉했지만, 서울시에서 이제 막 내려온 나만 이 사실을 모르고 있었다. 그래서 백지상태인 내가 내려오자마자 기다렸다는 듯 철거팀장에 앉힌 것일까. 아무리 인사명령이라곤 하지만, 사정을 알고서야 누가 그 불지옥으로 뛰어들겠는가. 당시 경찰에 검거되거나 쫓긴 이들 말고도 홍대 거리를 장악한 조폭들은 많았다. 몇 명 사라진다고 거리에 평화가 오

진 않았다.

철거 전후 및 현재의 모습

20년간 단속 시늉만 있었지 실질적인 강제집행이 없었기에 홍대와 신촌 거리의 노점상들은 도로를 무단 점용한 영역을 자신의 것으로 받아들였고, 세상 두려울 것 없다는 듯 오히려 단속 공무원에게 큰소리를 치며 "할 테면 해 봐라"는 식이었다. 불법으로 연루된 터에서 점용면적은 권리금을 받고 유통되었고, 거리를 접수한 조폭들은 '어둠의 관리자' 행세를 하면서도 거칠 것이 없었다. 조폭들은 심지어 창고 보관의 명목으로 불법 계약서를 작성하게 해 처벌을 모면하려 했다.

홍대 거리의 불법 점포에 대한 철거대집행 절차가 시작되었다. 그해 6월 홍안의 여인이 사무실을 방문했다. 그녀는 몇 개월만이라도 시간을 달라고 내게 애원했다. 이럴 때 마음이 흔들리지 않는 사람이 있을까. 하지만 행정대집행 영장이 발부되자 그녀는 돌변했다. 수감 중이던 조폭에게 사주를 받은 듯했다. 철거를 하면 현장에서 옷을 발가벗고 저항하겠다고 엄포를 놓았다.

33℃의 폭염에 달구어진 도로가 신발 밑창을 악어처럼 집어삼키던 오후였다. 강제집행을 위해 여직원 3명과 트럭 5대가 동원되었다. 다행히 집행 과정에서 불상사는 없었다. 언론에 홍대 조폭들의 기사가 보도된 지 2달 만이었고, 홍대에 불법 노점이 들어선 지 20년가량 지난 시점이었다. 술을 즐기지 않지만, 이날만큼은 나도 시원한 맥주에 땀을 식히며 긴장했던 마음을 늦이고 싶었다.

강제집행 이후 거리는 넓어졌고 깔끔해진 홍대 거리는 젊은이와 예술인들의 낭만의 골목으로 변모해 갔다. 강남과 명동을 핫플레이스로 즐기던 이들도 점차 홍대를 찾기 시작했다. 그렇게 거리도 상권도 살아났다.

현장의 일을 하다 보면 때로 너무나 오랜 세월 방치되고 곪아 터진, 그야말로 층층이 쌓인 '적폐'가 구조적으로 고착된 모습을 자주 보게 된다. 가끔은 우리 사회의 부패 사슬이 저 위의 권력에서 밑바닥까지 얽혀 거대한 비위의 적층을 가진 피라미드로 보일 때가 있다. 그래서 피라미드 밑바닥일수록 사람들은 더 큰 압력을 받고, 먹이사슬로 엮인 이들의 아귀다툼은 더 치열한 것이 아닐까.

권세를 가졌다고 압력을 가하는 이들이나 다수의 힘으로 목소리를 키워 나를 압박하려 할 때마다 나는 단 한 가지만을 생각했다. 공직자. 선량한 관리자로서의 정도(正道). 옳은 길이면 칼바람이 매섭더라도 직진해야 한다. 정면 돌파가 쉬운 것은 아니지만, 나와 같이 정면 돌파하는 선례가 쌓일 때 그것이 통념이 되고 규범으로 작동할 것으로 믿었다.

심장은 언제 뛰는가

때론 탐정처럼

부동산 시장이 얼어붙자 광고업체들은 관내 유동인구가 많은 오피스텔 사거리를 중심으로 경쟁적으로 분양 광고와 족자 현수막을 부착했다. 현수막 지정 게시대가 있었지만 업체들은 사람의 시선이 닿는 모든 곳을 광고판으로 삼으려 했다. 불법 광고물은 사거리 대로변과 지하철 역사 주변을 점령하고 있었다. 보기에도 지저분하고, 보행 안전에도 좋지 않았다. 문제는 이 광고업체들이 대포폰을 사용해서 추적이 어려워 과태료 부과가 쉽지 않다는 점이다.

추적을 회피하려는 자와 추적하려는 자. 우리(도시경관과)는 수사관들의 수사기법을 활용하기로 했다. 과의 전 직원이 고객을 가장해 광고물에 적힌 전화번호로 전화해서 해당 분양사무실을

전격 방문하는 방법으로 추적했다. 기습적인 방문으로 '자인서'를 받고 과태료를 부과한 후 병과(倂科)[1]하여 팀장인 내 이름으로 진술서를 첨부해 경찰에 고발했다.

도시경관과 전 직원이 발로 뛴 결과 '아침에 광고물을 떼면 밤에 다시 부착하는' 악순환의 고리가 끊어지면서 거리는 깔끔해졌다. 2013년 1월부터 6월까지 436건에 1억 2천만 원 남짓한 과태료를 부과해 그중 364건 1억 4백만 원가량을 징수했다. 징수율 86%로 전년 동기 대비 184% 세외수입 증대 효과까지 얻었다.

이 사례는 그해 7월 '창의 경진대회'에 출전(대본·연출·출연 등)해 장려상을 받았다. 이른바 '미스터리 쇼퍼(Mystery Shopper) 기법을 응용한 불법 현수막 정비 아이디어'였다. 그리고 불법 광고물·불법 건축물 등 행정처분 일정을 꼬박꼬박 전산으로 알려 주는 「행정처분 일정 통합관리시스템」은 '마이 잡 아이디어' 부문에서 은상을 수상했다. 이 시스템은 우리 팀에서 자체적으로 개발한 것으로 지금도 인트라넷에서 유용하게 활용되고 있다.

---

1   동시에 둘 이상의 형벌에 처하다. 과태료와 행정명령, 형사처분 등을 아울러 처하는 일 따위이다.

공무원의 마음이 맞을 때

2021년 봄 5년 전 서강동장 시절 알았던 한 지인에게서 전화를 받았다. 상수동에 살던 그는 관내 △△직업전문학교의 학장이기도 했다. 그는 자신의 학교 진입로 코너에 불법 주차 차량으로 인해 어제 SUV 차량이 마주오던 차량을 피하려다 학교 담장을 들이받아 보험사에서 조사 중이라고 했다. 해당 구간은 대로에선 떨어진 외진 곳이었다. 그는 상습적인 불법 주차로 초행길 운전자들이나 보행자에게 매우 위험한 구간이니 구조적인 대책을 부탁한다고 했다.

나는 관계부서 팀장님과 관할 동장님께 현장에서 대책을 좀 마련해 보자고 부탁했다. 그리고 닷새 지난 오후 교통행정과, 교통지도과, 관할 동장님까지 6명이 운동화 차림으로 현장에 모였다. 우린 먼저 민원인으로부터 자세한 경위를 들었고 이후 부서별로 처리 방안을 내기로 하였다. 그리고 우회전하는 데 장애가 되는 코너 녹지의 모서리 정리는 관할 동장님이 공원녹지과장에게 요청하기로 하였다.

우선 집중적이고 지속적인 상시 주차단속을 했고, 탈색된 도로 라인을 다시 도색하고 말발굽 모양(∩)의 가드레일을 설치하기로 했다. 그리고 이후에 예산을 확보하는 대로 CCTV를 설치하기로 했다. 당시 이 일을 맡았던 교통행정과, 교통지도과, 도로과 팀장님들은 정말 자신의 일처럼 집중해서 문제를 해결했다. 그분들

에게 난 지금도 고마운 마음이 남아 있다.

이듬해 봄에 다시 현장에 가 보았다. 깔끔하게 도색된 주차선과 황색 가드레일, 그래서인지 차도의 양팔이 눈에 띄게 넓어 보였다.

보물 1호, 노트

2016년 서강동장으로 부임하자 직능단체장의 쇳소리가 나를 격하게 반겼다. 서강동은 전임 동장과 전임 주민자치위원장과의 불화로 몸살을 앓았던 곳이라 한다. 직원 열에 일곱은 전임 주민자치위원장의 독선과 고압적 행태에 몸서리를 친다고. 나는 민원행정팀장과 서무주임으로부터 들은 조각 정보를 토대로 지역을 파악했다. 그리고 바로 직능단체장을 바로 오시게 했다. 그간 마음고생하며 무척 서운했는지, 동장이 바뀌었다니까 눈썹이 휘날리게 달려오셨다.

우린 서로를 단박에 알아보았다. 하고자 하는 뜻이 분명했고, 하려는 말 또한 에둘러 하지 않았다. 자기주장이 강한, 한마디로 청양고추 같은 사람이었다. 애당초 물에 술 탄 듯 흥얼거리는 종족과는 결이 달랐다. 게다가 꽃집을 해서 그런지 공주과다. 그분은 그때부터 쭉 둘도 셋도 없는 나의 찐 팬이 되셨다.

나는 과장직이나 동장직 등의 직위와 상관없이 항상 나만의 일하는 방식을 다듬어 왔다. 눈에 보이지 않는 물적 자원을 찾아내고, 큰 나무에 가려져 보이지 않는 실력자를 발굴하는 일, 특히 나의 노트(치부책)엔 내가 만난 사람과 해결해야 할 일들이 빼곡히 담겨 있다.

그렇게 작은 노트로 인력풀을 관리했고, 이 노트엔 사람과 사연이 모두 담겨 있다. 필요할 때만 꺼내 사용하는 것이 아니라 지속적으로 진정성 있게 일을 해결해 나가는 것. 무엇보다 민원인이나 사업 관계자들이 일원화된 부서 창구로 접촉하고 일할 수 있게 하는 원스톱 체계를 차분차분 구축했다.

서강동장 시절인 2016년엔 상수동의 서울패션직업전문학교를 발굴했다. 이를 민간시설로는 최초로 동정보고 회의장으로 활용했다. 이후 서강동에서 자체 개발한 주민자치 프로그램인 〈패션학교〉를 이곳에서 열어 패션 드래이핑(마름질)을 시연하고 장학금 전달식을 하기도 했다.

독창적인 주민자치프로그램인 〈온 마을이 학교다〉 프로젝트의 책임 교장 10명에 대한 임명장 수여도 이곳에서 진행되었다. 활용되지 않는 마을 자원을 주민과 협력해 발굴, 이용하는 사업이었다. 이후에도 서울패션직업전문학교에서 개최하는 SFC플리마켓을 서강동주민센터에서 적극 지원하기도 했다.

2020년 상암동장 시절엔 500만 그루의 나무를 심는 청정 숲 조성 사업을 했다. 청정 숲 사업은 관의 예산으로는 한계가 역력했다. 관과 주민이 협력해 숲 조성 지역을 선정하고 주민이 직접 참여해 식목하는, 그야말로 시민이 주인이 되어 진행하는 의미 있는 사업이었다. 따라서 지역 사회에 공익 지원을 할 수 있는 기업이나 단체를 찾아 후원을 받는 일이 매우 중요했다. 당시 지역 곳곳을 방문하며 사업 취지를 설명하고 동참을 호소했던 기억이 난다.

그러던 중 서울드와이트외국인학교에서 예상치 못한 성과가 있었다. 드와이트스쿨은 1872년 미국의 뉴욕과 뉴저지의 12년제 명문 사립학교로 런던과 한국, 중국 등지에 분교를 두고 있다. 처음엔 반응이 우호적이지 않았다. 찾아가서 설명하겠다고 하니 그렇게 달가워하는 것 같진 않았다. 내 성격 그대로 오후에 학교를 향해 직진.

홍보부의 그레이스 지머맨 팀장과 알렉스 심 대리가 나를 맞아주었다. 논의 결과, 10그루 100만 원어치를 심겠다는 답변을 받았다. 교장 선생님과 학생들도 참여하겠다는 약속까지. 그들은 동주민센터가 뭐 하는 곳인지 몰랐는데 이번에 알았다며 신기해했다. 식목 행사는 케빈 스키오 교장이 참석한 가운데 진행되었고, 숲 이름은 '드와이트 존'으로 명명했다.

하지만 옆집인 서울일본인학교는 성과가 없었다. 내 전화를 받은 사람은 일본인 실장님이셨는데, 일본 어투가 섞인 우리말로

말했다. "스케줄이 안 맞아서 이번엔 좀…."

유레카!

2020년 한 커피숍에 대한 민원이 접수되었다. 내용은 당황스럽
게도 '의료법' 위반이라는 것. 해당 민원을 접수한 의약과는 과태
료를 부과하겠다고 예고했다. 당연히 커피숍 사장과 지역 구의원
들이 합세해 강하게 항의했다. 호떡집에 불난 듯 정신없는 파상

공세가 이어졌다. 아마 민원은 인근의 병원 관계자들이 제기한 듯하다.

그 커피숍에선 커피를 알약처럼 봉지에 넣어 제공했고, 간판(상호) 또한 병원을 연상케 하는 'ㅁㅁ 커피 호스피탈'이었다. 업주는 선친의 병원 건물을 그대로 활용했다. 사안은 간단하지 않았다. 의약과는 과태료 처분이 정당하다고 판단했지만, 실제로 2014년 간판에 약국 상호를 사용한 일반음식점에 영업정지를 처분했다가 이에 불복한 업주의 행정소송에서 우리(위생과)가 패소한 선례가 있었다.

커피숍의 젊은 사장은 적법하게 신고해서 영업하는데, 이를 왜 문제 삼느냐며 불복하겠다고 항의했다. 반대로 민원인들은 병원도 아닌데 호스피탈이라는 상호를 사용하는 것은 명백한 의료법 위반이라며 흥분했다. 식품위생법과 관련한 소송은 과거의 판례도 있어 커피숍이 유리할 수 있지만, 의료법이라면 해당 업주에게 불리할 수 있었다.

당시 난 위생과장을 떠난 지 막 1년이 되던 차다. 사안을 몰랐다면 모르겠지만, 이미 내용을 알게 되어 양심상 모른 체하고 있을 수만은 없었다. 나라고 뚜렷한 방안이 있었던 것은 아니다. (1박 2일 식음을 전폐한 것은 아니지만,) 난 다음 날까지 이 문제를 고심했다.

유레카! '호스피탈리티(Hospitality)'라는 단어가 머리에 번뜩 떠

올랐다. 그렇다. 호스피탈을 호스피탈리티로 바꾸는 것이다. 호스피탈리티는 환대, 후한 접대를 뜻한다. 호스피탈리티의 어원 또한 호스피탈이다. 의료법에 저촉되지 않으면서도 '비즈니스 프렌들리'한 간판. 업주는 다행히 이 제안을 받아들였다. 이후 그 커피숍을 방문했을 때 하얀 벽에 흰 글자로 박힌 간판이 내 눈에 또렷이 들어왔다.

COFFEE HOSPITALITY

어쩔 수 없이 유사한 일을 반복하고 또 일에 대한 특별한 보상을 기대하기 어려운 공무원 조직 안엔 관료주의와 형식주의의 위험이 상존한다. 일부 공직자는 세월이 흐르면 관성으로 일을 하고 자신도 모르게 거대한 위계조직의 부속처럼 행동하면서도 자각하지 못한다. 이 문제를 정치학자들은 철학과 관점, 시스템의 문제로 접근하고, 생리의학자들은 호르몬의 문제로 접근했다.

그들은 왜 사람이 초심을 금방 잃어버리는지, 사람의 열정은 왜 오래가지 못하는지와 같은 문제를 연구했다. 사람에게 행복감을 선사하는 대표적인 호르몬이 도파민과 세로토닌이라고 한다. 도파민이 즉각적이고 강한 쾌감을 선사하는 물질이라면, 세로토닌은 보다 지속적인 만족감을 주는 신경전달물질이다. 도파민이 선사하는 행복감은 반복할수록 떨어진다. 몸은 더 강한 자극을 원하게 되고, 나중엔 내성이 생겨 웬만한 자극으로는 행복감을

얻지 못한다.

행동주의 심리학자들은 꾸준히 변함없이 열정적으로 일할 수 있는 요인으로 '계획과 성취'를 들었다. 일반적으로 도파민과 세로토닌은 약효 소멸 효과로 인해 시간이 지나면 사라지기 마련이지만, 예외적으로 사람은 자신이 세운 계획을 성취했을 때의 행복감은 사라지지 않는다고 한다. 일상은 매일 반복되는 것으로 보이지만, 작은 결심과 소소한 계획을 세우고 이를 달성하는 사람은 늘 세로토닌으로 충만할 수 있다고 한다. 이를 뒷받침하는 것이 바로 작은 습관 같은 것들이다.

그렇다면 공무원의 심장은 언제 뛰는가. 발자크는 저서 『공무원 생리학』을 통해 다음과 같은 질문을 던졌다.

"살기 위해 봉급이 필요한 자, 자신의 자리를 떠날 자유가 없는 자, 쓸데없이 서류를 뒤적이는 것 외에 할 줄 아는게 없는 자. 그런데 이런 질문이 갑자기 나온 것은 아니다. (…) 도덕 및 정치학 아카데미는 다음 질문에 대한 답을 내놓는 자에게 상을 줘야 할 것이다. 다음 중 최상의 국가는 어떤 국가인가? 적은 공무원으로 많은 일을 하는 국가인가, 아니면 많은 공무원으로 적은 일을 하는 국가인가?"

만약 그가 살아 있었다면, 나는 이 말을 해 주고 싶다.

"사회가 건강하게 유지되고 발전하기 위해선 하고 싶지만 하지 말아야 할 일과, 하기 싫지만 꼭 해야 할 일들을 분별할 수 있는 슬기가 필요합니다."

공공재는 비배제성·비경합성의 성격을 가진다. 공공재는 마을의 공동 우물 또는 목장들 간의 공유방목지와 같이 개인의 탐욕을 통제하지 못하거나, 이기심으로 개인을 적대하는 행동으로 쉽게 파괴될 수 있다. 그래서 이 공공재를 관리하는 종사자, 즉 공무원의 역할이 중요하다. 그리고 시민이 형식주의와 관료주의에 의해 피해받지 않으려면, 무엇보다 현장을 우선하며 현장에서 일을 하는 공직자의 헌신이 반드시 필요하다.

선량한 관리자로서의 주의의무. 공무원의 열성은 이 공동선을 실현하고 있다는 사명감과 가치에 대한 인식에서 온다. 그럴 때 자신의 노고를 그 누가 알아주지 않아도 그들의 심장은 뛴다.

말(語)이 얼음이 되어 깨지는 순간

2018년 평창 동계올림픽 기간이었다. 평소 전혀 교류가 없던 한 지역신문 기자로부터 전화를 받았다. 그는 대뜸 취조를 하듯 연달아 물었다.

"평창올림픽 개막식 갔다 오셨죠?"

"개막식이 아니라 어제 봅슬레이 갔다 왔습니다."

"몇 명이 같이 갔습니까?"

"100명입니다."

대충 직감이 왔다. 왜 직원들이 그를 사이비 기자라고 불렀는 지. 그는 무례한 갑질로 직원들 사이에선 '완장질'로 유명한 자였다. 그는 마치 몇 년 밀린 빚을 받으러 온 사람처럼 캐물었다.

"도대체 선발 기준이 뭐죠?"

"장애인체육회, 복지부서, 동주민센터에서 추천한 장애인, 수발을 들어야 하는 어르신, 기초수급자 등입니다. 평소 나들이 기

회가 없는 어렵고 소외된 분들을 우선했습니다."

당시 나는 동계올림픽 지자체 담당 과장이었다. 구에선 대규모 국제행사 관람 경험이 없는 취약계층을 선별했다. 티켓 구매뿐 아니라 인원을 서울에서 강원도를 오가며 모시는 것도 중요한 업무였다. 관람은 올림픽 개막식에서 패럴림픽 경기까지 40여 일간 총 8회였다. 늦깎이 **주부 학생, 수화통역센터 인원과 다문화 가족·응모 구민, 거동 불능인 휠체어 장애인분 등 총 1,500명이 이 혜택을 보았다.

물론 쉬운 일이 아니다. 특히 몸이 불편하신 어르신, 장애인, 수급자 등의 손발이 되어 이른 아침부터 다음 날 새벽까지 인솔하는 일은 요양보호 경험이 없는 직원들에겐 무척 생소하고 고된 일이었다. 평창의 눈보라를 온몸으로 맞아 가며 식사 장소를 정하느라 뛰어다녔고, 이미 동이 난 휠체어 리프트 차량을 구하느라 백방으로 뛰어다녔다.

녹초가 된 직원들의 눈가엔 노곤함이 잔뜩 배어 있었지만, 표정은 밝았다. 직원들의 상기된 볼을 보면 작은 긍지 같은 것들이 작은 보조개나 입가에서 피어나고 있는 것같이 보였다. 한 번의 외출도 엄두 내지 못하셨던 분들은 직원들의 손을 두 손으로 부여잡고 고맙다는 말씀을 반복하셨다.

"그럼 소외되지 않은 분들은 주민이 아닙니까? 장애인이나 못

사는 게 뭐 자랑입니까?"

기자의 이 뻔하고도 차가운 질문을 받고 나서야 난 그의 의도를 확인한다. 1,500명 분량의 올림픽 투어 좌석 중 일부는 응당 높은 분이나 기자님(!)들과 같이 중요한 일을 하시는 분께 돌아갔어야 했다는. 순간 칼바람 속을 뛰어가던 직원들의 뒷모습과 경기장에서 휠체어에 앉아 양팔을 들고 박수를 치던 분들의 표정이 스쳐 갔다. 수화기를 타고 나온 그의 서늘한 언어들이 바닥에서 얼음으로 구르는 것이 보였다. 부아가 치밀어 내 목소리도 일순 차가워졌다.

"그것은 우리 구의 기준으로 정하는 거죠."

"말 그 따위로밖에 못 해요?"

"뭐요? 그 따위라니요!"

내가 소리를 꽥 지르자, 그는 부구청장에게 바로 민원을 제기했다. 마침 그때 진행되고 있던 동정보고회장에 가서 깽판을 치겠다느니 감사원 감사청구를 하겠다느니 자의적 선별이라느니 하며 장애인을 선별한 올림픽 참관을 문제 삼았다. 결국 위에선 내게 해명 자료를 내라는 지시가 떨어졌다. 바람이 유난히 차가웠던 2008년 겨울의 이야기다.

문제가 있다면 뒤져야지요

거절의 미학

군사정권 시절이었던 1980년대 중반부터 공직에 있었으니, 나도 그 축의 말석 정도엔 끼는 사람이다. 이제는 공직자의 청렴은 지극히 당연한 의무이며 꼭 공직자가 아니더라도 사회 모든 영역에서 청렴은 중요한 신뢰자본으로 작동한다. 하지만 당시엔 청렴이라는 말이 공직자에겐 꽤나 무거운 단어였다. 권력형 비리에서 시작해 세관의 인허가에도 비리가 똬리를 틀고 있었다. 공직자의 청렴을 국민들은 신뢰하지 않았다. 그 시절 내가 듣거나 경험한 이야기도 꽤 많다.

사경제의 영역은 시장의 기능에 의해 작동되는 것이 자연스럽다. 법은 최소한의 도덕에 그쳐야 한다. 인허가권한을 가졌다고 해서 일일이 간섭하고 규제하려 들면 2가지 문제가 생긴다. 우선

은 반발이고 그다음 문제는 뒷거래다. 전자가 현재의 모습이라면, 후자는 과거의 흔한 모습이었다. 물론 예전에도 단속에 저항하는 이가 없지 않았다. 하지만 법규의 적용은 공평무사해야 한다.

주인 없는 산에 유독 볼이 붉은 진달래가 있다고 해서 한 그루만 몰래 뽑아 집에서 기르면, 열에 여덟 개는 시나브로 시들다 죽는다. 그저 관념적 이치에 관한 이야기가 아니고 나 어렸을 대 종종 있었던 경험이다. 야생의 환경을 존중해야 한다.

2009년 추석을 앞둔 어느 날이었다. 점심을 먹으러 사무실을 나서는데 A 대표가 까만 투피스를 걸치고 날 만나러 왔다. 그녀는 국민권익위원회 수범 사례로 선정된 경기도 G 시의 '노점 디자인거리 사업'에서 디자인 매대를 설계한 디자인 업체의 대표였다. 그녀는 지역 이미지를 반영하고 노점상들이 요구한 디자인을 설계에 반영하는 중이었다. 나와는 사무실에서 몇 차례 회의를 하고 그녀가 설명회를 개최한 적이 있다.

그녀는 명절도 다가왔으니 그간 업무 협의 과정에서 얻어먹은 밥값이라도 보답하겠다며 식당으로 졸졸 따라온다. 식당에서 그녀는 검은색 비닐봉지를 내밀었다. 사실 그녀는 며칠 전부터 시계를 선물하고 싶으니 전달 방법을 알려 달라며 몇 번 전화를 했다. 그때마다 거절했지만 그녀는 나를 무슨 '갑' 정도로 생각한 듯하다. 그녀가 내민 판도라의 상자 같은 봉지의 내용물이 그리 궁금하지도 않았다. 정색하며 거절했지만, 그녀는 집요했다. 이러

다간 괜한 오해를 받을 것 같아 꽝, 못을 박았다.

"계속 이러시면 감사부서 클린신고센터에 신고하고 다시는 상대하지 않겠습니다."

그녀는 못내 서운한 표정이었고, 나는 거절하기도 참 쉽지 않다는 생각을 했다.

"의사소통과 협상의 능력을 키우고 거절에 대한 두려움을 더욱 잘 다룰수록 삶은 더욱 쉬워진다.[1]"

라는 글을 읽은 적 있다. 상대방을 기분 나쁘지 않게 거절하고 불필요한 오해의 싹을 남겨 두지 않는 지혜. 그것이 바로 '거절의 미학'이 아닐까.

이듬해 3월 초 관할경찰서 지능범죄수사팀장과 2명의 건장한 수사관들이 사무실에 들이닥쳤다. '노점상 특화거리 조성과 관련하여 디자인 규격화 매대 제작·구입'에 대한 투서가 들어왔다는 것이다. 난 그들의 말을 듣고 조금의 망설임도 없이 말했다.

"문제가 있으면 철저히 파헤쳐서 조치하시는 것이 마땅하지 않겠습니까?"

그들의 얼굴엔 실망하는 기색이 역력했다. 큰 건 하나 놓쳤다는 표정이었다. 이후 다시 만난 디자인 업체 대표에게 그날의 일

---

1   로버트 기요사키. 안진환 역. 『부자 아빠 가난한 아빠』. 황금가지(2018).

을 말해 주었다. 그녀는 놀란 토끼 눈이 되어 내게 선견지명이 있다며 안도의 한숨을 쉬었다.

선경지명이 아니다. 그저 정직하게 업무하면 늘 당당할 수 있는 법이다. 승자의 여유랄까. 난 그녀에게 그리 놀랄 건 없다며 입꼬리를 살짝 올려 미소 지었다. 공직자에게 청렴이란 무슨 고상한 가치의 실현이 아니라, 그저 자신을 보호하기 위한 최선의 방편이라는 것을 다시 생각하게 된 날이었다.

꼴랑 인삼주 한 병인데요

모처럼 단잠을 자던 일요일 아침이었다. 머리맡 협탁 위의 휴대폰이 잔망스럽게 울었다. 벽시계는 9시 37분을 가리키고 있었다. 빡빡한 일정에 밤늦은 귀가가 많았고 때론 공휴일에도 단속 근무를 하다 보니, 주말 아침잠은 내게 너무나 소중했다. 일요일 아침만은 정말 누가 업어 가도 모를 정도로 깊게 잠들어 침대와 합체하고 싶다는 열망으로 가득했다. 모르는 전화번호다. 받을까 말까 갈등하다 혹시 내가 알아야 할 급한 일인가 싶어 받는다.

"○○팀장님 댁이죠?"

"그런데요… 누구시죠?"

"저어, ○○터미널 쪽에서 노점상 하는 사람인디유, 비쩍 마르고 키 큰 사람이유. 시골 댕겨 옴서 챙겨 온 인삼 한 병 갖다 드리

고 싶은데 팀장님 댁 주소를 몰라서유. 지금 찾아가려고 하니 좀 알려 주세유.”

“고맙습니다, 마음으로만 받겠습니다.”

겨우 전화를 끊고 자리에 누웠으나 다시 벨이 울린다.

“무슨 뇌물도 아니고 꼴랑 인삼주 한 병인데유.”

“백 번을 얘기해도 제 대답은 똑같습니다.”

그는 서울시의 ‘노점디자인 특화거리 조성사업’ 대상에서 초기에 누락되었던 사람이다. 그는 자신의 노점이 노점상 전수조사 과정에서 누락되었다며 구청으로 뛰어왔다. 현장 확인과 주변 점포주들의 증언, 단속 직원들의 얘기를 종합해 그들 부부는 뒤늦게 특화거리사업에 합류할 수 있었다. 다행히 해당 노점은 통행에 불편을 주지 않는 곳에 있었다. 품목도 잠깐 파는 생선이라서 대상자로 분류했던 것인데, 그게 무척이나 고마웠나 보다.

전화를 끊고 나서 다시 이불 속으로 파고든다. ‘그분들 마음도 참 곱지.’라며 기분 좋게 잠들려는 순간 드는 생각 하나.

‘그런데, 내가 명함을 준 적이 없는데 어디서 내 연락처를 구했지? 어디서 샌 거지?’

다음 날 나는 출근하자마자 당직실에 비치된 비상연락망에 혹여 외부인이 전화번호를 문의하면 절대 알려 주지 말라는 표식을 하였다.

관리자의 자질과 덕목 ①

상사 평가의 법칙: 느슨한 놈, 깐깐한 놈, 이상한 놈 사이에서

실제로 내가 겪었던 3가지 유형의 상사에 대한 이야기다.

A 유형. 이분은 실무 역량이 많이 떨어진다는 게 중론이었다. 하지만 A는 과장이 되고 나서 직원들이 무척 좋아하는 그야말로 '인싸 부서장'이 되었다는 평가가 돌았다. 이와 비슷하게 업무를 잘 챙기지 않고 좋은 게 좋다고 늘 흥야흥야 하는 스타일의 부서장 역시 직원들에게 인기가 많았고 끝내 임원까지 하였다. 그는 늘 분위기를 즐겁게 만들었으며 낮술도 종종했다.

그리고 B. 누구보다 열심히 일하고 맡겨진 일은 끝까지 파서 완수하는데, 승진에는 번번이 미끄러지고 따르는 직원 또한 별로 없었다. 언제나 이마에 '나 진지해'를 써 놓고 다니는, "일이 아니면 죽음을 달라" 유형이었다.

마지막으로 변신의 달인 C. 우리 구 최초로 참가했던 '제4회 자치경영혁신 전국대회'를 위해 나는 '시민주도형 마포희망시장'을

기획하고 있었다. 서류심사를 위해 휴일에도 나와 준비하고 있었는데, C는 내게 "뭐 이런 쓸모없는 것을 하냐?"며 핀잔을 주었다. 하지만 막상 서류심사를 통과해 본심에 올라가자 C의 태도는 돌변했다. 나를 젖히고 자신이 과장님을 앞세워 전문 심사와 여의도 전경련회관 3층 국제회의장에서 사례발표까지 거쳐 '지역경제 분야' 우수상(2003.11.)을 받았다

　이들의 차이는 뭘까? 아래 직원들은 첫째, 깐깐하게 일만 챙기는 관리자를 좋아하지 않는다. 둘째, 업무보다는 유머러스하고 소소한 것들을 배려하는 관리자를 더 좋아한다. 셋째, 혹여 관리자의 구실과 역할로 인해 좋은 평가를 받았더라도 그 공은 아래 직원 몫으로 배려하는 것을 좋아한다. 이런 관리자는 존경받아 마땅하다. 특히 내심 스라소니로 키우고자 강하게 트레이닝을 요구하는 관리자, 원하지도 않는 뷔페를 먹이려 드는 관리자를 직원들은 그리 좋아하지 않는다. 모르겠다. 먼 훗날 그분 때문에 자기 몸과 마음의 맷집이 골고루 튼튼해졌다고 말할는지도. 나는 그랬으니까.

　앞서 언급했던 A의 케이스를 보면, 일에 대해서 꼬장꼬장하지 않지만, 자신의 강점을 살려 사무실을 화사한 정원으로 가꾸어 좋은 평가를 받은 듯하다. 일보다는 가끔은 신소리도 좀 하면서 직원들의 심기를 살펴 주니, 직원들에겐 편하게 의지할 수 있는 상사였을 것이다. 퇴근할 때마다 약속이 줄을 잇는 것을 보았다.

누군가와 술을 마시고 싶다는 것은 그를 좋아한다는 것일 터.

하지만 업무에 밝지 않고서야 그런 것이 다 뭐냐고 할 사람도 많을 것이다. '음식점 주인이 주방에 훤하지 않고서 어떻게 큰 식당을 운영하나?' 하는 타입의 분들 말이다. 나 또한 그런 쪽 사람에 가깝다. 시대가 변하고 있다. 인간관계에서는 이성보다는 감성을 건드리는 사람이 팔로워가 많다.

그리고 마지막의 C 유형. 그러니까 신뢰할 수 없고 시류에 영합하며 위계에만 충성하는 상사를 만난 부하는 처음엔 직장 생활에 염증을 느끼다가 나중엔 조직 전체에 대한 환멸을 가지게 된다. 부화뇌동하고 아래에 군림하고 윗사람에겐 입안의 혀같이 굴어야 라인을 잡고 승진할 수 있는 조직에 무슨 미래가 있겠는가.

결국 사람의 마음을 움직이는 힘은 현대인이 가진 가장 큰 자산이다. 업무 중심 능력 중심이라는 게 꼭 차가운 관계를 의미하는 것은 아니다. 조직 내에 불필요한 긴장과 경쟁을 조성하기보다 협력하고 서로 보듬는 분위기를 만드는 상사는 개인의 역량이 아닌 조직의 능력으로 업무를 전진시킨다. 이에 동의한다면 실천으로 이어 가자. 그럼 차차 '찐팬'이 생길 것이다.

"팀장님, 오늘 시간 있으셔요?"

"과장님, 라떼 한잔하실래요?"

그리고 퇴직일은 생각보다 빨리 찾아온다는 것, 그것이 하나의 힌트다. 늦었다고 생각할 때가 가장 빠르다고 하지 않던가.

관리자의 자질과 덕목 ②

동장: 제 몫을 하되 여민동락(與民同樂)하라

동장은 기관장이기 이전에 기초지방정부의 최일선 행정 책임자다. 직원이 최선의 서비스를 제공할 수 있도록 사기를 높여 주는 일은 차지하고서라도, 예의 권위를 앞세워 직원들의 사기를 꺾진 말아야 한다. 조선으로 치자면 구청장은 부사(府使) 또는 군수, 동장은 종 6품의 현감에 해당한다. 고을을 다스리는 자를 수령이라 했고, 백성들은 원님 또는 사또라고 불렀다. 지방관은 임금이 임명했고, 통치권 역시 임금으로부터 위임받은 자였다.

20여 명의 직원 모두가 바쁘다. 주민센터의 일은 매뉴얼과 프로세스에 따라 움직인다. 잘 맞물린 톱니바퀴처럼 하루하루가 돌아가야 한다. 따라서 비록 사소한 것이라도 직원들이 동장의 수발을 들어선 안 된다. 국장 시절에도 그랬지만, 난 내 일은 스스로 해야 직성이 풀렸다.

작은 일이라고 하나씩 직원들에게 시키면 몸도 정신도 관료화

되어 낡게 된다. 관리자가 자질구레한 것까지 스스로 하다 보면 조직문화도 건강해진다. 일을 직접 챙기고 파악하는 관리자는 늘 현장에서 새로운 영감을 얻고 문제 해결의 실마리를 찾는다. 매일 걸어서 만보계의 할당을 채우니, 건강 또한 덤이라면 덤이다.

> "선비는 자기를 알아주는 사람을 위하여 목숨을 바치고,
> 여자는 자기를 사랑하는 사람을 위하여 화장을 한다."

사마천(史馬天)의 『사기(史記)』에 나오는 글이다. 사람의 마음은 가장 강력한 실천의 동력이다. 출근하고 싶은 직장이 되게 하는 것은 동료와의 관계도 있지만 관리자의 몫이 크다. 왜냐하면 위계조직은 피라미드 구조의 지휘체계로 되어 있기 때문이다. 시스템이 아무리 훌륭해도 결국 이를 운용하는 것은 관리자의 몫이다.

법치(法治)와 인치(人治)는 결코 대립적이지 않다. 모든 일이 시스템으로만 돌아간다면 조직의 수장은 왜 필요하겠는가. 조직의 경쟁력과 효율성은 시스템만으로 얻을 수 있는 것이 아니다. 하지만 이 '인치'라는 개념을 사적 통치의 수단으로 활용하는 사람도 있다. 내 경험상 그들은 주관적 판단과 사적 욕망으로 공무에 개입해 시스템을 무력화하고 관리자의 권한을 남용하곤 했다. 시스템에 사람의 향기를 불어넣고 더 높은 효율을 내는 것은 결국 운용자의 몫이다.

인사의 중요성은 누구나 알고 있다. 나는 대상자의 보직 경로와 전공을 보고 적재적소에 배치하려고 노력했다. 하지만 이 역시 쉽지 않은 일이다. 직원들이 선호하는 보직은 한정되어 있고, 또 기피하는 보직 또한 늘 분명하기 때문이다. 직원의 최대 관심사인 승진 역시 어떤 식으로든 도와주려는 입장에 서야 한다.

과거 나와의 관계성이나 껄끄러웠던 일, 미묘한 감정과 같은 개인의 이해관계는 접어 둬야 한다. 조직 내 구성원, 특히 관리자와 직원 사이에는 의리와 믿음이 있어야 한다. 조직이 나의 노력을 알아줄 것이라는 믿음은, 동장이 해당 직원을 철저히 믿고 끌어 줄 때에만이 생겨난다. 이것이 동장이 해야 할 내부에서의 몫, 즉 노릇이다.

동장의 외부 사업, 즉 동민을 위한 일에 고정된 경계나 책임을 회피할 수 있는 영역은 없다. 두 번의 동장을 역임하면서 가장 중요하게 생각했던 것은 일상을 세밀하게 살피고 즐겨 듣는 것이었다. 동별 7~9개의 직능단체와 유기적이고 원활한 유대 관계를 맺어 하나의 가치를 위해 모두 협력하는 기풍을 만드는 것이 중요했다.

그리고 동장은 늘 살펴야 한다. 어려운 동민들은 없는지, 주거·안전사고 등 취약 지역은 없는지를 늘 확인하고 미심쩍은 영역이 있다면 반드시 그 실체를 확인해야 한다. 예찰 활동의 습관화가 동장에게는 가장 중요한 외부 업무 중 하나다.

관리자의 자질과 덕목 ③

자치시대: 주민(住民)인가 주민(主民)인가

1990년 김대중 당시 평화민주당 총재는 13일간 단식투쟁을 했다. 대한민국 건국 당시의 제헌헌법에 명시되어 있는 지방자치제도, 즉 군부의 쿠데타로 중단된 지방자치제의 전면 실시를 주장했다. 그 결과가 1995년 1회 지방선거였다. 대통령이 도지사, 군수, 시장을 임명하던 것에서 주민이 직접 공직자를 선출하게 되었다. 선출직 공직자에게 주민이 가진 권한을 위임하는 지방자치의 형식(외형)이 완성된 것이다.

하지만 지방자치의 본뜻은 지방행정을 지역 주민의 뜻에 걸맞게 실행하라는 뜻이며, 더 크게 해석하자면 주민을 지방행정의 주체로, 주민자치의 주인으로 세우자는 것이다. 그로부터 27년. 형식적 지방자치는 자리 잡았지만, 그 내용에 있어서는 여전히 부족한 것이 사실이다. 여전히 다수의 사업은 위임받은 선출직 공직자들이 결정하며, 시장의 의중에 따라 큰 줄기가 바뀐다.

배정된 예산을 가지고 사업을 집행하는 것보다 어려운 일은 역시 주민 스스로가 주체가 되어 사업을 구상하고 뜻을 모아 실행하는 것이다. 이는 돈으로는 할 수 없는 일이다. 사람과 사람의 마음이 모아야 이루어지는 일이다. 동장이 일을 참 잘한다는 말에는 민원과 해묵은 숙원 사업을 매끄럽게 처리한다는 뜻도 있지만, 주민이 나서서 신명나게 일할 수 있도록 자리를 '깔아 주는' 일을 잘한다는 뜻도 있다. 주민이 자발적으로 일을 만들어 하게 하는 동장이야말로 최고의 정치력을 갖춘 공무원이 아닐까.

원고를 정리하다 나도 모르게 흐뭇한 추억이 모락모락 피어오른다. 2016년 7월부터 2017년 6월까지 마포 서강동장 시절 겪었던 몇 가지 인상 깊었던 사업을 소개한다. 나의 사업 방식이 잘 녹아난 것들을 추렸다.

난 숨겨진 자원을 찾아내는 일을 좋아했다. 그것이 인적 자원이든 물적 자원이든. 있는 예산을 사용하는 일이야 누구나 할 수 있다. 하지만 없었던 자원을 발굴해서 새로운 사업을 벌여 주민에게 돌려주는 일만큼 즐거움을 주는 일도 없다. 그것이야말로 무에서 유를 창조하는 것이었으니까. 그래서 난 우리 동에 숨겨진 그 무엇을 찾는 데 열중했다.

학점은행제 교육기관이었던 '패션직업훈련학교'는 동주민센터에서도 그 존재를 몰랐던 곳이다. 사실 그 기관은 세계적인 패션직업 학교였다. 방문과 조사를 통해 겉으로 드러나지 않은 이 학

교의 실체를 확인한 나는 당시 진행되고 있던 〈온 마을이 학교다〉 프로그램을 〈온 동네가 커뮤니티다〉라는 프로젝트로 확장했다. 패션직업학교 교수진을 주민자치위원회, 지역사회보장협의체 위원으로 참여시켰다.

2017년 2월, 눈발이 휘날리던 날에 구민과 구청장이 함께하는 동정보고회를 민간시설 최초로 이곳에서 진행했다. 이어 〈온 마을이 학교다〉 책임 교장 10명에게 임명장 수여하고 패션 드레이핑을 시연(박** 교수)하고 장학금 전달식을 진행하는 등 주민들로부터는 참신하다는 칭찬을, 직원들에겐 획기적이라는 반응을 받았다.

허울뿐인 위원회 조직을 일신하는 데에도 공을 많이 들였다. 동네 유지에 대해 알 것이다. 어지러울 정도로 많은 직함으로 채운 명함을 가진 그들은 행정조직의 각종 위원회와 직능단체 위원으로 중복 위촉되어 활동한다. 해당 위원회는 응당 자신들의 이익을 위해 존재하게 된다.

난 이 조직을 일신하고 싶었다. '그 나물에 그 밥'을 전문성 있고 참신한 실력가로 대체해 나갔다. 개성 있고 특정 분야의 역량을 확보한 이들을 찾아 다양한 시각에서 새로운 아이디어가 쏟아지게 하고 싶었다. SFC학장, 무니토 대표, 서강도서관장, △△ 지류유통 부장, 토피어리 강사, 옆 동네 대형병원 원무부장 등을 모셨다. 동네에 도움이 되는 아이디어면 무엇이든 쏟아 놓도록 자리를 깔아 준 것이다.

시작은 걸음마 단계였지만, 발전 가능성은 무궁무진했다. 민간의 10개 학교장을 중심으로 진행한 서강동 자치프로그램 〈온 동네가 학교다〉는 2017년 '주민자치박람회' 우수동 및 '서울시 자치프로그램 발표' 최우수동으로 뽑혔다. 함께 뿌리되 가꾸고 발전시키는 것은 온전히 주민의 몫으로 두었다. 그들이 진정한 사업의 주인으로 서서 튼튼하게 가꿔 나가길 바랐다. 그것이 주민자치의 물꼬를 트는 길이라 생각했기 때문이다.

2017년 5월에 진행했던 '가정의 달 행사' 역시 좋은 추억으로 남았다. 그해 5월은 막 대선이 끝난 참이었다. 각 기관에선 죄다 선관위의 눈치를 보며 행사를 기획조차 하지 못하고 있었다. 어르신을 모시는 순수한 행사건만 공직사회의 분위기가 그랬다.

나는 이 행사를 잘 해내고 싶었다. '주민센터가 나서지 못한다면 직능단체를 앞세우자. 그리고 비예산 사업으로 한번 치러 보자.'고 마음먹었다. '비예산 사업'이란 관의 예산이 아닌, 민간의 주체들이 직접 참여해서 일구는 사업을 뜻한다. 비예산은 관의 예산에 비해 작을 순 있어도 그 효과는 관 주도형 사업보다 훨씬 크다는 것이 다양한 사례를 통해 검증된 바 있다.

어르신 초청 행사라 장소 선정이 중요했는데 쉽지 않았다. 결국 와우산 자락의 광흥당 입구 마당에서 진행하기로 했다. 봄꽃이 예쁘게 피었고 어르신들이 평소 애용하는 산책길이기도 해서 무리가 없었다. 5월 19일 오후 12시, 230세 되신 회화나무 밑 마

당으로 관내의 어르신들이 집결하기 시작했다. 창전경로당을 위시해 11개 경로당의 250여 분이 참석했다.

음식 맛은 먹는 곳의 운치와 함께 즐기는 이가 누구냐에 따라 결정된다고 했던가. 그날 연남동 연희동의 중화요리 화교 주방장 2명이 제대로 된 불맛을 선사했다. 산꽃 냄새 가득한 산자락, 웍에서 바로 전달되는 자장면의 맛을 상상해 보라. 떡에 머릿고기, 막걸리까지 더해지니 어르신들 얼굴이 바알간 홍안의 청년같이 싱그러워 보였다. 모두가 흥겨웠다.

구청장님은 입이 귀에 걸렸다. 어찌나 맛있어 하시는지 자장 두 그릇을 순식간에 비우고 멍석에 앉아 내빈들과 음식을 나누다 막걸리를 엎지르고도 흥겨워서 벌러덩 홀러덩 이벤트까지 선보이셨다. 집에 누워 있는 양반에게 가져다준다고 음식을 양쪽 호주머니에 맹꽁이배같이 채워 넣으신 할머니까지 그렇게 사랑스러워 보일 수가 없었다.

식장이 화려하다거나 차린 음식이 많다고 해서 사람들이 행복해하는 것은 아니다. 온정과 정성이 참일 때 사람들은 진정한 감동을 느낀다. 서강동 직원들은 서울시 모든 동들이 숨죽이고 있을 때 아이디어를 내고 발품을 팔아 결국 산자락에서의 멋진 소풍을 만들어 냈다. 나나 직원들이나 느낀 것이 많았다.

바람이 불면 하얀 꽃비가 사발에 떨어져 왁자하게 웃음이 번지곤 했던 어느 봄날의 이야기다.

공덕동 언덕 위 귀곡산장

2014년 화창한 봄날이었다. 당시 난 건축물정비팀의 팀장이었다. 업무의 성격상 민원인 대부분은 상담을 하러 온다기보다 핏대를 퍼렇게 세우고 온갖 저주를 퍼붓기 위해 '쳐들어오는' 항거자들이었다.

"왜 나만 갖고 그래! 온천지가 불법인데…"로 시작해서 "니들 뭐 하는 사람이야? 책상에서 펜대만 굴리지, 서민이 얼마나 힘들게 사는지 아느냐?"로 이어지다가 궁색해지면 "다 알겠는데, 니들은 시민에 대한 태도가 글러 먹었다."로 끝나곤 했다.

건축 이행강제금 통지를 받은 분들은 한결같았다. 수인한도를 넘는 거친 욕설에 감정을 자제하지 못한 직원이 응수하는 순간, 언제나 본질이 아닌 태도 논란으로 이어지곤 했다.

정비팀의 내부도 엉망진창이었다. 다는 아니지만 조직에서 업무 태도가 불량하거나 불화를 조성하는 이들이 떠밀려 배치되었

기에, 난 때로 '진상 민원인'보다 '내부자'에 더 신경이 곤두서곤
했다. 거기에 더해 나리님들의 민원까지. 격무지, 기피부서 1순
위라는 조직 내의 평판은 과장이 아니었다.

사무실의 문을 두드리며 들어온 이는 주민이 아니라 주차장시
설팀의 팀장과 주임이었다. 문지방 앞에 놓인 동그란 테이블에
앉은 그는 예의 인상 좋게 웃으면서도 업무 내용이 본격화되려 치
면 무언가 우물쭈물하며 눈동자가 흔들렸다. 무언가 있구나, 직
감이 왔다. 분명 자신의 일을 떠넘기려 하는 것 같은데, 그 실체
가 분명하지 않았다. 물에 술 탄 듯, 술에 물 탄 듯. 성격상 흐지
부지 넘어갈 수가 없었다.

일주일 후 담당 직원과 함께 현장으로 나갔다. 앞니가 부러진
폭풍의 언덕 위에 폐가 3채가 있었다. 이곳은 주거환경개선지구
에서 제외된 슬럼가였다. 바로 코앞에 있던 고등학교의 학생들이
밤마다 찾았는지 소주병과 담배꽁초가 뒹굴고 주변은 온통 쓰레
기 산이었다. 구둣발로 차면 당장이라도 무너져 내릴 것 같은 무
허가건축물 3채가 겨우 버티고 있었다. 이런 곳에서 사람이 살았
던가? 행정의 사각지대였다.

당시 공덕동 구도시의 언덕배기엔 무허가건축물들이 유난히 많
았다. 졸참나무 우듬지의 벌집처럼 늘 아슬아슬했던 비탈, 아래
층의 지붕이 윗집의 바닥과 연결된 층층의 구옥들이 언덕 위에 촘
촘히 서 있었다. 물론 요즘은 환히 열린 하늘과 조망을 볼 수 있

는 값비싼 입지로 바뀌어 부러움을 사는 곳이 되었다. 지금은 부동산 노른자로 꼽히는 '마용성(마포·용산·성동)의 예루살렘'은 10년 전만 해도 '폭풍의 언덕 귀곡산장'이었다.

연유가 어찌 되었든, 지금 중요한 일은 당장 이 위험한 지대를 정비하는 것이었다. 우범지역이기도 했고, 무엇보다 언제든 사람이 다칠 수 있었다. 일을 진척시키기 위해 이 집에서 살았던 이들을 추적해야 했다. 인근 주민들은 그들이 오래전에 떠났다고 했고, 그들의 자취를 아는 사람은 없었다. 부동산에 나온 매물도 없었다.

불법으로 집을 짓고, 주인은 떠나고 집은 폐허로 남겨지는 익숙한 흐름이었다. 업무를 진척할수록 내게 이 일이 떨어진 경위가 하나씩 드러났다. 온갖 쓰레기가 악취를 풍기며 뒹굴고 있는 이곳은 지역민에게 숙원사업이었고 지역구 의원들에겐 골칫거리였다.

당시 그 지역의 젖꼭지를 물고 있던 J 구의원은 자신의 구의회 사무실로 찾아온 민원인들 앞에서 평소 친분이 있는 K 과장을 불렀다. 그리고 오랫동안 방치된 언덕배기의 그 집터에 끝없이 쌓이고 있는 쓰레기만이라도 당장 치워 달라고 요청했다. 그리고 지장물 정비가 되면 그곳에 공영주차장을 건립할 수 있도록 도와달라고 주문했다고 한다.

그럼 그렇지. 조직이 이렇게 일사분란하게 움직일 때에는 반드

시 이유가 있는 법이다. K 과장은 동물적인 감각으로 이 일을 전 광석화처럼 해치워야 한다고 마음먹었다. 치타만큼 은밀하고 신 속하게 일이 떨어지게 된 이유가 여기에 있었다.

지난주에 찾아왔던 주차장시설팀장이 왜 우물쭈물하며 말을 더 듬었는지 아귀가 들어맞았다. 이 일은 어디 한 부서가 나서서 맡 기 어려운 일이었다. 많은 부서가 동원되어야 하는 복합적인 성 격의 업무였던 것이다. 지난주 날 찾아왔던 주차장시설팀장이 속 한 교통행정과가 주관이 돼, 도시경관과(무허가건축물), 도시계획 과 · 건설관리과(보상), 주택과(이주 대책), 청소행정과(쓰레기), 부동산정보과(지적 정리), 환경과(석면), 관할 동주민센터 등이 T/F를 꾸려 해결해야 하는 일이었다.

정리하면, J 구의원이 교통행정과장에게, 주차장시설팀장은 우 리 과에 이첩한 것이다. 결국 이첩된 '죄명'은 무허가건축물, 땅은 1곳의 구유지와 나머지의 사유지로 분류되어 있었다.

현장을 확인한 순간, 앞으로 닥칠 일의 고단함과 복잡함보다는 이곳을 정비해야 한다는 사명감이 솟아올라 삭신이 욱신거렸다. 우선 주인을 찾아야 했다. 당시 우리에겐 아무런 단서가 없었다. 그리고 떠올린 아이디어. 범인(?)은 반드시 현장을 찾는다⋯.

우선 홍대 앞 화방에 가서 우드록(보드지)을 사 와서 매직으로 크게 방(榜)을 붙였다. 우리는 누구이고, 이곳을 앞으로 어떻게 할 테니 꼭 연락을 주시라! 뭐 특별한 경험에 따른 과학적 기법이

라기보다 실오라기라도 잡고 싶은 마음이었다. 도처 벽에 걸린 대자보를 행인들이 주춤주춤 쳐다보는 모습이 꿈에도 아른거렸다.

쓰레기 산의 폐허에도 주인은 있었다. 기별은 생각보다 일찍 왔다. 가끔 궁금함과 멀어지지 않기 위해 돌아보는 모양이었다. 그들이라고 왜 걱정이 없었겠는가? 즉각 반응이 왔다. 해당 건축물은 재난위험시설물 E등급이므로 당장 철거해야 하는 대상이라고 설명하며 자진철거를 요청했다. 하지만 답이 없었다. 철거할 요량이었다면, 저렇게 오래 방치하지도 않았겠지. 3명 모두 철거에 응하지 않았다.

미리 생각해 둔 매뉴얼대로 난 '무허가건물에 대한 권리 포기 각서 및 철거동의서'를 내밀었다. 여기에 응하면 대집행(철거)비용을 청구하지 않겠다고 제안했다. 위반건축물 단속부서이다 보니 철거 대집행비용이 없어 재난부서의 예산으로 처리하였다.

"올해 풍수해가 심하다는 예보가 있습니다. 경주 리조트 붕괴(2.17.), 세월호 참사(4.16.), 장성의 요양병원 화재 참사(5.28.) 등 안전사고가 온 나라의 걱정거리지 않습니까. 이 와중에 선생님 댁의 건물로 인해 주민들이 피해를 본다면 민·형사상 책임을 면할 수 없습니다. 붕괴나 화재로 인해 타인에게 인명피해 발생 시 배상 책임이 있으며, 이 정도라면 우리도 직권으로 '재난법'에 의해 조치할 수도 있습니다. 무허가건물은 자진철거가 원칙입니다. 자진철거가 안 되면 부득이 안전 문제로 '재난법'에 의거 대집

행 후 비용을 청구할 수밖에 없습니다. 슬레이트 지붕은 고용노동부 등 복잡한 절차를 거쳐 석면 처리(창원)를 해야 하고 그 비용도 만만찮습니다. 생각해 보시고 답을 주십시오."

한 분은 멀리 남쪽 지방에 계셨다. 양자로 입적한 계모가 사망했음에도 관공서의 공부(公簿)상 권리승계가 되지 않은 상태였다. ○○읍사무소에 연락하니 "농촌은 시방 농번기이어라우, 집에 아무도 읎어요, 하니 들판에 방송을 해야 헝께라우. 기다려 보쇼이." 마을 스피커로 방송해서 필요한 내용은 읍사무소를 통해 팩스로 주고받기로 하였다.

또 한 분은 한눈에 봐도 촌사람 같았다. 그는 엉뚱한 지적 관계를 가진 얼룩덜룩한 매매계약서를 가지고 있었다. 어떻게 된 거냐 물었더니, "둘렸다"고 한다. 속았다는 전북 방언이다. 그 집은 다른 곳의 건물이었다. 건물도 말짱하고 주인이 옆에 살면서 창고처럼 쓰고 있었다. 그 집은 나중에 도시계획사업으로 처리하도록 했다.

유독 한 분만은 구청과 시청 그리고 사정기관에까지 진정서를 제출하면서 격렬하게 저항했다. 이럴 땐 도리가 없다. 꾸준히 설득해서 분노와 오해로 가득 찬 머리를 식혀야 한다. 당시 내가 그에게 했던 말이다.

"감정평가다 뭐다 하다 보면 시간이 훌쩍 흘러 그사이 비바람

이라도 몰아치면 오히려 선생님이 손해 보실 수도 있습니다. 당장 철거를 필요로 하는 재난위험시설물 E등급인데 붕괴나 화재로 인해 타인에게 인명 피해 발생 시 민·형사상 책임이 따릅니다. 언제 무너져도 이상할 것이 없는 건물이라 시간적 여유가 없습니다. 되레 철거 비용이 문제인데요, 선생님 댁은 슬레이트 지붕이라 철거하면 창원까지 내려보내야 하고 석면 처리비용이 또 별도로 들어갑니다. 따라서 무허가 건물 보상보다는 철거 비용이 더 많이 나올 듯합니다.

시간을 드릴 테니 알아보시고 철거 비용과 비교하여, 실익을 따져 보시고 6월 5일까지 답을 주세요. 더는 기다릴 시간이 없습니다. 비바람이 몰아치기 전에 빨리 철거해야 합니다. 안전사고를 예방하기 위하여 우리 일정에 협조하신다면 대집행비용은 구에서 보조하는 것도 검토해 보겠습니다. 대신에 선생님이 해 주실 것이 있습니다. '무허가건물에 대한 권리 포기 각서 및 철거동의서'를 작성(부친이 하실 경우 위임장 추가)하시되 수도, 전기, 가스(LPG), 재래식 화장실 등은 사전에 조치를 해 주셔야 합니다."

예상했던 대로 일은 쉽게 풀리지만은 않았다. 주인들에 대한 설득에서부터 서류 처리, 그리고 진정 민원과 부서간의 업무 교통정리 등. 철거 기간에도 민원은 쉬지 않고 이어졌다. 임시 배수시설을 만들었는데 흙탕물이 아랫집 하수구에 유입되었다는 민원과 철거 공간 바로 윗집의 담장이 기울어져 내려앉고 있다는 좀

심한 민원까지. 결국 추가로 옹벽까지 쳐 주어야 했다. 추가 비용까지 2천만 원이 소요되었다.

철거 소식을 들은 주민들은 앓던 이가 빠졌다며 크게 반겼다. ○○어린이집 인근 골목의 한 아주머니는 공사 현장에 옥수수를 쪄 왔다. 이제 가슴 졸이지 않고 살게 됐다며 너무너무 좋아하셨다. 현장을 감회 어린 눈으로 지긋이 바라보던 한 노인분이 있었다. 어르신은 이 동네에서 수십 년을 살며 통반장도 했다고 했다. 그리고 등골이 오싹한 이야기를 전해 주었다.

"이게 말이여 한 이십 년은 빈집으로 있었지. 우리 동네의 골칫거리였어. 십 년 전쯤에는 저기 끝 집에서 여대생 토막 살인사건까지 났던 곳이었거든. 시신은 냉장고에…."

공덕동 귀곡산장이 바로 이곳이었구나. 살인사건이 난 집이라 주민들은 어서 빨리 철거하고 녹지 쉼터 등 조성을 원한다는 말을 하며 그 자리를 떠나지 못했다.

결국 해당 건축물은 우기가 시작되기 바로 전인 7월 말에 대집행을 완료했다. 정신없이 휘몰아쳤던 사업이 마감되자 약간의 공허함이 찾아왔다. 다른 부서 직원들이 모두 기피했던 일이었지만 다른 이들보다 더 열정적으로 달라붙어 끝내 해결했다. 꼬박꼬박 봉급 받는 사람이면 당연히 해야 할 일. 하지만 마음 한구석의 서운함은 어쩔 수가 없었다. 왜 이런 감정이 드는 것일까. 내게 필요했던 것은 주변인들의 공치사였나? 단지 윗분들의 격려 한마디

없어서 섭섭한 것일까.

지장물이 모두 철거되고 본래의 속살이 드러난 벌건 대지가 탐

철거 전후 및 현재의 모습

스럽게 눈을 이글거리니, 이 터의 용처를 두고 정치꾼들이 여기저기서 달려들었다. 그리고 흔적도 없이 사라진 폐가의 부족으로 터를 확대해서 '△△ 제1-2 공영주차장'이 건립되었다.

퇴임을 앞둔 2022년 4월에 난 그곳을 다시 찾았다. 경사로는 완만해졌고 공영주차장 옆의 도로는 깔끔하게 포장되어 있었다. 그리고 여유 있는 걸음으로 산책을 하는 한 아주머니. 철거와 단속 업무. 분명 이 일은 사람의 극렬한 반대를 불러오기도 하고, 마음을 다치기 쉬운 일이다.

언젠가 한 건설노동자가 올림픽대교를 타고 가면서 한 교량을 가리키며 아이에게 말하는 장면을 TV에서 보았다. "그거 알아? 저거 아빠가 만들었어." 누군가는 자신이 손으로 올린 건물과 다리로 자신의 청춘을 증명한다. 그리고 내 청춘의 기록은 흉물을 거둬 낸 새로운 대지, 그리고 그 위에서 펼쳐지는 변화의 모습들이다. 그러니 그 일이 지긋지긋해도 용케 버텨 여기까지 걸어오지 않았을까.

고로 나는 존재한다

아주 오래전에 우리나라에서도 행정조직과 공무원 이야기가 나오면 단골 소재처럼 나왔던 이야기가 있다. "공무원에겐 영혼이 없다."는 것. 사실 이 말은 인도의 작가이자 정치활동가인 아룬다티 로이의 말에서 기인한 것이다.

"우리는 영혼이 없는 공무원입니다(We are civil servants without souls)."

그는 인도의 관료사회를 보면서 절망했다. 공무원들은 더 큰 선을 위해 일하기보다 국민을 통제와 세출의 대상으로만 보았다. 이는 공무원 개인의 선한 신념을 허락하지 않는 관료제의 특징을 잘 드러낸 말이기도 하다. 어쩌면 정권이 5년마다 바뀌는 한국 사회에서 공직자가 '안전제일'을 추구하게 된 것은 생존 전략일지도

모른다. 하지만 공직자가 복지부동(伏地不動)할 때 가장 이익을 보는 이들은 기존의 낡은 시스템과 인맥으로 이득을 보았던 특권층이나 토호세력이다.

공직자 생활을 해 보지 않은 이들은 공무원이 되면 초기 하급직일 때 긴장하고 위로 올라갈수록 무사안일과 복지부동에 젖어 어떤 자극이나 고통을 느끼지 못하는 철판의 관료로 변질된다고 보는 듯하다. 언론에서 보도되는 내용은 그야말로 파렴치를 넘어 엽기적인 사건들이 많기 때문이다. 하지만 그 아무 일도 일어날 것 같지 않은 단단한 골조 안의 시멘트 사무실 안에서도 늘 치열하게 들끓고 있는 것이 바로 사람의 양심, 더 구체적으로는 공직자로서의 양심과 품위 같은 것들이다.

옛말로 강산이 세 번 바뀌는 동안 주민들을 대면하는 최일선에서 지방공무원으로 있었다. 돌아보건대, 나는 이 세월 동안에도 길들여지지 못(!)했다. 늘 불온한 생각을 떨치지 못했기에 행복감이나 효능감을 느끼지 못할 때가 많았다. 나는 이런 자신에게 못 견뎌 불만이기도 했다. "됐어, 이 친구야. 고만해, 네가 뭐 대단하다고 그래, 너나 잘하세요." 하지만 마음속은 늘 아수라장. 나라의 녹을 먹는 공직자로서의 사명감과 속편한 관료적 처신 사이에서 다투고 있었다.

치열한 경쟁을 뚫고 입사한 유능한 청년들이 공직에 들어오면 피동적으로 변하는 이유는 뭘까? 성과로 포장할 수 있는 일에는

모두 득달같이 달려들지만, 겉으로 태가 나지 않는 지루하고 고단한 일은 죄다 서로에게 넘기려 하기 때문이다. 그래서 눈이 맑던 젊은이는 주민에게 효능감을 줄 수 있는 행정 서비스보다는 받지 말아야 업무와 타 부서로 떠넘길 일들을 고민하는 노회함을 먼저 배우게 된다.

책상 가운데 선을 긋고 짝꿍의 필통과 몽당연필, 노트 귀퉁이가 넘어오지 못하게 부라리던 초등학생의 치기. 그 유치하고 남루한 부서와 부서 내에서도 팀 본위주의를 먼저 익히게 된다. 여기에는 당연히 밀고 당기는 자잘한 심리전이 동반된다. 팀과 부서 간 모두 조밀한 철책을 사이에 두고 사주경계에 소홀하지 않는다.

기업과 달리 행정조직은 나라가 부도나지 않는 한 망하지 않는다. 일반 사기업이었다면 방만한 업무와 무사 안일한 임원으로 인해 직원 임금을 주지 못하거나, 부도에 직면할 수도 있지만 행정 관료조직에게 이런 일은 생기지 않는다.

독일의 정치 경제학자 막스 배버(Max Weber, 1864~1920)는 현대 국가에게 가장 이상적인 시스템은 위계적 구조에 명확한 권한과 규칙과 규정에 의해 선발되어 훈련되는 전문직 공무원이 나라의 근간을 이루는 것이라고 보았다. 하지만 그도 공무원에게 윤리적 책임감과 공익적 사명감이 없을 때, 그들은 '책상에 묶여 자신이 봉사해야 하는 사람들의 절박한 요구와 멀어질 수밖에 없

다'고 보았다.

물론 정부조직을 사기업처럼 운영할 수는 없다. 행정조직의 존재 이유는 기업과 같은 주주들의 이익이나 높은 영업이익을 통한 자본의 증식이 아니기 때문이다. 영업 성과나 생산성이 떨어지면 바로 인사고가에 반영하고 정기적으로 20%가량의 낮은 성과를 낸 직원을 교체하는 방식을 도입할 수 있는 기업과는 다르다.

하지만 공무원이 무능하거나 복지부동해도 살아남을 수 있는 조직이어선 곤란하다. 거칠게 말하자면 그런 정부조직이 나라를 좀먹는다고 봐도 무방하다. 굳이 대한제국까지 올라갈 필요도 없다.

살벌한 성과 중심의 경쟁 시스템이 아니더라도 자기 접시만 깨지 않으려 몸부림치는(?) 영혼 없는 이들을 해고할 수 있는 장치는 없는 것일까? 오히려 지금의 시대정신은 "일 많이 하면 다친다."는 보신 문화와 상습화된 직무 태만 행태에 감사의 초점을 맞춰 '공무담임'에서 배제해야 하는 것이 아닐까.

공직은 법에 따라 규율되는 시민의 생활에 직·간접적으로 영향을 주는 만큼 태생적으로 곱지 않은 시선에 묶일 수밖에 없다. 공권력을 배경으로 국민의 의사와 형편을 무시하고 독선적·획일적·고압적인 공급자 위주의 행태에 대해 국민들은 '관료적'이라고 하지 않던가? 그래서 "아무것도 하지 않으면 아무 일도 일어나지 않는다."고 한다.

우리는 사명감 이전에 급여를 받는 월급쟁이다. 최소한 봉급에 부끄럽지는 않아야 한다. 해도 되고 안 해도 되는 게 아니라 직급이 높을수록, 월급이 많을수록 그에 걸맞은 역할을 해야 한다. 초급관리자는 초급관리자답게, 중간관리자는 중간관리자답게. 변화를 읽지 못하고 타성에 젖다 보면 '초식동물의 피를 묻히고 얼려 세워 둔 이누이트의 날 선 칼날을 핥다가 결국은 혀를 베어 죽는 늑대'가 될지도 모를 일이다.

　　"전봇대 하나 옮기는 데 몇 달씩이 걸려서야…."

　당시 당선인 신분이었던 이명박 전 대통령은 목포 대불산단 사거리의 전봇대 2개를 콕 집어 이야기했다. 선박 조립업체를 드나드는 트레일러가 사거리에서 회전할 때마다 전봇대 2개 때문에 회전반경이 나오지 않는다는 업체 관계자들의 요청을 듣고 나온 말이었다.

　대통령의 말이 보도되자마자 산자부 공무원들이 목포로 달려갔고, 5년간의 지속적인 민원에 꿈쩍도 않던 지역 공무원들은 비가 내리고 있음에도 불구하고 한전에 전신주 철거 작업을 요청했다. 전봇대 2개가 그렇게 사라졌다. 사람들은 "대통령이 지적해야 공무원들이 움직인다."며 개탄했다.

　하지만 요란한 뉴스 뒤에 숨겨진 사실이 있다. 당시 업체들이 요청한 것은 전봇대 2개를 뽑아 달라는 것이 아니었다. 전봇대 2

개가 아니라 회전을 했을 때 차량을 가로막는 전신주 모두를 인도 밖으로 빼서 2m 정도의 선폭을 확보해 달라는 것이었다. 그리고 이 요청은 일부에 지나지 않았다.

전신주 및 전선 지중화, 수송에 지장을 초래하는 가로수·가로 등 이설, 교량 하중 보강, 간선도로 일부 구간 중앙분리대 조정 등 4건이었다. 하지만 관련 사업 모두 예산과 관계부처의 떠넘기기로 지중화 사업마저 차일피일 미뤄지고 있었다는 것이 문제의 핵심이었다. 전봇대 2개는 현장의 요구에 무감하고 집행을 모르는 관료주의의 상징이 되었던 것이다.

"공무원은 철밥통이다. 공무원은 창의성이 없다."

제1호 지방행정의 달인 공무원 최덕림은 『공무원 덕림씨』[1]에서 위의 말을 가장 싫어한다고 했다. 책장을 넘기던 손을 멈추게 만들었던 문장. "일하는 자에게 가장 가혹한 비판자는 일하지 않는 자", 이 대목에 난 밑줄을 그었다.

공무원의 일이라는 것이 그렇다. 일을 많이 할수록 풀어야 할 과제가 많고 다양한 현장 경험이 축적된다. 그리고 그 경험은 매뉴얼로 정립되어 후배들에게 이월해 줄 수 있는 자산이 된다. 이

---

1   최덕림. 『공무원 덕림씨』 컬쳐코드. 2017.

것은 오직 현장에서 부딪히며 일한 사람만이 얻을 수 있는 산지식이다. 이것은 수천 권의 독서로도 압축식 과외로도 획득할 수 없는 성질의 것이다. 후배들에게 주어야 할 것들은 바로 현장에서 퍼 올린 '규정집에 없는 지혜'다.

나는 지난 2008년부터 후배들에게 현장 경험을 OJT(직무교육)로 전수하고 있다. 아프리카 속담에 "노인이 죽으면 도서관 하나가 없어지는 것과 같다."라고 하였다. 체험이란 뼈로 기억된다고 하지 않던가.

우리 사회는 언젠가부터 상대적 박탈감에 대한 홍역을 단단히 치르고 있다. 앞으로는 각 부문에서 공평보다는 공정한 사회가 되기를 그래서 '이기면 말할 수 없이 기쁘고, 지더라도 또한 즐거운' 더불어 함께하는 우리가 되기를, 그 씨앗을 뿌리는 사람이 공직자이기를 소망한다.

우리는 공동선을 추구하는 존재들이다. 배는 항구에 정박해 있을 때 가장 안전하지만, 그것은 배의 존재 이유가 될 순 없다. 사람 그 누구도 숨 쉬기 위해 사는 사람은 없다. 공무원에겐 실현하고자 하는 사회적 가치가 너무나 뚜렷하다. 아무려면 큰 강이 아무 의미도 없이 흐르고 있으랴!

나치 독일의 전범재판을 방청하던 독일 철학자 한나 아렌트는 재판을 지켜보며 한 가지 의문을 품었다. 수만 명의 유대인을 가

스실에서 처형하고 고문했던 인물을 자세히 들여다보면 그는 집에선 자애로운 아버지였고, 이웃들에겐 친절한 주민이었다는 사실이다. 그리고 그들이 재판정에서 자신을 변호하면서 했던 말들은 유사했다. "나는 가치판단을 할 수 없는 위치에 있었고, 어쩔수 없이 명령에 복종했다."는 것이다.

그래서 총통의 명령을 받은 책임자는 행정명령을 내려보내고, 과학자는 독가스를 개발하고 수용자의 관리자들은 유대인을 선별하고, 병사들은 이들을 발가벗겨 가스실로 밀어 넣었다. 지금보다 훨씬 엄격했을 전시(戰時) 공직자의 사명, '상관에 대한 복종의 의무'를 그들은 지켰다.

한나 아렌트는 이를 '악의 평범성(Banality of evil)'이라 지칭하며, 어제와 다름없는 평범한 일상이 어떤 연쇄 고리를 따라 사회적 참사로 연결되는지를 설명했다. 깨어 있지 않아 비판적으로 사유하지 않는 존재의 위험성에 대해 경고한 것이다. 이렇듯 거대한 위계조직 내의 조직문화는 개인의 각성과 저항의식을 무력화하기에 때로 위험하다.

회사원과 공직자는 모두 월급 받고 일하는 자들이다. 하지만 결정적인 차이가 있다면, 공공선을 위한 사명감의 여부다. 특히 코로나 19와 같이 큰 재앙이 닥칠 때 공무를 담임한 공직자는 자신이 아닌 시민을 보호하기 위해 사선의 맨 앞줄에 서야 한다.

사명감 이전에 적어도 봉급에 떳떳할 수 있어야 한다. 조직에

서 나의 존재 이유가 바로 그것이다. 이를 위해 새털 같은 공시생 청춘들이 노량진에서 컵밥으로 끼니를 때우며 공부하고 있지 않은가. 청렴의 시작은 일을 열심히 하는 것이다. 딴생각할 겨를 없이 언제 어디서나 주인의식을 갖고 순직한다는 마음가짐으로.

탈락자들의 명제

"제가 왜 안 됐죠?"

먼지 쌓인 물음표를 되찾은 기분이다. 얼마 만인가, 아니 기억이 나지 않을 정도로 오래된 질문. "제가 왜 떨어졌습니까?"라는 질문. 그날은 우산 쓰기에도 안 쓰기에도 애매한 날씨였다. 경의선 지상부 숲길 공원. 구민걷기대회 행사장에서 만난 그리 오래되지 않은 지인인 커다란 덩치의 사내가 보슬비가 송골송골 맺힌 비닐 옷을 입은 채 다가와 물었다. 짐작이 갔다. 그의 말에는 당연히 낙찰될 것으로 믿었던 경쟁입찰에서 떨어졌을 때의 당혹감이 묻어났다. 조금 더 나아가 마치 무슨 흑막이 있는 것 아니냐는 표정이다.

"당선자에게만 통보가 갔을 겁니다."

이럴 때가 참 곤혹스럽다. 심사위원장이라서 누구보다 분위기를 다 아는 나로서는 그 이상도 그 이하도 답할 수 없는 처지다.

구의 대표적인 축제의 총감독 선정을 위한 심사위원회가 있었다. 감독 섭외지만, 감독은 프로그램과 출연진 섭외 등의 모든 권한을 얻기에 일종의 턴키방식 입찰이었다. 2명의 후보가 응찰해서 프레젠테이션을 진행했다. 그는 지역 토박이에, 유력 지상파 방송국의 PD 출신답게 언론사를 십분 활용한 홍보와 네트워크, 그리고 창의적인 프로그램을 제안하였다.

경쟁 후보는 기존의 수탁자인 유경험자였다. 몇 번 행사를 맡았기에 디테일에 강했다. 무엇보다 심사위원들의 눈높이에 맞게 자분자분 설명하면서 눈길을 골고루 주며 공감을 얻어 내려 했다.

결과는 기존 에이전트의 승리. 심사위원은 교수, 축제전문가, 문화예술계 인사 등 7명이었다. 개별 채점이라 당락의 속내는 알 수 없지만, 분위기상 발표자의 태도, 나이 등이 변수로 작용하는 듯하였다. 태도와 나이, 즉 콘텐츠 이외의 부분도 경쟁 프레젠테이션을 할 땐 영향을 준다. 그러니 떨어진 분의 심정이 충분히 이해가 갔다. 그분 역시 각종 행사를 기획 · 연출하며 '장인'이라고 나름 자부하셨을 것인데.

나도 비슷한 경험이 있다. 승진심사, 정부표창 심사 등에서 나이가 발목을 잡을 때가 많았다. "어린놈이 감히 얻다 대고." 7~10년 이상 형님들과 경쟁을 하였으니 오죽했을까? 단지 그 이유라면 그래도 감내할 만했다. 젊음의 무기는 패기. 그러나 겸손하지 못하다는 게 위원들의 공통적인 감점 요인인 듯했다. 태도가 독이 되었다.

나는 되레 그에게 높은 점수를 줬다. 알게 모르게 축제 전문가들끼리 밀어 주고 끌어 주는 듯한 분위기도 있는 듯했다. 그럼에도 구에서 위촉한 심사위원단이 채점으로 결정한 이상 승복할 수밖에. 모르긴 해도 인적 네트워크가 영향을 미치긴 했을 것이다.

수학능력시험의 정시나 공무원 1차 시험과 같이 채점 기준이 명확하면 탈락자들은 의문을 품지 않는다. 자신이 틀린 문제도 금방 확인할 수 있고, 어떤 약점을 보강해야 다음에 합격할 수 있는지를 알 수 있기 때문이다. 정말 답답한 건 이런 정량적 평가기준이 아니라 면접과 같은 정성적 평가에서 떨어졌을 때다. 최선을 다했음에도 떨어지면 경쟁 후보들의 면면이나 작품을 살펴볼 수밖에 없다.

디자인 심사나 건축물 공모전의 경우 선정된 작품이 나중에 공개되기 때문에 그 이유를 승복하거나 내심 불복할 수 있을 것이다. 오디션도 마찬가지다. 자신이 떨어졌던 배역의 맡은 이의 뮤지컬 공연을 보고 본인의 실력 부족을 뼈저리게 느끼며 그 출연자에게 아낌없는 박수를 보내 주었다는 연기자의 말을 들은 적이 있다.

하지만 끝내 영문을 모를 때 탈락자들의 찜찜함은 몇 개월 또는 몇 년을 가기도 한다. 모든 것이 완벽하다고 생각했던 공기업 면접에서 탈락했을 때. 모든 일이 일사천리로 진행되어 계약서 도장만 찍으면 되는데, 다른 업체가 선정되었다는 말을 들었을 때

의 기분. 클라이언트의 요청으로 3개월에 걸친 준비 끝에 응찰했는데, 뒤늦게 경쟁입찰의 구색을 맞추기 위해 공사 친(짜놓은) 판에 들어간 것이라는 알았을 때.

이성 관계에서도 영문을 모르면 거의 미칠 지경이 된다. 첫 소개팅 자리에서 하얀 이를 드러내고 즐겁게 웃으며 호감을 보냈던 그녀가 두 번째 만남을 거절했을 때. 늘 해맑던 그녀가 어느 날 아무런 설명도 없이 "헤어지자." 하고 연락을 끊었을 때 '탈락자'들은 답답해서 미칠 지경이 된다.

언젠가 경쟁입찰에서 '탈락 보상금(Rejection fee)' 도입이 이슈가 된 적이 있다. 클라이언트 입장에선 많은 업체가 응찰해서 다양한 선택지 중에서 고르는 것이 최선이지만, 응찰하는 업체 입장에선 프레젠테이션 준비에 많은 역량을 소모해야 한다. 그래서 중소규모 광고업체에선 규모가 큰 경쟁입찰에서 연속으로 떨어지면 회사가 휘청거린다는 말까지 나올 정도. 적어도 입찰 준비에 소요되었던 시간과 돈의 일부라도 보상하자는 취지가 바로 탈락 보상금 제도다.

탈락 보상금도 좋지만, 탈락자들 대부분은 돈이 아닌, '그 이유'를 알고자 한다. 지금은 한국을 대표하는 배우가 된 송강호. 그는 특별히 봉준호 감독과 작업을 많이 했다. 봉 감독의 초기 작품 중 예산이 비교적 적게 투입된 영화에도 송강호는 출연하곤 했다. 그 결과에 대해 송강호 배우는 이렇게 말했다.

무명 시절 가장 답답했던 것이 오디션을 보고 계속 떨어지는데, 그 이유를 전혀 몰라 답답했다고 한다. 이유를 알면 무엇을 고쳐서 보강해야 할지가 분명한데, 이유를 모르니까 그저 자신의 연기 전체를 비하하게 되었다는. 그 시절 단 한 사람만이 오디션 탈락 이유를 상세하게 문자로 전해 주며 예의를 다했는데, 그 사람이 바로 당시 봉준호 조감독이었다고.

탈락, 그 자체가 자극이 되는 경우는 없다. 성장하려는 이에게 중요한 것은 그 이유일 것이다. 물론 난 심사위원장이고 채점표를 수합 발표하는 역할만이 주어졌기에 그에게 더 이상의 조언은 해 주지 못했다. 다만 14회를 치른 그 축제를 지역민인 그가 잘 모른다고 하니, 축제에 직접 참가해서 꼼꼼히 분석하면 스스로 답을 찾을 수 있을지도 모르겠다. 그가 내년에 다시 도전했으면 좋겠다. 그리고 탈락의 이유를 조건과 심사 구조의 탓으로만 돌리지 않기를.

가끔 민망해지는
그 시절의 '꿀꺽'에 대하여

갓 입사한 햇병아리 시절이었던 1985년. 난 석파정(石坡亭)의 눈썹이 바라다보이는 종로의 북쪽 동사무소에 배치되었다. 그리고 그곳엔 선배 K가 있었다. 당시 선배라는 지위는 지금은 상상도 못 할 정도의 권세가 있었다. 현장 실무에 대해 사전에 교육을 받고 현장에 배치되는 것이 아닌, 현장에서 선배에게 도제식으로 배워야 했다. 매뉴얼이나 클릭 한 번에 관련 양식을 모두 다운받을 수 있는 시절이 아니었다.

도제식으로 일을 배운다는 것은 거칠게 말하면 선배 마음대로, 그의 스타일대로 곁에서 일을 도우고 깨지며 배운다는 말이다. 다행히 합이 맞으면 가족보다 더 많은 정을 나누는 끈끈한 동지가 된다. 그 시절 선배의 다정한 눈빛과 따뜻한 말 한마디가 얼마나 큰 위안이었는지. 그래서 선배님은 하느님과 동기동창이라는 말이 그저 허언처럼 들리지만은 않았다.

그분, K는 유난히 키가 작고 입술이 까맸다. 하루는 그가 내 옆에 착 달라붙어서 들릴 듯 말 듯 빠르게 속삭였다. 지금 사정이 어려우니 돈을 꿔 달라는 말이다. 두말하지 않고 나는 그분과 대동해 1㎞ 정도 떨어진 세검정국민은행에서 가계수표를 발행받았다. 15만 8천 원. 1985년 겨울이었으니 풋내기의 초봉보다 많은 돈이었다.

하지만 그는 차일피일 미루더니 몇 달 후 5만 원만을 주고 입을 씻었다. 뒤늦게 안 사실이지만 주위에 당한 사람이 한두 명이 아니었다. 선배들은 죄다 알았지만 나만 몰랐던 것일까. 직장 동료, 심지어 동네일을 보는 통반장, 지역 유지와 알고 지내던 주민들까지. 그래서 그분은 사무실에 출근하면 뒷문으로 으레 사라지는 습관이 몸에 뱄었던 것 아닐까.

이듬해에는 내가 사회복지 업무를 보게 되었다. 청와대 뒤라서 그런지 어느 날은 비서실 무슨 비서관이라는 분이 연말 민정시찰을 나오기도 하였다. 당시에는 연말연시나 명절에는 불우이웃돕기 성금과 성품이 많이 들어왔다. 마침 지역에는 대한항공 회장님 저택이 있어 민간 성품이 많았고, 특히 라면이 많이 들어왔다.

지역 영세민들에게 라면 박스를 드리는 업무를 하던 중, 너무 허름한 세대가 있어 2박스를 아주머께 더 내어 드렸다. 아주머니는 주머니에서 꼬깃꼬깃한 배춧잎 한 장을 꺼내 내 주머니에 찔러 넣었다. 바쁘기도 하였지만 뿌리치기는커녕 꿀 먹은 벙어리처

럼 그 순간이 휙 지나가 버렸다. 나는 왜 그 돈을 모른 척했을까. 동장과 사무장 등의 업무 분장에 대한 반발심에서였을까. 이유가 되지 않는다.

당시 우리 조직의 경조사 부조금이 통상 1만 원이었다. 그러니 지금으로 보면 5~10만 원 정도였을 것이다. 1980년대 중반, 공적 부조 대상인 영세민에는 세 종류가 있었다. 1종은 거택보호자, 2종은 자활보호자, 3종은 의료부조자. 이분들은 노인 세대가 아니었고, 가족이 많아서 아마 2종 아니면 3종이었을 것이다. 그 순박하고 가엾은 분에게서 나온 배춧잎 한 장을 꿀꺽한 것이다. 생각하면 두고두고 참으로 부끄러운 일이다.

그리고 세월이 한참 흘러 2005년 창전동 민원창구에서 일했던 시절. 창전동 민원창구엔 유명한 미대 교수와 장군 출신의 누구 누구도 자주 온다고 터줏대감 서무직원이 귀띔을 해 주었다. 그 영예와 품위를 가지신 분 중 한 분이 증명서 발급을 위해 오셨다. 발급 수수료가 2만 원이니 비교적 비싼(?) 증명민원이었다.

증명서를 내주고 그분이 돈을 준비하는 사이 잠시 한눈을 팔았다. 그리고 다시 봤을 때, 내 앞에 있어야 할 그분은 이미 사라져 있었다. 황급히 뒤따라 뛰어갔지만 종적이 묘연했다. 잔고에서 돈이 비면 담당자가 채워 넣어야 했기에 나는 메모지에 그분의 이름까지 기록해 두며 그분이 다시 오기를 기다렸다. 하지만 그분은 끝내 다시 나타나지 않았다.

'아마도 교수님이라 바빠서 깜빡했겠지. 아니면 이미 줬다고 생각한 것일까. 아니면…. 그게 아니라면 돈 2만 원이 아까워 이제 다른 동사무소를 찾아가 업무를 본다면…. 그분은 설마, 꾼?'

주인 같은 종업원,
손님 같은 종업원

동장 시절의 일이다. 유독 한 직원을 지목하며 그와 함께 입을 했던 직원들이 함께 일을 못하겠다고 아우성이었다. 시간이 지날수록 그에 대한 악평과 민원성 호소는 이어졌다. 아래는 그에 대한 동료들의 하소연들이었다.

일은 전혀 안 하면서 기차 화통 삶는 소리로 사무실에서 사적인 통화를 거리낌 없이 합니다. 팬데믹으로 인해 모든 집합 행사가 중단되어 그분 업무 상당수가 사라졌는데도 그는 자신보다 더 편한 생활을 즐기고 있다는 다른 동주민센터 담당과 비교하며 짜증을 입에 달고 살아요. 일이 많다느니, 어차피 승진 안 할 것이니 일도 하지 않겠다는 식이죠. 시끄러운 소음도 제겐 고역이었지만, 그의 입술에서 흘러나오는 말 하나하나를 들으며 사무실에서 일하기 너

무 힘들어요.

(2020년 21대) 동장님도 보셨겠지만, 총선을 앞둔 토요일에 전 직원이 출근해서 공보(홍보물 봉투) 작업을 했잖아요. 업무량 절반을 겨우 해냈는데, 오후 6시에 끝내야 한다는 둥 옆에서 끝없이 투덜거렸고 이로 인해 미칠 것 같더라고요.

다음 날 일요일 전 직원이 나와서 공보물 작업을 하는데, 그 사람은 저(책임자)한테 한마디 상의도 없이 혼자 나오지 않겠다고 일방 통보하더라고요.

어디 그뿐인가. 폭우가 유난히 잦았던 2020년 여름에도 그에 대한 하소연이 이어졌다.

지난주 풍수해 경보 발령으로 당장 거리에 나가 햇볕 그늘막을 접어서 고정해야 했잖아요. 남자 일손이 필요해 그에게 함께 나가자고 했더니, 오후 6시라며 퇴근하겠다네

요. 저랑 친하기도 하고 제가 그 사람 실수도 많이 감싸 줬는데…. 뭐 저런 사람이 있나요?

– 그자의 절친 P의 고백

그는 어느새 자신과 함께 일했던 모든 이에게 미움을 받고 있었다. 바로 W였다. 오며 가며 나도 목격했던 터라 다음 인사 때 직원들의 바람대로 전출 내신을 냈다. 그가 실무 담당인 서무주임을 해코지할지도 몰라 서무주임에게 일러 두었다. 그가 혹시 따지면 "동장인 내가 지시했다고 해라. 나한테 보내라."고.

아니나 다를까, 심사에 들어간 노조 간부로부터 연락을 미리 받은 그는 내 방에 들어와 문을 꽝 닫는다. 사전에 얘기라도 해 줘야지 준비도 없이 본부로 가게 됐다고, "나를 내보낸 이유가 뭐냐?"고 항의를 한다.

"난 그대를 그렇게까지 미워하진 않지만, 직원 모두가 이구동성으로 그대와 같이 근무 못하겠다고 한다. 왜 그런지 한번 자신을 뒤돌아보는 기회로 삼아라. 내가 보기에도 문제가 있다. 총선 봉투 작업 때 동장인 나도 2일 꼬박 하는데 하루 하고 당신 맘대로 나오지도 않고, 직원이 부족해 모두 혁혁대는데 사전투표 종사도 못 하겠다고 하고, 풍수해 발령 때도 칼퇴근해 버리고, 그늘막 접으러 나갈 사람이 없다는데도 혼자 퇴근해 버리지 않았느냐?

지금은 부서장이 독단적으로 조직을 쥐락펴락하는 시대가 아니다. 직원들의 의견이 중요하다. 직원들의 여론이다. 열에 아홉은

고참인 그대가 팀플레이를 안 한다고 불평이 가득하다. 안타깝지만 같이 근무하기 힘들다고 다들 그러니, 원성을 받는 몇 사람 전출 내신을 했던 것이고, 본부 심사에서 그대만 수용된 것이다."

그리고 다음 날 이런 글이 전 직원이 보는 인트라넷 게시판에 올라왔다.

"저 팽당했어요. 신청도 안 했는데 전출자 명단에 있네요. 직원들이 같이 근무하고 싶지 않아서 전출자 명부에 올라갔다고. 이젠 간부들 눈치보다는 직원들 눈치를 더 봐야겠어요. 이 무슨 개 같은 경우가. 차라리 일을 못해서 전출자 명부에 올라갔다고 하지. 나의 마지막 자존심마저 짓밟아 버리네요. 서로 마음 아프게 하지 맙시다. 드래프트제는 일보다는 아래위로 아부를 잘해야 승진도 하고 좋은 부서 갈 수 있다는 아주 좋은 제도네요."

답글로 대꾸하지는 않았지만 난 일기에 다음과 같은 글을 남겼다.

전 직원이 인사 관련해서는 부정적인 동조를 일삼는 자유게시판에 사실과 전혀 다른 내용을 올려 여론을 왜곡 호도하는 작태를 보이는구나. 과연 염치가 있는 것인지? 그것도 까마득한 후배들 앞에서. 열심히 써먹고 쓸모없다 내

쳤을 때 '팽'당했다고 하는 것이지, 열심히 일하지도 않고 팀플레이를 전혀 하지 않아 뭐 저런 사람이 있어, 손가락 질받는, 자기밖에 모르는 이런 자가 얻다 대고 감히 후안무치한 용어를 쓰나 그래.

그는 승진 안 할 거니까 일도 조금밖에 안 하겠다고 말했던 자가 아닌가. 코로나 19 방역이니 뭐니 현장에서는 사람이 없어 전전긍긍하는데 4월 4일 아침부터 종일, 다음 날 5일 점심때까지 총선 홍보물 봉투 작업에 전 직원이 달라붙어 중노동을 함에도 그는 혼자 힘들다고 다음 날 자기 맘대로 불참하였다. 이런 종업원을 뒀다면 회사는 어떻게 될까?

4월 10일~4월 10일 휴일 양일간 사전투표에 종사할 수 없다고 거부한 그, 유례없는 사전투표율에 파김치가 된 직원들에 대한 미안함은커녕 코로나로 주민자치프로그램 등이 중단돼 자신의 업무가 여유 있음에도 풍수해 경보가 발령이 돼 그늘막 등 밖에서 처리해야 하는 일이 있는데도 혼자 18시 땡 퇴근하는 등 너무 심한 이기주의로 인해 직원들이 모두 같이 근무 못할 1순위로 지목한 여론을 반영하여 전출계획에 따라 내신을 하였던 것 아닌가? 팩트를 모르는 직원들은 정말 단물 빼먹고 팽했다고 생각할 것이 아닌가?

2020년 그해 장마는 유난했다. 중부 지방 기준 6월 24일에서 8월 16일까지 696.5㎜로 역대급이었다. 1973년 이후 가장 긴 장마로 54일을 그치지 않고 퍼부었다. 동주민센터의 업무량은 선거철이나 새로운 정책 시행 등으로 달라지기도 하지만, 무엇보다 날씨의 영향을 많이 받는다.

강우량과 강설량은 주민센터 직원들의 긴장도를 급격히 끌어올리는 시그널이기도 하다. 재해 예방을 위한 순찰은 기본이고 시시설물을 수시로 점검해야 한다. 기상 상황에 따라 본부에서 1단계에서 3단계 등의 근무명령을 내리면, 직원들은 자다가도 나와서 수방과 제설 현장으로 달려가야 한다.

여름과 겨울은 우리 직원들에겐 늘 긴장하고 대기해야 하는 시즌이다. 최악의 장기 폭우로 사무실 서류마저 젖어 들던 시기에 그는 우리 주민센터에서 가장 취약한 위기 요인이었다.

청탁에 대한 현명한 대응

이 생활을 오래하다 보니, 걸음마다 따라오는 것이 있다. 바로 청탁. 특히 동장을 두 번 하면서 알게 된 지역 유지들의 청탁은 늘 우회 없는 직진이었다. 개중에는 간단한 것도 있지만 십중팔구는 안 되는 것도 많았다. 그중 가장 민감한 건 당연히 인사 청탁이다. 인사권자들이 가장 싫어하는 바로 그것. 청탁하는 자들은 인사권자에게 안 통할 것 같으면 중간관리자에게도 한다.

사실 청탁은 '부탁'이라는 말과 크게 다르지 않다. 다만, 현행 '청탁 금지법(부정청탁 및 금품 등 수수의 금지에 관한 법률)'에서 규정하는 부정 청탁은 불법적 청탁을 의미한다. 일종의 대가를 받거나 받을 목적으로, 공정성을 훼손하며 들어주거나 들어 달라고 부탁하는 것이 불법적 청탁이다. 공무원이 자신의 직위를 이용해 부당하게 인사권에 개입하거나 부당한 편익을 봐주는 대가성의 경우 '알선수재(뢰)죄'가 적용될 수도 있다.

이렇듯 청탁의 범주는 방대하고 모든 청탁이 부정적인 것은 아니다. 인사권자나 인사추천기관에 어떤 직원의 강점을 알리고 추천하는 행위나 민원의 신속한 처리와 같은 것은 나쁜 청탁이 아니다. 인사에 대한 평가나 추천을 통해 나는 직원의 새로운 면모를 알게 되고, 다양한 정보를 얻는다. 그리고 내가 모르고 있었던 일을 배우기도 한다. 적성이 전혀 맞지 않는, 몸에 맞지 않는 옷을 입은 직원이라면, 특히 오랫동안 기피 부서에서 헌신한 직원이라면 응당 도와주고 싶은 것이다.

그런데 시민들의 부탁 중에는 일반적인 경로가 아닌, 사람을 통해 부탁을 해 오는 경우가 있다. 왜 정상적인 경로를 통해 민원을 제기하지 않을까. 당연히 안 되는 것이니 청탁을 하는 것이다. 대부분은 이미 담당 부서에서 안 된다고 답변을 한 것들이다. 그리고 직원들이 널려 있는데, 군이 동 최고결정권자인 내게 부탁을 할까. 이런 것이야말로 답이 뻔하다.

문제는 대응하는 방식이다. 젊었을 때 나의 대응 방식은 "가까이 오면 발포합니다."식이었다. 청탁하는 자를 경멸하기도 했으니까. 어떤 지자체장은 인내심 있게 인사 청탁을 들어주고, 막상 인사 시즌에 자신이 청탁받은 이를 모두 누락시키는 '패기(?)'를 통해 교훈을 주었고, 또 어떤 사람은 청탁을 다 들은 뒤 사무실 벽의 CCTV를 가리키며 "모두 녹음되었는데, 이제 어떻게 할까요? 수사 의뢰할까요?"라고 말해 하얗게 질리게 만들었다고 한

다. 하지만 경중 없이 모든 청탁을 이리 대처할 순 없는 노릇이다. 거절에도 지혜가 필요한 이유다.

나는 청탁이 들어오면 우선 듣는다. 들어보면 금방 답이 나온다. 하지만 부탁을 하시는 분도 즉흥적으로는 하지 않을 것이다. 나름대로 고민 고민 하다가 '아, 이 사람이면?' 하고 결심했을 것이다. 안 된다는 것을 알고 있는 상대에게, 너무 과민하게 반응까지야. 그렇게 인내를 갖고 경청을 한다. 그리고 물어본다.

"혹시 담당 부서에서는 뭐라고 하십니까?"

"그렇다면 그분 말씀이 맞을 것입니다. 그렇지만, 제가 한 번 더 알아보겠습니다."

나는 경험상 지방행정의 많은 부분을 알고 있다고 생각하지만, 현직 담당이나 팀장을 넘어설 수야 없다. 그리고 말로만이 아니라 최소한 절차 정도는 알아본다. 해 보지 않은 업무라도 흐름을 알면 줄기가 보인다. 안 되는 것을 해 달라고 요구하는 것이 아니라, 왜 안 되는지를 알아야 그분의 청탁에 대응할 수 있기 때문이다. 물론 안 되는 이유를 직접 언급을 하지는 않는다.

마지막이 중요하다. 부서의 담당자도 보호해야 하고, 부탁한 분의 심정도 헤아려야 하므로 스터디가 필요하다. 수없이 많은 사례가 있다. 개중에는 해 줄 수 있는 것도 있다. 정말 몰라서 물어보는 경우가 있는 것이다. 이 역시 부탁한 분이 기분 나쁘지 않게 대응해야 한다. 딴에는 안면이 있다고 개인적으로 부탁한 것

인데, 앞서 담당자가 얘기한 그대로 법과 원칙이 뚝뚝 떨어지는 말을 되풀이한다면 관료적인 느낌 때문에 정나미가 뚝뚝 떨어질 것이다.

이것은 사실 상급자의 몫이다. 최선을 다해 도와주려고 했다는 느낌이 오도록 한다. 왜 그분들이라고 모르겠는가? 금방 안다. 아무리 친한 사이라도 안 되는 것은 안 되는 것을. 단, 규정이 애매모호할 때는 내부 논의를 거쳐서 해 주는 쪽으로 한다. 그런데 그것을 어떻게 표현하느냐가 관건이다. 결국 케이스 바이 케이스, 경험칙이다.

한번은 내가 과장으로 있었던 업무를 현직 팀장에게 알아봤다가 단서 규정까지 숙지하지 않은 내용을 인용해 사과한 적도 있었다. 물론 내가 내용을 잘못 안 것에 대한 사과이지, 그것 때문에 해 줘야 하는 것은 아니다. 얼른 다시 바로잡아 주었다. 시간이 지체되면 안 된다. 그럴수록 번개처럼 행동해야 한다. 우물쭈물하다가 되는 것으로 굳어지는 것이다.

그 정도도 자신 없으면 처음부터 상대하지 말아야 한다. 바로 그럴 때가 가장 곤혹스럽다. 내가 그 팀장님의 말씀을 너무 믿었었나? 나라도 한 번 더 관련 규정을 들여다볼걸…. 그래서 침해(익)적 행정행위는 꼼꼼히 들여다봐야 한다. 이 쪽지는 글보다는 말로 해야 할 필요를 느끼는 대목이다. 요즘 세상에 되는 것을 부탁하는 사람은 없다!

이와는 달리, 내가 동장할 때 알게 된 지역의 리더이며 봉사활동에 헌신하던 부부의 도움 요청. 생업인 달걀 도·소매상에 대한 식약처의 해썹(HACCP) 인증을 받으려고 하는데 어려움을 겪고 있다고 해서 도와드렸더니, 평생의 은인이라고. 이는 무엇인가?

역지사지, 머리보다는 가슴. 권한과 원칙의 문제가 아니다. 이런 것이 진정 공인의 보람 아닐까. 2019년 10월의 일이다.

Just do it

　이 일을 하다 보면 다양한 재능을 가진 직원을 만나게 된다. 직장에 들어와 10년 차 정도 되었을 때 기존의 방식을 혁신하는 실력가로 성장하기도 하고, 좋은 스펙과 열정을 가지고 들어왔지만 관성적인 태도로 일관하는 사람이 되기도 한다. 그리고 대부분은 자신이 맡은 업무에선 펑크 내지 않는 수준의 전문성을 지니게 된다.

　그런데 자기 업무에 대해서만 잘하는 이를 과연 실력가라고 할 수 있을까? 적어도 내게는 아니다. 칸막이를 넘어 유연한 사고로 기존의 지식을 새롭게 응용해서 현장의 문제에 답을 주는 사람이 능력자다. 그리고 어떤 경우엔 가진 재능이 없어도 "문제를 해결하고 싶다"는 강렬한 욕망만으로도 일은 진척된다. 흐름을 읽으면 돛 하나 올려 사람도 얻고 예산도 확보할 수 있다.

2021년 상암동장 시절 내게는 서무주임이 있었다. 당시 팬데믹으로 모든 사업이 중단되자 우린 의기투합했다. 사실 아무런 새로운 사업을 하지 않아도 누가 뭐라 할 수 있는 시국은 아니었다. 다만 그와 나는 생각이 통했다. 이럴 때 적극적으로 생각하지 않으면 아무 일도 일어나지 않는다는 것.

상암동은 월드컵을 전후로 아파트가 들어서고 디지털미디어시티에는 방송타운이 조성돼 눈부신 발전이 있었지만 그 그림자도 있었다. 주거환경개선지구, 바로 올드 타운이다. 주민 일부는 주거환경개선 사업에 호응하지 않았기에 동네는 구석진 시골 같은 낡고 어두운 분위기였다. 신도시와 연결할 그 무엇이 필요했다.

첫 번째 프로젝트로 DMC에 있는 서울산업진흥원(SBA)과 협업(SBA부담)하여 비예산으로 구시가지 맛집 지도인 '거슐랭 가이드북' 1,000권을 제작·배포(2020.4.~9월)하였다. 반응은 과히 폭발적이었다. 수요가 많아 다시 2쇄 1,000권을 추가로 찍었다. 중앙일보 등 11개 언론에서 보도되었다. 이에 고무된 부구청장은 주요업무보고회(2021.9.22.)에서 '거슐랭가이드'를 손으로 들어보이면서 말했다.

---

1 '거이니지 + 미슐랭 가이드'의 조어. 상암 DMC 홍보관의 스토리텔링의 주인공 거이니지는 거인별 출신이다. 상암동 영상자료원 광장 앞의 '벽 뒤에 선 거대한 거인' 조형물이 바로 거이니지다.

"사소한 것 같지만 이런 것이다. 공무원이 만들어졌다고 믿어지지 않는다."

소통과 혁신의 우수사례로 언급한 데 이어 며칠 후 구청장님도 보행환경 개선구간 라운딩을 하면서 치하했다.

두 번째 프로젝트로 6개월 후 상암동 올드 타운을 활성화하기 위해 공식 도로명이 아닌 친숙하게 부를 이름을 주민과 이용 시민에게 공모했다. 당시 구 본청에서 발주한 'DMC~상암동 구시가지 보행자 중심의 연결도로 환경 개선사업'이 진행 중이었기에 시기가 적절했다. 응모한 230건 중 '상암하늘미디어길'로 선정하였다.

도로 환경 개선사업의 마지막 순서인 보행 환경 개선은 보도와 차도의 구분이 없는 상암동 구시가지 생활도로의 보행자 안정성을 확보하고 차량의 주행속도 저감을 유도하여 교통사고를 예방할 수 있는 사업으로, 노면 평삭 후 축구공 패턴의 디자인 도막을 포장하는 것으로 마무리하였다. 그런데 공모하여 선정한 친숙한 길 이름인 '상암하늘미디어길' 글자를 축구공에 넣어 스템프를 찍었고 양방향 표시까지 하였던 것이다. 그것도 돈 한 푼 들이지 않고.

이렇게 차려진 밥상에 두 번째 숟가락을 얹었다. 비예산으로 화룡점정! 이것 역시 별도로 추진하였으면 돈이 얼마나 들었을꼬?

세 번째는 팬데믹 기간, 장기 휴지기를 활용해 상암동주민센터를 대대적으로 정비한 것이다. 사무용 집기 등 쌓아 놓은 물건이 고물상 같았던 주민센터 옥상에 녹지를 조성하고 주민과 직원들이 편히 쉴 수 있는 러브하우스를 꾸몄다. 시기도 적절했다. 다른 곳에서 코로나로 인해 사업을 못 하니 예산을 따오기도 한결 수월했다. 총예산 2천만 원가량이 들어갔지만, 찔끔찔끔 두어 번 하는 것보다 한 번에 제대로 하는 것이 훨씬 경제적이었다.

기업과 마찬가지로 공무원의 업무도 누가 맡느냐에 따라 성취 정도는 크게 차이 난다. 전임으로부터 업무를 인계받을 때 난 곳간을 연상한다. 적어도 1년 넘게 그 일을 했다면 곳간은 각종 곡식으로 잘 정돈되어야 있어야 한다.

하지만 곳간 열쇠와 장부를 받아서 곳간 문을 열면 두터운 먼지 가득한 공간에 양곡이 썩어 가고 있는 것을 확인할 때도 있다. 장부와 품목은 맞지 않고, 먹을 수 없는 음식도 양호한 곡식으로 분류해 놓은 것이다. 난 세상과 자신을 바라보는 관점, 즉 세계관에서 이 모든 것들이 차이 난다고 생각한다. 팬데믹 시절엔 이러한 차이가 더욱 잘 보였다.

Just do it. 그냥 하라고 했다. 몸을 먼저 들이밀고.

타율 0.036이지만

공무원의 작은 아이디어 하나가 세상을 바꾼 사례가 많다. 그중 대표적인 것이 '911 비상전화 시스템'의 고안이다. 1960년대 미국연방통신위원회(FCC)의 젊은 신참, 로버트 갤러거는 당시 위급한 상황에 처한 사람들이 경찰, 소방 또는 구급차 서비스를 받기 위해 서로 다른 전화번호로 전화를 해야 했던 시스템을 바꾸고자 했다. 1초가 다급한 상황에서 당황한 신고자가 전화를 여러 번 거는 동안 피해가 더 커지고 기관들도 혼란에 빠지기 일쑤였기 때문이다.

그는 위치에 상관없이 누구나 쉽게 기억하고 사용할 수 있는 3자리 비상 전화번호를 생각해 냈다. 최초의 911시스템이 탄생한 계기다. 911로 전화를 걸면 '비상관제실'은 신고자의 상황을 파악해서 소방차만 보낼지, 경찰과 구급요원도 함께 보낼지, 아니면 경찰특공대를 보낼지를 판단한다.

오늘날 대부분의 도시에서 채택하고 있는 그린벨트 정책은 1935년 도시 계획 공무원인 패트릭 애버크롬비가 고안해 낸 것이다. 발상은 단순했다. 폭발하는 도시의 범람을 억제하고 자연과 주변 경관, 시 외곽을 보호하기 위함이었다.

고속도로의 램프 구간 도로의 도색을 달리해서 운전자의 혼란을 줄이는 아이디어 역시 한국도로공사의 윤석덕 차장이 창안했다. 그는 사고다발구간이었던 안산분기점에서 발생한 사망사고를 계기로 생각을 거듭했다.

흥미로운 점은 당시 도로 위에 초록색 또는 주황색 도색이 도로교통법 위반이라 전문가들이 모두 반대했다는 것이다. 사고가 발생하면 한국도로공사가 책임져야 한다는 이유였다. 그의 고집으로 '시범사업'이란 이름으로 도색이 실행되었고, 해당 구간의 교통사고는 50%나 줄었다.

이렇듯 공공행정과 관련해 공무원이 창의적인 의견이나 정책 제안을 하는 것을 '공무원 제안'이라고 한다. 그리고 이 중 채택된 것은 '창안'으로 분류된다. 창안은 해당 부처 또는 지자체에서 시행되거나 모범으로 전파된다.

공무원 제안을 처음 한 때가 1994년 종로구청 시민봉사실에서 일하던 시절이었다. '생활보호대상자 구호미 전달 방법 개선'을 시작으로 2022년 퇴임 때까지 165건을 제안하였고, 그중 국민

신문고(중앙제안) 18건, 소속기관을 포함한 지방 제안이 147건이다. 채택된 창안은 지방 제안 147건 중 6건이다. 은상 1, 동상 1, 우수상 1, 장려상 1, 노력상 2건이 전부다.

그러니까 타율로 분류하자면 0.0363636인 셈이다. 굳이 비교하자면, 이 타율은 2021년 4월 LG트윈스가 두산베어스와의 3연전에서 매 경기 1점밖에 못 내고 부진했던 타율과 일치하고, 같은 달 미국 메이저리그 피츠버그가 최악의 부진을 겪을 때의 타율과도 일치한다.

이 공무원 제안이 내 본업이었다면, 벤치 신세였거나 빛의 속도로 방출되었을 것이다. 물론 창안으로 채택되기 위해선 오랜 시간 현장 실사를 하고 자료 조사를 병행해 실행부서에서 떠먹기 좋게 다듬어야 한다. 다시 말해 쉬운 일은 아니라는 거다.

제안을 완결적으로 만들기도 쉽지 않지만, 상당수의 제안이 주관부서의 검토 과정에서 제외된다. 너무 박하고 보수적이라는 생각도 든다. 보통 공무원 제안이 접수되면 그 제안을 실행할 담당부서의 검토 의견을 받아 1차 예비심사를 거쳐 본 심사에서 채택여부를 결정하는데, 많은 부분이 주관부서의 검토 의견 과정에서 제외된다. 물론 실현 가능성이 낮거나 얼토당토않은 제안, 아래에서 열거한 제안으로 볼 수 없는 것이 많기도 하지만, 부정적인 검토 또한 적지 않은 것이 사실이다.

공무원 제안에 대한 대통령령을 확인하는 것도 도움이 될 것

이다.

1. "공무원제안"이란 국가공무원(이하 "공무원"이라 한다)이 자기 또는 다른 공무원의 업무와 관련하여 소관 중앙행정기관의 장에게 제출하는 창의적인 의견이나 고안으로서 다음 각 목의 어느 하나에 해당하지 아니하는 것을 말한다.

   가. 다른 사람이 취득한 특허권·실용신안권·디자인권 또는 저작권에 속하는 것 또는 「국가공무원 등 직무발명의 처분·관리 및 보상 등에 관한 규정」에 따라 보상이 확정된 것
   나. 접수하려는 기관이 이미 채택했던 제안과 내용이 동일한 것
   다. 접수하려는 기관이 이미 시행 중인 사항이거나 기본 구상이 이와 유사한 것
   라. 일반 통념상 적용하기 어렵다고 판단되는 것
   마. 단순한 주의환기·진정(陳情)·비판 또는 건의이거나 불만의 표시에 불과한 것
   바. 특정 개인·단체·기업 등의 수익사업과 그 홍보에 관한 것
   사. 국가 사무에 관한 사항이 아닌 것

그리고 제13조에는 채택되지 아니한 공무원제안에 대한 재심사의 규정을 두고 있다. '국민 제안 규정'이나 지자체의 '제안 조례' 또한 크게 다르지 않다.

내가 제일 아깝게 생각하는 제안은, 2001년 4월에 당시 건설교통부에 제안한 '도로 표지판 설치 및 게시 방법 개선'이다. 당시엔 채택되지 않았는데, 세월이 얼마 지나지 않아 내 제안이 현장에서 적용되고 있었다. 제안의 핵심은 현재의 편지식 도로표지판을 현수식으로 바꾸어 구조물의 무게를 감량해 안전을 도모하고 표지판의 뒷면에 현 지점을 나타낼 수 있는 문구를 넣어 도로표지판 본래의 기능인 도로이용자의 편익 증진 등을 기하자는 것이다.

나는 이 제안을 만들기 위해 기계직에게 자문까지 받는 등 많은 공을 들였다. 시설비용 절감을 위해 지주·받침대 등의 경량화(개당 949kg → 개당 691kg) 방안을 모색했고, 표지판의 공기저항 최소화 등을 통해 구조물의 안전사고 예방과 내구성 등의 산출을 위해 자문까지 받았다. 어떤 과정이었는지는 모르겠지만, 결국 세월이 흘러 내 제안은 표준이 되었다.

〈당시 제안 내용〉

▶ 현황(現況) 및 문제점(問題點)

도로표지판: 도로표지판은 원활한 도로교통과 도로 이용자의 편의를 도모 할 목적으로 방향표지, 노선표지, 이정표지, 버스전용차로 등의 내용을 표식·설치하는 데 날로 복잡해져 가는 교통 여건, 특히 변화가 심한 서울시

내의 교통체계는 운전자뿐 아니라 보행자에게도 행선지(현지점)를 찾고 식별하는 데 어려움이 많고 또 표지판의 무게는 너무 무거워(기둥 3개) 풍수해 등으로 인한 사고 개연성이 높음.

▶ 개선방안(改善方案)

현행 편지식 도로표지판 뒷면은 지주 3개(세로1, 가로 2), 보강재(판넬 8, 세로받침대 4, 연결밴드 8개 등 다수) 등의 어지러운 형상을 흉하게 드러낸 채 방치돼 있는데 표지판 뒷면은 반대 차선 방향이래서 방향, 노선 등의 표기는 사고 우려 등으로 사실상 어렵고(사거리 등 교차로에는 일부 설치돼 있음) 교차로 이외 지역은 현수식을 채택, 표지판 뒷면에 현 위치 표시를 하여 보행자나 운전자에게 이용 편의를 제공함은 물론 도시 미관 증진과 시설비용 절감, 지주·받침대 등의 경량화, 표지판의 공기저항 최소화 등을 통해 구조물의 안전사고 예방과 내구성을 기대할 수 있음.

● 설치 및 비용 등 분석: 첨부
● 시행 시기: 예산 등을 고려 신규 설치 및 정비 시부터 적용
  – 전국적 공통사항이니 우선 서울시에서 실시 후 효과가 있을 시, 전국 확대

▶ 표식(標識) 및 제작 모형도(製作 模型圖)

● 현행(現行)

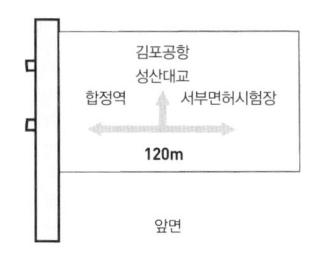

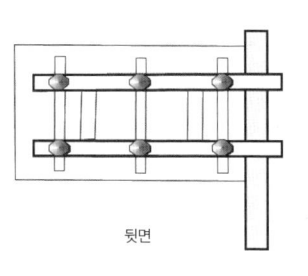

| 앞면 | 뒷면 |

● 개선안(改善案)

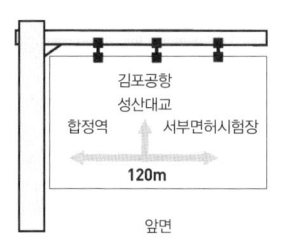

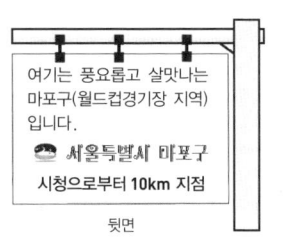

| 앞면 | 뒷면 |

도로표지판 설치비용 및 하중분석 등 비교 총괄표

【 2001.1.1기준 】

구분	비 용(절감액)	시설 자중	비 고
개선 효과	1) 전국 24,972,539,640원 (104,108개×314,690원) 2) 서울시 1,958,630,560원 (6,224개×314,690원) 3) 마포구 59,161,720원 (188개×314,690원)	개당 258kg 무게 감소	현수식 양면을 사용한 표지판 설치로 기대되는 효과는 시설비용 절감, 구조물의 안전 이외에 현 위치 표시로 운전자, 보행자의 길 안내 등의 편익 제공
현행	개당 6,297,440원	개당 949kg	편지식 표지판
개선	개당 5,982,750원	개당 691kg	현수식 표지판

도로표지판 설치비용 등 분석

【 3방향 예고표지판 1개 설치 기준 】

구분	비용		하중	
	금액(원)	비 고	수량	자중(풍향 등을 고려치 않은 표지판과 지주의 순수 무게)
현행: 편지식 445×220cm (기준)	6,297,440	2000년 조달가 기준으로 산출한 금액이며 제품, 설치비용까지 포함된 금액임.	지주 3개, 찬넬 8개, 밴드 등 보강재 다수	1) 표지판=4.45×2.2×3×1.7=49kg 2) 지주=900kg • 세로 7.2m×88.2kg/m=635kg • 가로 5.65×23.5×2=265kg 계 949kg
개선: 현수식 185×135cm ×3개 (기준)	5,982,750		지주 2개	1) 표지판 5.55×1.35×3×1.7=38kg 2) 지주=653kg • 세로 7.2×54.3=391kg • 가로 6.55×40=262kg 계 691kg

* 재질 : 표지판(알루미늄), 지주(구조용 강관)

그런데 나보다 적은 제안으로도 청와대에까지 다녀오고 '행정의 달인'이라 평가받는 분이 바로 내 팀원이었다. 그분의 대표적인 창안이 '고궁에 유모차 비치', '장애인주차구획선에 멀리서도 식별할 수 있도록 장애인 표식 도안'이다. 실행기관에서 안을 받는 데 거부감이 없고 실행에 어렵지 않은 제안이었다. 이 대목에서 그분께 박수를 보낸다. 결국 양보다는 질이다. 다작이 능사는 아니다.

나 역시 그분처럼 자랑할 수 있는 제안이 있다. 2011년 4월 11

일 서울시 '천만상상 오아시스'에 제안한 '왼손잡이를 위한 배려'가 그것이다.

　하루는 서초동 소재 서울특별시 전산교육장(현 데이터센터)에서 전산교육을 받으면서 보니, PC가 모두 오른손잡이들을 위해 장치되어 있었다. 난 오른손잡이다. 내가 그저 오른손잡이의 삶을 살았다면 별문제 인식을 갖지 못했을 것이다.

　'평생을 오른쪽으로 살았으니, 그 짐을 왼쪽에도 나눠 지자'는 의미에서 최소한 마우스만은 왼손으로 사용한 지 5년 정도 될 때였다. 그날 사무실로 돌아와 바로 제안했다. '전산교육장에 적어도 몇 대는 왼손잡이를 위한 배려가 필요합니다. 마우스를 인위적으로 왼쪽으로 옮기려고 하는데 옮길 수 없는 구조입니다.'라는 내용이었다. 결과는 곧바로 채택, 문화상품권 10만 원을 수상했다.

나를 담금질한 독재자들

난 청양고추 같은 사람이 좋다. '술에 물 탄 듯 물에 술 탄 듯 흥야흥야'는 기질상 함께 일하기 어려웠다. 36년간의 공직 생활 중 딱 3명을 만났다. 매사 딱 부러지고 뜨겁던 분들이다.

1990년 종로구청 하수과장이셨던 권○○. 대충 일하는 법이 없었다. 그는 도로 개설 및 관리의 책임자인 토목직 과장이었기에 내 파트인 하수과징계에는 별 신경을 쓰지 않을 것 같았다. 하지만 막상 결재를 들어가면 문제점을 귀신같이 집어냈다. 그땐 기안지를 육필로 작성해서 대면 결재하는 방식이었다.

한번은 심정 모터펌프와 연결된 창신동 빌딩의 지하수 미터기에 달린 봉인이 끊어져 내 딴에는 얼렁뚱땅 다른 쪽으로 관심을 유도하며 보고했다. 하지만 그는 대번에 지적했다.

"이거 기계적인 문제인지, 아님 사용자의 고의인지 밝혀내서

조치하세요!"

미터기는 요금과 직결되기에 봉인해 놓은 것이고, 기계적인 부분보다는 사용자의 귀책이 큰 사안이다. 사실 미터기 봉인 등 기계적인 결함에 대해서는 옆 팀 기전팀에 의뢰해서 처리해야 하는데, 당시 전기 담당은 우리 팀에서 협조를 요청할 때마다 어찌나 투덜거리는지. 아랫사람들 간의 불화를 언급하는 것이 마치 상급자에게 고자질하는 것 같아 어물쩍 넘어가려고 했던 나는 금세 홍당무가 되었다.

다음은 1997년 도봉구청 기획실장 이**. 과장 시절 그는 실무형 인간이라기보다 조직의 기풍을 잡아 직원들의 업무를 끌어올리는 카리스마형 리더였다. 뭐 딱히 가르쳐 준 것 하나 없어도 빈틈없는 분위기였기에, 난 스스로 도태되지 않기 위해 묻고 공부하며 내공을 차곡차곡 쌓았다.

과장님이 만든 감옥 같은 분위기에 들어가 하나가 되려고 애를 썼다. 하지만 사무실 공기는 차가웠다. 공포 분위기라서 숨이 막힌다는 이도 있었고, 실제 숨도 제대로 쉬지 못해 건물 옥상에서 긴 한숨을 토하는 직원도 있었다. 몇 달 견디다 못 버틸 것 같으면 타 부서로 도망가는 직원들이 많았었으니까.

명문 K대를 나온 7급 공채 출신의 맞은편 차석 주임이 결재를 하는데 호통 소리가 들린다. 과장님이 골을 내면서 쫙쫙 그어 버린다. 가뜩이나 소심한 그가 받았을 빨간 줄은 물론이고, 급 시베

리아가 된 사무실의 분위기란 말해 무엇 하겠는가. 나는 장기 근무로 인해 때가 되어 다른 곳으로 떠났고, 몇 년 후 그 친구, 그만 뒀다는 소문이 들린다.

어느 토요일, 기획계 주임이었던 나는 계장님과 사무실에 나와서 다음 연도 주요업무계획을 짜고 있었다. 익숙한 등산복 차림으로 그가 불쑥 들어왔다. 그러더니 일필휘지로 풍수해 대책을 첨삭해 주는 게 아닌가! 과장 때와는 달리 국장님이 되시더니 예의 굳은 표정은 사라지고 서산 마애불 같은 미소까지 은은히 비치며.

다른 한 분은 서울시청 경쟁력강화본부의 도시경쟁력 총괄 담당관 및 관광마케팅 담당관 겸직 이**. 계획서를 올리면 서울시 기획조정실에서 잔뼈가 굵었다는 분답게 시장님의 시정 철학과 한발 앞선 예지력으로 하나하나 체크해 가면서 방향을 잡아 주었다.

'서울시 독사'라는 별명에 걸맞게 시도 때도 없이 호통 치는 게 흠이라면 흠. 여북하면 어떤 여직원은 하혈을 했다는 풍문이 남았다. 그러나 나는 딱 한 번, 그것도 앞 주임의 떠넘기는 일을 처리하다가 그만 혼구녕이 난 적이 있다.

세월이 흘렀지만, 그분들의 고향과 나이까지 정확히 기억하고 있으니 아마도 난 그분들을 두려워하면서도 닮고자 했던 것이 아닐까. 그들의 공통점은 일을 열심히, 제대로 하는 직원에게는 간

섭을 하지 않는다는 것이다.

　직·간접적으로 들은 바에 의하면, 세 분 모두 나를 지칭해 "양주임은 됐다는 것"이다. 세 분 중 두 분은 서기관으로, 한 분은 부이사관으로 정년퇴직하셨다. "선비는 자기를 알아주는 사람을 위하여 목숨을 바친다."고 했던가. 바로 그런 마음을 품게 하는 분들이셨다.

　다만 그분들 모두 자상한 가르침과 배려심은 부족했다. 그것까지 있었더라면 얼마나 좋았을까? 롤 모델로서는 닮고 싶지 않은 부분도 있지만 알게 모르게 그분들로부터 적잖은 영향을 받은 게 사실이다.

　고마워요, 국장님!

때론 잡스(Jobs)처럼

　30억 규모의 서울시 공모사업이었다. 2022년 구청의 지역경제과는 서울시청에서 진행할 '골목상권 로컬브랜드 육성사업 공모전' 프레젠테이션을 한 달 앞두고 있었다. 사업을 준비하던 L팀장의 얼굴이 상기되어 있었다. "국장님, 도와줘요!" 하는 간절한 눈빛이었다.

　오전에 서울시 담당부서에서 현장 실사를 나왔는데 준비해야 할 것이 많다며 내게 도움을 요청했다. △△동의 대상 지역은 아직 지역상인회가 결성되지 않은 상태였다. 프레젠테이션의 내용을 현장의 요구로 채워 줄 인터뷰이(상인)를 찾고 있었고 내게 발표 대본을 좀 봐 달라고 요청했다. 이름표는 합정과 몽마르뜨(순교자의 언덕)의 '합마르뜨'.

　먼저 상인회를 대표할 사람을 지명하는 문제가 시급했다. 마침 최근에 취임한 문화원장님이 생각났다. 그는 해당 지역에서 갤러

리를 운영하고 있었기에 바로 연락하고 만나 승낙을 받았다. 조각거리를 중심으로 6개월 정도 무료로 작품을 전시하되 구에선 운반비만 부담하는 안까지 논의했다.

다음으로 중요한 것은 공모전 심사위원들을 설득하는 문제였다. 어떻게 어필할 것인가. 공모전은 상대평가로, 경쟁식 프레젠테이션이었다. 나는 다음과 같은 내용을 조언했다.

"결론은 상인들이 원하고 시민들이 원하는 수요공급의 장이 되어야 한다."

그녀(L팀장)는 심사위원들이 좋아할 요리를 하고 싶어 했으나 그들의 입맛을 모르니 어찌해야 할지 감이 안 온다며, 자칫 이도 저도 아닌 요리가 될까 봐 조바심을 내고 있었다. 물론 경쟁자들도 그럴 테니 이 얼마나 흥미진진한 게임인가?

나는 경험칙이라는 양념을 꺼내 버무려 보기로 하였다. 고루 스며드는 것 못지않게 딱, 이거다 할 그 무엇이 있는가? 이른바 시그니처! 일회성이니 은은한 맛보다는 입맛을 확 사로잡는 자극이 필요했다. 정신을 집중해도 모자랄 판에 온갖 잡다한 일들이 바짓가랑이를 잡으며 나를 어지럽혔다.

그러나 그리 머리빡 터질 일은 아니다. 늘 생각했던 대로 메모를 하고 새새틈틈 양념을 전달했다. 주어진 시간이 촉박하였으므로 내가 말하고 그녀가 받아 적는 식이 아무래도 효과적이었다. 두 번 합을 맞췄는데도 그녀는 두통이 사라진다며 다시 의욕이 넘

치는 본연의 표정으로 돌아왔다.

대강은 이랬다.

"구교와 신교의 만남, 동양과 서양의 만남, 전통과 현대의 만남, 가톨릭의 성지, 셔우드 홀 일가, 언더우드 일가, 베델, 아펜젤러, '나는 웨스트민스터 사원에 묻히기보다 한국에 묻히기를 원하노라(I would rather be buried in Korea than in westminster abbey).'고 했던 호머 B. 헐버트, 이거 하나만으로도 이곳을 찾을 가치는 충분하다고 생각합니다. 바쁜 일상에서 놓치고 있는 것들이 있다면 하루 짬을 내서 꼭 한번 오십시오. 예로부터 시인묵객들을 설레게 했던 강변낙조, 고즈넉한 여백의 미를 발견할 수 있을 것입니다."

우리가 내건 '합마르뜨' 지역은 한강 양화진 변에 위치한 절두산순교성지와 양화진외국인선교사묘원을 품은 합정동이다. 동네 이름도 조개우물. 장소의 역사성을 살린 버전이었다. 프레젠테이션은 콘텐츠만 중요한 건 아니다. 심사위원들을 매혹할 수 있는 구성과 발표자의 태도도 중요했다. 나는 그녀를 스티브 잡스로 만들 조력자가 되어야 했다. 1차 현장 평가에 이어 최종 평가 항목은 사업 타당성, 사업추진 역량, 사업 실행력, 사업 확장성이었다.

그리고 프레젠테이션 당일, 나는 장기재직휴가를 하루 미루고 시청으로 향했다. 프레젠테이션이 진행되는 동안 문화원장님과

넷이서 시청 라운지에서 차를 마시며 마지막 결의를 다졌다. 팀장이 발표하고 답변은 팀장과 문화원장이 했다. 그리고 이틀 후 구에선 소식 하나를 공지했다.

"우리 구가 서울시에서 공모한 특색 있는 〈골목상권 로컬브랜드 육성사업〉에 선정되어 서울시로부터 3년간 최대 30억 원의 사업비를 지원받게 되었습니다."

오픈 멘트는 미켈란젤로의 일화를 인용하게 했다.

사람들이 미켈란젤로에게 당신은 스케치도 없이 어떻게 조각을 그렇게 잘하냐고 물었다. 미켈란젤로가 답했다.

"나는 대리석 속에서 형상들이 꺼내 달라고 하는 외침을 듣는다."

법치주의(法治主義)의 본뜻

　요즘처럼 정치권에서 '법치주의'라는 말이 자주 쓰인 적이 있었나 싶다. 법치주의를 잘못 이해하면 "매사 법대로 하자"는 식이 된다. 사실 고대국가 시절부터 법은 백성을 효율적으로 통치하기 위한 중요한 수단이었다. 중국 진시황제는 중국 최초의 통일국가를 건설한 인물로도 이름을 떨쳤지만, 후대의 역사가들은 그가 드넓은 대륙 지역 곳곳에 적용하는 형벌을 엄하게 규율했다는 것에 큰 의미를 둔다.

　지역의 권세가나 사대부가 제멋대로 백성을 수탈하고 형벌하지 못하도록 한 것이었다. 규율이 얼마나 엄했던지, 일부 지역에선 몇 달에 걸쳐 황제의 승인을 기다리느라 형벌을 내리지 못하고 용의자를 구금만 하는 일도 많았다. 하지만 그 시절에도 주로 법치는 호족과 사대부 등의 귀족 계층을 제외한, 백성에 대한 징치(懲治)의 성격이 강했다. 법이 귀족 가문에겐 한없이 관대했으니 말

이다.

하지만 근대시민국가가 형성되면서, 법치주의의 개념은 권력자의 행위를 제한하고, 권력자 역시 평등하게 법의 지배를 받으라는 개념으로 정착되었다. 법치주의의 본뜻은 법의 경계를 쉽게 넘을 수 있는 권력 상층부의 행위를 법으로 엄격히 제한해야 한다는 뜻이다. 특히 선출직 공직자의 권력은 오직 국민으로부터 위임받은 것이기에 권력의 행사는 오직 법률에 의거하고 제한되어야 한다는 개념이 강했다.

"내가 누군지 알아?"

친족과 지인 중에 경찰서장이나 판검사 한 명만 있어도 이런 말이 튀어 나오던 시절이 있었다. 그런 말이 많았다는 이야기는 그런 연줄이 잘도 통했다는 말이겠지.

미국에서 있었던 유쾌한 농담이다. 미국 경찰이 차량을 세워 단속하자 차에 타고 있던 젊은 친구가 대뜸 거칠게 항의한다.

"당신 실수하는 거야. 우리 아버지가 누군지 알아?"

그러자 단속 경찰이 하는 말.

"너희 엄마가 안 가르쳐 주디?"

1986년의 일이다. 그해 '수습' 딱지를 떼고 배치받은 곳은 종로의 '동묘'를 배꼽으로 둔 관할 동사무소였다. 새내기에게 인감증명, 사회복지, 새마을, 병사(병무청) 및 예비군 업무 등 고참들이

애써 피하는 업무가 줄줄이 기다리고 있었다. 굴뚝 높은 사기업에서 간난신고했던 내가 '이까이 것' 못하겠나?

그러나 출근하자마자 매일 나의 길목을 가로막고 서 있었던 것은, 출근하면 으레 삼삼오오 일이 있어도 나가고 없어도 나가던 오가작통제(五家作統制)의 유물인 통 담당 업무였다. 왜 이 동사무소가 소위 감사부서에서 수여하는 자랑스러운(?) 메달밭 인지, 지뢰밭인지 서서히 몸통을 드러내기 시작하였다.

원단시장이 있고 주변 상권이 발달한 곳이다 보니 점포에 덧댄 무단 증축, 무허가 건축물이 동사무소 직원들의 공동선에 태클을 걸었다. 아니, 선배들이 후배들의 발목을 잡았다. 건축주와 홍야홍야 젓가락 장단에 형 동생 하다가 말려든 선배들이 후배들에게 허위 보고를 할 수밖에 없는 분위기로 몰고 갔다. 나이 드신 통장님들도 이런저런 이유로 알게 모르게 발을 담그고 있었다. 연공서열이 우선이던 시절, 한번 찍히면 골로 보내는 하느님과 동기라는 선배들이 "너 시방, 조직의 쓴맛을 볼래? 나도 어쩔 수 없었단 말이야." 이런 식이었다.

당시 집권 여당은 노태우 대통령의 민정당(민주정의당). 지역의 동마다 '지도장'이라는 제도가 있었다. 그런데 지도장과 부지도장을 내가 정면으로 들이박는 일이 있었다. 당시 내 위치는 속된 말로 공무원 조직으로 보면 그야말로 '쫄따구(지방행정서기보)'였다.

부지도장은 동묘 한옥마을에서 나름 반듯한 팔작지붕과 마당까

지 달린 한옥에서 살았다. 어느 날 무슨 욕심이 생겼는지 집 마당에 무허가로 방을 축조하고 장독대까지 만든 것이 아닌가. 슬래브 양옥이 뚝딱뚝딱 올라간 것이다. 그 시절에도 불법을 목도하곤 참지 못하는 '신고정신' 투철한 분들이 많았다. 문제의 그 한옥은 내가 담당하던 구역(통)에 있었다. 결국 내가 책임져야 했다.

그 시절에 동 직원들이 가장 힘들어하는 분야가 바로 무허가건축물이었다. 자진 철거가 안 되면 물리적으로 철거하는 게 가장 깔끔했다. 특히 공휴일이 가장 위험했다. 방 하나 추가로 달아내는 것쯤이야 며칠이면 금방이었다. 그래서 매주 월요일 아침 순찰은 필수였다. 하지만 워낙 불법 건축물이 많고 기승을 부리다보니 직원들도 공세적으로 대응하지 못했던 것 같다.

나는 점심을 먹으며 선배와 동료들에게 하소연했다. 내가 앞장설 테니 제발 따라만 와 달라고. 겨우 3~4명이 의기투합했다. 쇠망치를 끌고 온 나온 직원들을 보자 부지도장의 눈이 커졌다. 그는 내 손목을 잡고 골목으로 이끌었다. 그리고 속살거리며 내민 하얀 봉투, 그리고 색시집 대접 약속까지…. 삼불혹(三不惑)[1]이 한꺼번에 내 눈앞에서 일렁였다.

쿵, 쿵! 아마 그 동네에선 실로 몇 년 만에 들어 보는, 쇠망치가

---

1   몹시 좋아하여 정신을 잃고 거기에 빠지지 말아야 할 세 가지. 곧 술, 여자, 재물.

담벼락에 부딪히는 소리였을 것이다. 쇠망치로 정수리와 옆구리에 구멍을 내자 동네에서 미용실을 운영한다는 안방마님의 눈초리가 표독스럽게 이글거렸다. 아마도 집권당의 *끄*나풀이라는 남편이 저 보잘것없는 동 직원 하나를 어쩌지 못하고 이리 수모를 겪는가 하는 생각과 함께 두고 보자는 마음도 분명히 있었을 것이다.

그도 그럴 것이 당시 집권당 원내총무는 지도장의 초등학교 선배로 막역한 사이었다. 그리고 그 지도장은 대대손손 금수저 집안, 즉 마을에서 힘 좀 쓰는 유지였다(부티 나는 행색에 김정일의 부친같이 생겼었다).

벽에 구멍을 뚫고 거칠게 숨을 몰아쉬고 귀청하니 전화벨이 울린다. 지도장이다. 그는 내게 호통을 치며 자신이 나를 지목해서 데려왔는데 이렇게 나올 것이냐며 으름장을 놓았다. 듣지도 알지도 못했던 말이다. 자세한 내막이야 모르겠지만, 굳이 지도장의 말에 약간의 진실이라도 있다면, 이전 부서에서 부서장에게 농땡이꾼으로 미움을 받은 적이 있었다.

말 같지도 않은 소리는 끝없이 이어졌다. 그렇다고 무허가건축물을 짓고, 또 이를 묵인하라고? 전화통을 내동댕이쳤다. 5분도 안 돼 동장의 호출이다. 동장은 차마 불법건축물 처리에 대해선 지적하지 못하고 이럴 때 늘 쓰는 전가의 보도, 그 예의범절에 대해 오랫동안 말하며 질책했다. 이 어긋난 만남 이후 동장은 두고두고 날 힘들게 했다.

그해 내 쇠망치는 신분의 고하를 가리지 않고 종횡무진 허공을 갈랐다. 그리고 △△종합시장 마을금고 이사장의 불법건축물도 예외가 될 순 없었다. 그가 전직 건달이라는 소문이 있었지만 개의치 않았다. 그날도 직원 서너 명과 벽체를 때려 부수고 사무실로 돌아와 숨을 고르고 있는데 바로 기별이 왔다. 이사장이 쫓아오고 있다는 거다. 이윽고 50대 중반의 거구가 내 앞에 섰다.

　"내 당신 같은 사람 처음 봐."

　그간 수많은 동장과 직원들이 알아서 설설 기었는데, 새파란 꼴통이 겁도 없이 쇠몽둥이를 휘둘렀다는 것이다. 분위기가 묘하게 돌아갔다. 오히려 환영받는 분위기다. 그날 우리 동 직원 모두 그가 계산한 특갈비탕을 배불리 먹었다. 이건 뭐지? 지방행정서기보의 힘인가…. 풍문에 의하면 그는 이후 구의원까지 했다고 한다. 당시 나는 원칙이라면 불길 속으로라도 뛰어들었을 것이다.

　그해로부터 25년이 지나 세월은 나를 등 떠밀어 무허가(신고) 건축물 정비팀장이라는 완장을 차게 하는 아이러니를 연출했다. 원고를 쓰며 다시 찾아보니 당시에 쓴 일기장은 없고 흑백의 선명한 기억만 남았다.

캐릭터산업을 위하여

　2021년 마포구의 관광일자리국장 보직을 받았다. 당시 내 고민은 '어떻게 하면 우리 구의 GRDP'를 높일 수 있을까'였다. 이웃 일본 구마모토현의 영업부장 '구마몬'이 2017년 한 해 1조 4,000억 원을 벌어들였다는 글을 기억해 냈고, 『오늘도 나는 디즈니로 출근합니다』와 같은 책을 보며 구상을 다듬었다.

　관광과의 맑은 눈의 '초롱초롱' 씨와 '일자리지원과 청년일자리 담당'을 비롯해 젊은 직원들과 자주 소통했다. 그들에게 맡겨진 역할이 무척이나 버거워 보였다. 청년일자리사업에 참여한 청년

1　지역내총생산(GRDP: Gross Regional Domestic Product). 일정 기간 동안에 일정 지역 내에서 새로이 창출된 최종생산물가치의 합, 즉 각 시·도 내에서 경제활동별로 얼마만큼의 부가가치가 발생되었는가를 나타내는 경제지표이다. 즉, 쉽게 말해 시도별 GDP라고 할 수 있다.

여성과 D·캠프[2] 관계자들과 의견을 교환했다.

나는 단순히 마포구의 로고나 CI[3]를 개발하는 수준을 넘어서 '캐릭터 산업'을 일으키고 싶었다. 일자리지원과에선 캐릭터 T/F 팀을 꾸렸고 D·캠프는 프론트 1에 입주하던 120여 스타트업 팀 중에서 참여업체를 발굴했다. 이렇게 캐릭터디자인이 개발되면 이를 관내 미대와 패션 관련 디자인전문학교, 마포공예센터, 아현공덕봉제센터 등과 협업하여 관련 상품을 출시하자는 것이 내 구상이었다. 처음에는 다들 무슨 말인가 어리둥절해하더니, 지속적이고 반복적으로 메시지를 줬더니 내용을 이해하고 시나브로 싹이 트려고 한다.

1997년 소설로 시작한 무명작가 조앤 롤링의 『해리포터와 마법사』는 영화·게임·캐릭터 등을 통해 1997년부터 2006년까지 기준으로 308조 원의 수익을 올려, 같은 기간 현대자동차의 250조 원, 우리나라의 반도체 수출 총액인 231조 원을 월등히 능가하였다. 해리포터 사례에서 보듯 문화산업은, 원 소스 멀티유스[4]의 고부가가치 산업인 것이다.

---

2   은행권청년창업재단이 스타트업을 지원하기 위해 만든 플랫폼. 세계 최대 규모의 '청년 스타트업 종합 인큐베이터'다. 홍보와 교육은 물론 청년 창업자들의 업무 공간인 프론트 1도 지원하고 있다.

3   CI(Corporate Identity). 기업 및 단체(조직) 이미지 통합 작업.

4   하나의 영상을 다양한 종류의 매체로 가공하여 제공하는 것.

무작정 귀엽고 독특한 캐릭터를 만든다고 되는 사업이 아니다. 스토리가 있어야 하고, 그 스토리는 작품 고유의 단단한 세계관을 구축해서 캐릭터가 사랑받을 수 있는 토대를 제공해야 한다. 해리포터, 알라딘, 티몬과 품바, 고질라, 스마일리, 고양 고양이, 호돌이, 펭수, 크롱크, 세피로트, 센세이셔널 식스의 디즈니 캐릭터를 생각하면 이해가 쉬울 것이다. 이 산업은 미래의 먹거리 산업이다.

이런 먹거리 산업이 하루아침에 뚝딱 캐릭터 몇 개 만든다고 이루어질 리 없었다. 과거에 50명의 청년을 모집해 진행했던 '마포형 청년일자리 사업'은 이제 역량 대부분을 디자인 개발에 쏟고 있다. 이 사업이 2025년에 건립 예정인 마포구 스마트앵커와 연계된다면 분명 시너지 효과를 볼 수 있을 것으로 기대한다.

이를 통해 청년 일자리사업의 인턴사원뿐 아니라 마포구민 수백 명의 일자리가 창출되는 프로젝트가 캐릭터 산업으로 인하여 불이 붙기를 소망한다. 내가 제안한 핵심은 바로 그것이다. 주민들로 하여금 자기가 사는 동네에서 생산과 소비가 이루어지게 하는 것, 그리하여 출퇴근의 지옥에서도 벗어나 거주지가 직장이고 사업장이 되는 것. 직주근접, 그것이 자족적인 도시 아니겠는가.

2021년 난 마포구 당연직 일자리창출위원의 자격으로 '2022년 마포구 일자리창출사업 추진' 관련 제안 및 의견을 제시하였다. 마포청년일자리사업을 마포구 캐릭터 사업을 심화 · 발전시키는

데 활용하여 청년 일자리 창출뿐 아니라 미래 먹거리 산업의 마중물로 자리매김하자는 것이었다.

아래는 당시의 의견서다. 퇴직으로 인해 난 씨앗의 발아까지만 보았다. 하지만 마포구가 민간과 협업해 꾸준하고 완강하게 해당 사업을 집행한다면, 결국 시민에게 사랑받는 독창적인 시그니처 캐릭터를 만들고, 캐릭터 디자인 산업과 관련한 인프라가 형성될 것으로 믿는다.

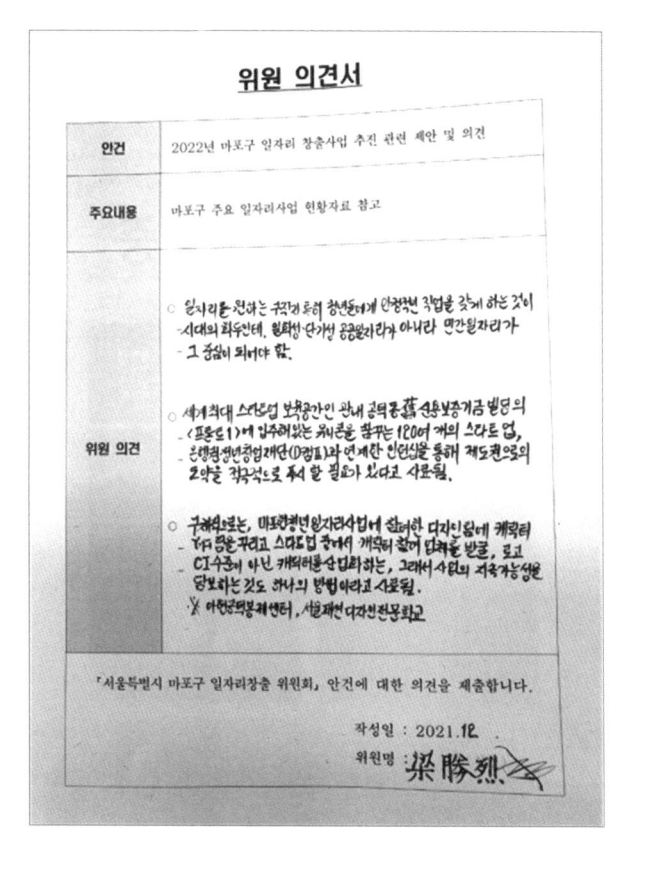

원인에 대한 집착과 해결에 대한 집중

일을 함께한다는 것은 책임을 공유한다는 뜻이기도 하다. 하지만 조직에는 디테일을 살피지 않아 문제를 일으키는 사람이 있고, 이를 문제 삼는 사람도 있다. 작은 실무를 세밀하게 살피지 않아 문제를 만드는 이들이 주로 경험이 부족한 초급 실무진이라면, 이를 크게 문제 삼아 나중에 일벌백계의 교훈으로 삼겠다는 이들은 주로 임원이다.

이런 일은 주로 의전에서 많이 발생한다. 큰 조직 생활을 한 독자들은 이해하겠지만, 그중 가장 치명적인 것은 상급자의 잘못된 판단으로 인한 말 한마디다. 한마디 지시가 현장에는 감당할 수 없는 폭풍으로 몰아치는 경우가 많다.

2019년에 개최되었던 △△ 음식문화축제에서 있었던 일이다. 관내 걷고 싶은 거리에서 진행된 이 행사는 (사)한국외식업중앙회

**지회에서 주최하고 관할 상인회가 주관했다. 악마는 디테일에 숨어 있다고, 이날 행사도 역시 작은 것에서부터 시작되었다.

이름난 유명 성우를 사회자로 섭외했음에도, 그는 안내 멘트를 충분히 숙지하지 않았다. 참석자들이 예민할 수밖에 없는 식사 안내 공지를 뭉뚱그려서 하는 바람에 초청 인사들이 죄다 만찬장으로 몰려든 것이다. 만찬장에 초대받은 인사보다 훨씬 많은 인파가 모였다.

원래 공직자는 업무 관련자만 참석하는 것이 맞지만, 인원이 적을 것을 우려한 국장님은 5급 이상의 간부 전원 소집을 명했다. 문제는 선거법과 김영란법이었다. 억지로 끌려 나온 임원들은 불러 놓고 밥도 안 먹이냐며 불만을 토로했다. 일부에서는 일반인을 구별해 장소를 재배치하자는 의견과, 각자 비용을 갹출하자며 종이상자를 들고 돈을 걷으려고 했다. 행사의 품위와 초청의 본뜻은 온데간데없어지고 아수라장이었다.

만찬장에서 누군 들여보내고, 누군 돈을 내서 먹어야 하는 볼썽사나운 풍경이 펼쳐지려던 차. 난 상인회장을 불러 담판을 지었다. 공무원 외의 참석자 식비는 모두 행사를 주관한 상인회에서 지불하겠다는 선언을 끌어냈다. 폭풍전야처럼 흉흉해지던 식장의 분위기는 이내 가라앉았다. 하지만 5급 이상의 간부 중 식사를 하지 못한 분들도 꽤 있었다.

행사를 담당했던 주관 부서장으로서 나는 사전에 민간단체인 한국외식업중앙회 지회와 관할 상인회에서 준비한 행사 진행 MC

의 대본도 미리 제출받아 검토를 했다. 행사 3시간 전부터 행사장에서 현장을 조율하고 있었다. 하지만 섭외된 MC는 연로했고, 발음마저 부정확했다. 이름만 들어도 아는 성우가 MC를 봤음에도 어눌한 진행과 결정적인 마지막 안내 공지를 엉뚱하게 하는 바람에 사달이 난 것이다.

행사가 끝나자, 주관 부서장인 내게 화살이 집중되었다. 일각에선 내가 팔짱 끼고 수수방관해서 터진 문제라는 비난이 있었고, 감사부서에선 담당 실무자에게 경위서까지 요구했다. 프로와 아마추어의 차이다. 연락을 받고 토끼 눈이 된 팀장을 대신해서 당시 감사부서에서 요구한 '경위서'를 내가 대신 써 주었다. '의전 분야'와 '만찬 분야'로 나눠서.

문제를 꼼꼼히 따지자면 현장에서 MC가 잘못된 공지를 했고, 이를 충분히 컨트롤하지 못한 행사 책임자의 잘못이 크다. 하지만 더 근원적으로는 국장님의 한마디 지시에서 모든 것이 파생되었다. 국장님은 금요일 저녁에 열리는 축제에 "구의 5급 이상 전 간부는 참석하라"는 메일을 보내게 했다.

그러자 "참석하지 않으면 안 되냐"는 항의 전화와 문의가 빗발쳤고, 이에 당일 해프닝으로 식사를 하지 못하게 된 5급 이상의 간부들은 잔뜩 골이 났다. 처음부터 내가 극구 반대했지만 국장님은 현장의 실무를 대수롭지 않게 생각했던 듯하다. 이유야 어찌 됐든 더 꼼꼼히 챙기지 못한 데 대한 후회가 밀려왔다.

흔히 원인을 알아야 올바른 대책을 수립할 수 있다고들 한다. 그리고 그 원인은 현상의 착시를 거둬 내고 남은 본질을 파악해야 한다고. 맞는 말이다. 하지만 현장에서 빚어지는 많은 일들은 원인을 따지기 이전에 대책을 요구하는 경우가 많다. 이럴 때 아마추어는 문제의 책임 당사자를 찾고, 프로는 당장의 해결 방안을 찾는다. 현장에서 겪은 나의 경험칙이다.

현장에서 8년 3개월간 단속팀장을 하며 나는 신물이 날 정도의 폭력과 폭언을 당해야 했다. 때로는 이기심으로, 때론 생존권이라는 명분으로 공권력의 집행에 저항하는 이들과의 충돌. 난 이 충돌을 최소화하면서 당사자들이 자발적으로 철거할 수 있는 방안은 없을까를 고민했다. 『손자병법』에서도 최상의 승리란 싸우지 않고 이기는 것이라고 하지 않았던가.

핵심은 시간과 인내심이었다. 물론 법대로 하자고 치면 속도전 식으로 대집행을 하고, 그 과정에서의 충돌을 필연적인 부수적 피해라고 부를 수도 있었다. 하지만 극렬한 충돌 말고도 문제를 해결할 수 있는 방법은 있었다. 아래는 현장의 경험을 바탕으로 생각한 대집행 충돌 최소화 방안이다.

대집행 충돌 최소화 아이디어

대집행은 행정상 강제집행으로, 장래의 의무이행을 강제(확보)

하기 위한 수단의 하나. 위반건축물인 경우, 건축 이행강제금을 부과할지 대집행할지는 허가권자의 합리적인 재량에 해당한다.

이와 관련하여 헌법재판소의 선고를 인용한다.

> 대집행에 과다한 비용이 들거나 고도의 전문기술이 요구됨으로 인하여 대집행에 의한 강제가 부적절한 경우도 발생할 수 있고, 대집행을 하는 경우 위반자의 격렬한 저항이 예상되는 경우 등에는 위반자에게 금전적인 제재를 부과하여 심리적인 압박을 가함으로써 자발적으로 의무를 이행하게 하는 이행강제금이 대집행보다 더 효과적인 강제 수단이 될 수 있다. 위반 내용, 위반자의 시정의지 등을 감안하여 허가권자는 행정대집행과 이행강제금을 선택적으로 활용할 수 있다.
>
> – 건축법 제80조 제1항 등 위헌소원[2009헌바140, 2011.0.0, 전원재판부]

행정대집행의 요건은, 다른 수단으로는 그 이행을 확보하기 곤란하거나 그 불이행을 방치함이 심히 공익을 해할 것 등으로 대집행에 따른 충돌을 되도록 최소화하기 위하여 다음의 묘안을 짜 시행하였고, OJT에서 거듭 강조하였다.

1. 자진철거 원칙(신속한 초기 대응)
2. 그럼에도 끝까지 불응 시
   (1) 현장에 나가서 우선 구두로 공사 중지 명령 및 위반건축물 스티커 부착

(2) 귀청하여 즉시 「무허가 건축행위(증축)에 대한 공사 중지 및 원상복구 명령」 공문 발송(공문은 당사자에게 직접 교부하되 우송 병행)

(3) 이를 무시하고 계속 공사 진행 시에는 실력 행사(경찰 방호 요청)

(4) 과정 중 불응 시 발생하는 불이익 조목을 반복하여 주지시키고 촬영

　① 건축주뿐 아니라 시공자(행위자)까지 형사고발 하는 양벌 강조

　② 철거 대집행 및 비용 청구(구상권)

　③ 건축물대장에 위반건축물 표기(관허사업 등 권리 제한)

(5) 그럼에도 끝까지 불응하면 규모가 큰 것은 철거용역을 통해, 규모가 작은 것은 우리 직원들이 직접 실력 행사(이때 적색스프레이로 철거할 부분을 미리서 표시). 특히 '적색스프레이로 철거할 부분을 미리서 표시'한다는 경고가 중요, 위기의식을 느끼게 해야!

다음은 그 외에 현장에서 부딪힌 문제를 해결했던 몇 가지 경험들이다.

업무 역량 및 조직 능력 극대화를 위한 OJT(직무교육)

▶ 예산 · 행정절차 · 행정쟁송 대응 등 행정행위 전반에 대한 경험칙 공유

    – 역량 강화를 위한 도시관리국 전체 공공관리제 OJT 강의 (2011.6.3.)

    – 건축물정비팀 업무 역량 및 조직 능력 극대화를 위한 OJT 7회

    – 온라인 OJT : 2019.2 「PREP」보고의 기술, 『보고서의 법칙』 등 11회

▶ 관광학 이론 및 경험칙 OJT 강의(2021.8.5.)

    – 제1세션(session)은 개념 등 이해

    – 제2세션(session)은 우리, 외래 관광객 어떻게 오게 할 것인가?

    – 제3세션(session)은 자유토론(free discussion)

    – 국외교역전 2건(ITB · NATAS Holidays박람회), 국내교역전 1건(대한민국 지방자치경영대전) 자료 제공. 곁에 놓고 보셔요.

무거운 질문, 덜 무거운 답변

2021년 6월 23일 교외에서 후배들과 저녁을 먹는데, 한 후배가
골칫거리가 있다고 하소연했다.

Q1. 초등학교 담벼락에 기댄 노점 의류 부스 때문에 학교 측에
    서 담을 새로 쌓으려고 하니 구청에서 정비를 해 달라는
    민원.
Q2. 공유지 활용 방안 타당성 용역을 발주해야 할 형편인데 경
    험이 없다고.
A1. 비록 30여 년 무단점용했더라도 상린 관계에 있으니 대집
    행은 쉽지 않을 것이고, 공적 의사 표명은 어려운바, 옴부
    즈맨을 활용하는 방안 제시.
A2. 내 경험칙과 연구용역 자료 제공.

마중도 ↔ 마포농수산물시장 교환 건의

▶ 주민편익시설 건립을 위한 당인동 서울화력발전소 부지 교환
[(서울시 · 마포구 ↔ 중부발전(주)] 사례를 들어 마포구와 서울시간
주요 자원(가치) 교환으로 상호 실리 추구(2018.7.30.)
▶ (박원순)서울시장과 함께하는 '2020예산 순회 설명회' 시, 현

장 제안하여 시장이 내용 공개(2020.1.20.)

　▶ 향후 마포농수산물시장(시유지)과 마포중앙도서관(구유지) 부지교환 추진 필요

　※ 마포농수산물시장은 1998년 4월 개장하였는데, 토지와 건물이 서울시 소유이다 보니 매년 서울시로부터 공유재산 사용허가와 사용료를 내야 하고 130여 점포의 이해관계가 맞물려 효율적인 운영이 어려운 딜레마에 빠져 있다.

　그 외에도 상암동 보행환경 개선 스탬프 비예산(축구공 도안), 커피숍 간판 아이디어, 미스터리 쇼퍼를 응용한 불법 광고 소탕 등이 있다.

내가 행정실무주의에 학을 떼는 이유

1999년 3월 마포구청으로 온 나에게 주어진 첫 번째 직무는 바로 공공근로, 실업대책반의 예산총괄담당이었다. 1999년이라는 연도만 보아도 가슴이 서늘해지는 세대가 있을 것이다. 1997년 한국이 IMF 구제금융을 받아들인 이후 1996년 이래 최악의 실업률(8.9%)을 기록한 해였다. 줄도산과 정리해고가 세상을 덮쳤던 기간이었다.

공공근로사업은 김대중 정부가 도입한 일종의 구휼제도였다. 춘궁기에 가난한 백성들에게 관곡(官穀)을 빌려주고 추수기인 10월에 회수하였던 고구려의 진대법(賑貸法)이나 고려의 의창(義倉), 조선의 구황청 및 혜민국 역시 구율이라는 목적으로 조직된 제도였다.

공공근로사업은 생활이 어려운 국민에게 대가 없이 생계·주거·의료·교육급여를 제공하는 사회보장제도인 '공적 부조'와는

달리, 일정한 근로를 대가로 지급받는 임금의 명목이었다. 그래서 받는 쪽에서도 당당하게 받을 수 있었고, 공익활동을 통한 성취감도 있었을 것이다.

다만 공공근로를 신청하는 이들은 대부분 노약자들이었다. 애초 노동의 강도는 강할 수가 없었다. 1998년~1999년에 추진된 공공근로사업에는 총 3조 2,240억 원의 예산이 투입돼 195만 3,000명에게 일자리를 제공했다. 그 결과 1999년 상반기 실업률이 1.5%포인트(P) 줄어들기도 했다. 물론 비정규 임시 일자리까지 포함한 수치다.

공공근로사업은 애초 생산성을 위해 제기된 사업이 아니었다. 충분한 돈은 아니었지만, 고용이 중단된 상황에서 하루 생계를 유지할 수 있는 최소한의 비빌 언덕(일자리)을 제공하는 것이 목적이었다. 공공근로사업 중 정보화 사업에 투입된 예산은 큰 효과를 보기도 했다.

각 부처나 지자체에 종이 문서로 존재하던 다양한 행정정보를 컴퓨터로 입력해, 전산 데이터베이스(DB)를 구축하는 사업은 한국 정부가 디지털 정부조직으로 혁신하는 데 큰 도움을 주었다. 주로 화이트컬러 실직자와 청년들이 이 사업을 맡아서 진행했다. 그로부터 26년이 다됐는데도 '서울시민안심일자리사업'으로 이름표만 바꿔 달았을 뿐 2023년에도 여전히 시행되고 있는 제도다.

당시 공공근로사업은 시행 초기였고, DJ 정부의 역점 사업이었기에 예산 규모나 선발 인원도 엄청났다. 나라가 어렵다 보니 공무원의 봉급도 삭감되었고 일부는 공공근로사업 재원으로 빨려드는 기함을 연출하였다. 사업의 집행 과정에서 어려움이 없었던 것은 아니다. 홍대 뒷산인 '와우산 숲 가꾸기 사업'의 경우, 관할 창전동장님(조ㅇㅇ)이 공공근로 인력을 최대한 많이 달라고 해 170여 명의 일자리를 편성했다.

하지만 그는 일주일 만에 울상이 되어 찾아왔다. 통나무 운반 중 미끄러져 부상자가 발생하는 등 인력 관리상 도무지 감당이 안 된다는 것이다. 이 시기 공공근로사업으로 마포구에서 근무 중 2명이 사망했고, 근무 시간 외에 2명이 사망하여 어려움을 겪었다.

게다가 재산 기준 등이 초과하여 선발되지 않았다고 아침부터 4층 골방인 추진반에 쫓아와서 홀라당 벗고 드러눕고 생떼를 부리는 사람도 있었고, 근무지를 좋은 데로 보내 주지 않았다고 항의하는 경우는 비일비재했다. 특히 기존의 각종 병력 탓에 사망하였음에도 근무 시간 사업장에서 사망했다는 이유(업무상 재해)로 빨리 보상해 주지 않는다고 여기저기 진정민원을 제출한 유족 때문에 홍역을 치르기도 하였다.

회계연도 폐쇄가 임박한 1999년 12월 마지막 날이었다. '지출원인행위' 문제로 상대한 재무과 계약팀 기능직 직원의 고집불통

으로 예산을 이월하는데 '뻥이'를 쳤다. 공공근로사업으로 책정된 예산 중 남은 예산을 내년으로 이월하기 위해 내년도 계획(방침)으로 지출원인행위를 해 달라는 요청을 거부한 것이다. 지출원인 행위가 안 되면 수십억 원이 불용될 상황이었다.

타 기관에서 온 실업대책추진반 예산주임이 그녀의 눈에 들어오기나 했을까? 자기네들은 부서 자체 종무식을 한다고 양장피에 탕수육에 고량주에 전 직원이 모여 술밥을 하는 사이, 난 서울시 전자계산소 마감 전에 입력해야 하는 '초치기 마감'을 하고 있었다. 1999년의 마지막 해가 저물던 시각, 나는 정말이지 아무런 고통 없이 웃음만이 가득했을 그들의 넘치는 술상을 엎어 버리고 싶은 충동을 억누르곤 했다.

공공근로사업. 누군가에게는 번잡한 문서작업이 수반되는 짜증나는 '잡무'에 불과했지만, 반대편의 그들에겐 아침 밥상에 올릴 밥이요, 손주들에게 먹이는 짜장면 한 그릇이었을 것이다.

인간은 추상(抽象)하는 능력으로 문자와 수를 창조했다. 이 능력으로 이야기를 창조했고, 문서 몇 장으로 현장에 쌓인 양곡의 수나 몰려든 적군의 진용을 가늠했다. 그래서 고대의 황실이나 거상(巨商)들은 문서 작업만을 전문으로 하는 계급을 만들어 냈다. 세상을 추상화된 문서만으로도 파악하고 보고하는 인텔리가 탄생하게 된 배경이다.

그 결과 책상 앞에 앉은 일부 공무원은 서류 한 부가 만들 세상

의 변화와 민원서 한 장에 담긴 누군가의 눈물에 감응하는 능력을 잃는다. 행정실무주의는 심장병을 앓고 있는 이에게 적극적인 구직 활동을 하지 않았다며 수당 지급을 거부하고, 반평생 방치당한 노인에게 아들이 있다는 이유만으로도 구제 대상이 될 수 없음을 통보한다.

그래서 행정실무주의에 빠진 공무원은 숫자 그다음에 펼쳐질 '인간의 사연'을 보지 못한다. 참혹한 인명사고가 나도 이를 사망자 숫자라는 추상으로 이해하는 사람은 죽은 자의 그 개별적이고 구체적인 사연을 알 수 없는 것이다. 내가 현장에서 멀어진 관료, 누군가의 고통과 염원에 둔감해진 실무자에게 학을 떼게 된 이유이기도 하다.

당시 마포구의 공공근로사업 예산 및 참여 인력에 대한 현황이다. 2001회계연도 기준으로 예산 현액은 383억 9천만 원이고, 2001. 8. 31당시 기준으로 공공근로사업에 참여한 인원은 5,231명이다.

선발을 중심으로 사업 참여자 현황(2001. 8. 31. 현재)

(단위: 명)

구 분		신청 · 접수 내역			사업 참여(선발) 내역			비고 (대기자)
		소계	마포구 사업	타부처 사업	소계	마포구 사업	타부처 사업	
합계		34,432	33,120	1,312	24,724	23,346	1,378	9,708
1998년도		3,925	3,925	–	3,363	3,363	–	562
1999년도		14,398	13,741	657	9,968	9,244	724	4,430
2000년도		10,878	10,405	473	8,389	7,901	488	2,489
2001 년도	小計	5,231	5,049	182	3,004	2,838	166	2,227
	제1단계	1,895	1,820	75	1,628	1,568	60	267
	제2단계	1,998	1,945	53	978	925	53	1,020
	제3단계	1,338	1,284	54	398	345	53	940
	제4단계							

3

알아 두면 뼈가 되는
행정용어 모음

행정과 행정법

행정(行政)은 입법 작용 및 사법 작용을 제외한 국가의 통치 작용이다. 개별적으로도 우리는 알게 모르게 행정의 배꼽에서 멀지 않다.

정부가 하는 일로서 '국민들의 사회적 욕망을 충족시키기 위한 정부의 노력이나 활동'이라고 정의했을 때, 정부 대신에 주도적인 누군가를 대입시켜 보는 것도 좋겠다. 친구들끼리 여행을 가는 데 앞장서는 이.

적어도 2021년 3월 23일 「행정기본법」이 제정 · 시행되기 전까지는 소위 공전(公典)이라는 게 없어서 그런지, 또랑또랑한 친구들도 행정법이 뭐냐고 물어보면 다들 '육법전서(六法全書)와 뭐가 다르지?' 이런 표정들이다.

'행정법'이라 하면, 행정의 조직과 작용 및 구제에 관한 국내 공법. 공법으로서의 실체법이다. '관광진흥법', '문화예술진흥법', '도로법', '도로교통법', '공유재산법', '자전거법', '건축법', '토지보상법', '접경지역 지원특별법', '전통시장법', '온천법'처럼 대부분 행정작용에 관한 것.

조직

'조직, 조직' 하는데 조직(組織)이 뭘까?

인간관과 동기이론, 갈등관리, 리더십, 공공관계(PR), 계층제, 관료제, 위원회 등 '조직론'을 학문적으로 접근하면 방대하니 구성요소로 살펴보면, 실무적으로 기구(능), 인력, 예산으로 구분할 수 있다.

그럼 조직원이 추구하는 최고의 욕구는 무엇일까?

조직 내에서 구성원들이 어떻게 행동하는가(the way people behave in the organization)를 살펴보면 알 수 있을 것이다. 매슬로의 욕구 5단계 중 최상위 욕구인 자아실현의 욕구.

행정구제

사전적 권리구제 주요 수단으로는 행정절차, 옴부즈맨, 청원, 직권 시정이 있다. 행정절차는 행정처분의 사전절차만을 의미한다. 이것이 통설이다.

그런데 실무에서는 구제가 될까?

쉽지 않다. 처분한 공무원이 스스로 잘못했다고 처분을 변경하지 않는다. 물론 처분에 흠결이 있으면 당연히 수용하겠지만. 사후적 권리구제 수단으로는 행정쟁송과 행정상 손해전보가 있다.

처분에 불복이 있는 경우
제기(소) 기간: 행정심판
- 안 날로부터 90일(행정소송도 동일)
- 있은 날로부터 180일(행정소송은 1년)

사전적 권리구제의 핵심인 행정절차의 3종 세트는 ① 처분의 사전통지, ② 의견 청취, ③ 처분의 이유 제시(법적 근거, 불복제기의 방법 등)다. 그리고 의견 청취의 3종 세트는 ① 의견 제출, ② 청문, ③ 공청회이다.

위원회

조직의 의사결정자에 의거 독임제 관청과 합의제 관청으로 구분한다.

독임제는 우리나라의 계선조직으로서 장관, 차관, 실·국·본부장, 과장, 팀장 등을 의미하며, 위원회는 단독제·독임형 조직

에 대응하는 조직으로서 민주적 결정과 조정을 촉진하기 위해 복수의 구성원으로 구성되는 합의제 행정기관을 말한다. 19세기 말 미국의 독립규제위원회가 그 전형적인 형태다.

일반적으로 늘어나는 행정기능 및 행정수요에 대응하여 관련 전문가를 행정에 참여시킴으로써 전문적 지식의 반영과 창의성, 공정성 확보, 이해관계 조정과 각종 행정과 정책을 통합·조정하는 기능을 수행한다. 따라서 합의제 행정관청의 대표는 위원회(委員會)이다.

실무 현장에서 "위원회"란 위원회, 심의회, 협의회 등 명칭을 불문하고 소관 사무에 관하여 자문에 응하거나 조정, 협의, 심의 또는 의결 등을 하기 위하여 복수의 구성원으로 이루어진 합의제 기관을 말한다.

예산 및 결산

계획이 기획을 통해 산출된 결과물로서, 중앙(지방)정부가 달성하고자 하는 목표를 설정하고 목표 달성을 위한 최적의 수단을 선택하여 우선순위를 매기는 과정이라면,

예산은 회계연도 독립의 원칙에 의거 1년간 중앙(지방)정부의

수입 · 지출의 예정표이며, 중앙(지방)정부의 계획을 금액으로 표시한, 기획(정책)을 뒷받침하는 활동이다. 그러므로 계획과 예산은 기능상 상호 보완적 관계라고 할 수 있다.

결산(決算)은 1회계연도 세입 · 세출의 실적을 확정적 계수로 표시한 것이다. 심사분석, 심사평가, MBO(목표관리), BSC(성과관리시스템)로 집행부의 자기점검시스템은 진화되었고, 입법부는 예 · 결산 심의를 통하여 한 해 살림살이를 꾸려 나가는 집행부에 대한 감시와 견제라는 재정통제의 정치적 · 행정적 기능과 역할로 세입과 세출의 주인인 구민을 대신하여 선량한 관리자로서의 주의의무를 다한다고 할 것이다.

———

조세(租稅)

세입의 근간이 되는 것을 조세(租稅)라 하는데, 본래의 의미를 살펴보자. 조선조 초기 과전법(科田法) 시행 당시에는 경작자가 수조자(收租者: 세금을 받는 사람)에게 바치는 것을 조(租), 수조자가 그중 일부를 국가에 바치는 것을 세(稅)라 했다고 한다.

▶ 租
- 고려 시대: 토지의 경작자가 수확의 일부를 토지의 소유자에

게 내는 것.

- 조선 시대: 국가 소유의 토지인 공전(公田)의 경작자가 국가
에 내는 지대(地代=임차료) 또는 개인 토지 경작자가 토지의
소유자에게 내는 사용료.

▶ 稅

- 고려 시대: 토지의 소유자가 토지의 경작자로부터 받은 조
(租) 중에서 국가에 내는 것.
- 조선 시대: 토지의 소유자가 국가에 내는 세금.

조(租)는 벼(禾)를 취하다(且), 세(稅)는 벼(禾)를 떼어 내다
(兌)의 회의문자로 '나라에서 걷는 곡식'이라는 의미일 것이다.
세금은 정부의 공공재 제공을 위한 확보뿐 아니라 소득 재분배
의 역할도 크다. 2016년 기준으로 우리나라의 조세부담률은
19.4%이고, 국민부담률은 26.2%로서 OECD 회원국 36개국
의 평균 조세부담률(24.9%) 및 국민부담률(34.0%)에 비해 낮
은 수준이다.

오늘날의 세금, 즉 조세 제도란 국가 또는 지방자치단체가 재
정지출에 필요한 수입을 조달하기 위하여 국민 등 납세자로부
터 직접적으로 반대급부 없이 강제적으로 징수하는 경제적 급
부이다.

서울특별시장과 서울특별시

▶ 서울특별시장

1. 통설에 따르면 국가의 의사를 결정하는 권한을 갖는 행정기관을 행정관청(行政官廳)이라 하고, 지방자치단체의 의사를 결정하는 권한을 가진 행정기관을 행정청(行政廳)이라고 한다. 그리고 행정관청과 행정청을 합해서 행정청이라고도 한다.

2. 행정관청이나 행정청이라는 말은 강학상의 용어로, 실정법상으로는 '행정기관의 장'이라고 표현된다. 기관장이라고도 한다.

예) 국무총리, 행정안전부장관, 서울특별시장, 마포구청장.

▶ 서울특별시

1. 「지방자치법」, 「서울특별시 행정기구설치 조례」 등에 따르면, '서울특별시'는 지방자치단체의 종류와 관할, 사업자로서 공법인 즉, 법인명이다.

2. 예를 들어 지방계약은 사법(私法) 관계임으로 민법상의 일반원칙이 적용되고, 분쟁이 있을 시는 민사소송 대상(단, 부정당업자 제재조치는 행정처분이므로 행정소송 대상)

3. 처분으로 인한 손해배상 등에 대한 민사소송상 당사자적격

표시는,

서울특별시

　　위 대표 시장 ○ ○ ○

※ 대등한 지위

공무수탁사인과 공무수행사인

공무수탁사인(公務受託私人)은 공적인 업무를 처리할 권한을 부여받은 사인, 예를 들면 토지수용에 있어서의 사업시행자, 학위를 수여하는 사립대학 총장, 선박 항해 중인 선장, 항공기 기장 등이다.

대표적인 기장, 선장의 경우 망망대해에서, 하늘길에서 난동을 부리는 사람이 있는데, 그들에게 질서유지 경찰권이 없다면 어떻게 될까?

그럼 공무수행사인은?

「청탁금지법」을 인용한다. 단, 별도의 법률 근거 없이 내규에 의해 위촉된 공직자가 아닌 위원은 제외한다. 법령에 의해 공공기관의 권한을 명시적으로 위임·위탁받은 주민자치위원, 유치원 선생님이 그들이다. 통·반장, 새마을단체 등 직능단체는 공무수행사인으로 보지 않는다.

공유재산과 영조물

지자체가 관리하는 재산이다. 국가에서 관리하는 재산은 국유재산.

공유재산에는 행정재산인 공용재산(공공청사·공립도서관·시립병원 등)과 공공용재산(도로·공원·하천·구거 등), 기업용재산(상하수도·지하철 등 유틸리티), 보존용재산(문화재·사적지·명승지 등)이 있다.

공유재산 중 일반재산(예전의 잡종재산雜種財産)은 영조물이 아니다. 간단히 말하면, 행정재산이 영조물(營造物)이다. 길을 가다가 튀어나온 보도블록으로 인해 다쳤다면, 바로 '영조물 손해배상보험(공제)'으로 처리하면 되는 것이다.

사용료는 바로 이 행정재산의 시설이용·재산사용에 따른 반대급부이고, 대부료는 일반재산 사용에 따른 반대급부로 사법상 계약이다. 「공유재산법」에 의하면, 행정재산은 대부·매각·교환·양여·신탁 또는 대물변제나 출자의 대상이 되지 아니한다고 돼있다(§19①).

계약의 방법 및 체결

정부 계약의 방법은 크게 두 가지다.

일반입찰이 원칙이고, 예외적으로 수의계약이 있다.

계약하고자 하는 내용을 널리 공고하여 일정한 자격을 가진 불특정 다수인의 희망자를 모두 입찰에 참여시켜 국가(지자체)에 가장 유리한 조건을 제시한 자와 계약을 체결하는 방식이 정부 계약의 기본원칙이다.

지방계약법(지방자치단체를 당사자로 하는 계약에 관한 법률) 제9조(계약의 방법)에 규정돼 있는데, 실무에서 낙찰자 결정 방법과 많이 혼동하고 잘못 알고 있는 경우도 많다.

일반입찰에는 3가지가 있다. '지명입찰'에 의할 계약, '제한입찰'에 의할 계약, 나머지는 '일반경쟁'에 의할 계약. 셋 모두 공개경쟁입찰이다.

일반입찰은 입찰공고 → 입찰집행 → 낙찰자 결정 → 계약체결로 요약될 수 있다.

낙찰자 결정 방법에는 대표적인 적격심사를 비롯하여 설계공

모, 협상에 의한 계약, 경쟁적 대화에 의한 계약, 2단계경쟁입찰, 종합평가낙찰, 희망수량입찰 등이 그것이다.

이 가운데 종합평가낙찰제는 적격성 심사 통과자 중 적정한 능력을 갖춘 업체의 시공실적 · 시공품질 · 기술능력 · 경영상태 및 신인도 등을 종합적으로 평가하여 입찰가와 합산, 가장 높은 점수를 받은 자를 낙찰자로 결정하기 위한 제도이다.

———

용역(用役)

상품은 크게 재화와 용역으로 구분되는데, 유형의 상품이 재화(제품), 무형의 상품이 용역(서비스)이다. 조달청 일반용역 적격심사 세부 기준을 토대로 구분해 보면 다음과 같다.

▶ 일반용역

학술연구용역, 청소용역, 시설물 경비용역, 시설물 관리용역, 정보통신용역, 폐기물처리용역 및 육상운송용역 등을 말한다.

이 중 학술연구용역은 학문 분야의 기초과학과 응용과학에 관한 연구용역 및 이에 준하는 용역으로서 학술, 연구, 조사, 검사, 평가, 개발 등 지적 활동을 통한 정부 정책이나 시책의 자문에 제공되는 용역을 칭한다.

그리고 시설분야용역은 시설물청소용역, 시설물경비용역, 시

설물관리용역과 더불어 위탁운영, 지원업무 및 보조 인력 파견 등 인건비 비중이 높은 행정 보조, 관리 및 이에 준하는 용역을 칭한다.

▶ 기술용역

도시계획, 전산, 교통, 소방, 토목, 건축, 조경, 전기, 기계설비 등 공사를 위한 기본설계, 실시설계로 「건설기술 진흥법」, 「엔지니어링산업진흥법」 등에 규정돼 있다.

도급(都給)

많은 사람에게 회자되는 용어 중 하나다. 그런데 도급 하면 불법하도급이 떠오를 만큼 부정적이다. 지방정부에서 '공사도급 표준계약서'를 만들어 설계도서의 작성 및 공사원가를 산출하는 데 활용하도록 하는 것도 폐해를 줄여 보자는 취지다.

그러나 도급의 본질적인 의미는 창작이다. 공사, 제조, 용역이 대표적. 쉬운 예를 꼽으라면 예술작품. 이 세상에 이미 존재하지 않는 것이다. 기성품이 아니다. 기계적으로 찍어 내는 재화를 도급이라 하지 않는 이유이다.

민법 제664조에 의하면,

도급은 당사자 일방이 어느 일을 완성할 것을 약정하고 상대방이 그 일의 결과에 대하여 보수를 지급할 것을 약정함으로써 그 효력이 생긴다. 도로·교량 등의 건설 도급계약은 사법관계 분쟁에서의 일방이 되는 것(민사소송). 민법 제664조~674조는 도급에 관한 규정이다.

건설산업기본법 제2조(정의) 제11호에 의하면,

원도급, 하도급, 위탁 등 명칭과 관계없이 건설공사를 완성할 것을 약정하고, 상대방이 그 공사의 결과에 대하여 대가를 지급할 것을 약정하는 계약을 말한다.

___

부관(附款)

법률행위의 효력의 발생 또는 소멸을 제한하기 위하여 부가되는 약관(附款)을 말한다. 법률행위적 행정행위(하명·허가·인가 등)가 주된 의사표시라면, 부관은?

예를 들어 어떤 사람이 집을 짓기 위해서 관할 구청에 건축허가를 내면서 의제처리로 도로점용허가를 신청했다. 사람들이 다니는 도로를 일부 점유하고 비계(아시바)를 설치해야 하므로. 이때의 도로점용 허가가 주된 행정행위다.

이때 부관은 조건, 기한, 부담으로 종된 의사표시이다. 즉, 통행에 지장이 없도록 조건을 부여하고, 도로점용의 기간을 정하고, 도로점용료를 부과하는 것이다.

민법에서의 부관은 '장래의 일정한 사실'의 발생이 확실한 것은 〈기한(시기·종기)〉, 불확실한 것은 〈조건〉, 그리고 부담과 철회권의 유보가 있다.

———

부작위(不作爲)

작위는 의식적인 의사에 의한 적극적 행위로, 상해나 유기와 같이 금지규범(법으로 하지 말아야 하는 것)에 대한 위반행위를 말한다.

반면에 부작위는 마땅히 해야 할 것으로 기대되는 조치를 취하지 않은 소극적 행위로, 건축허가와 같이 명령규범(법으로 해야 하는 것)에 대한 위반행위이다.

따라서 건축허가를 득하지 않고 불법 건축을 했다면 부작위의무 위반이 되는 것이다. 부작위가 성립하기 위해서는 당사자의 신청, 상당한 기간의 경과, 처분을 하여야 할 법률상 의무의 존재, 처분하지 않았을 것이 충족되어야 한다.

행정쟁송에서는 처분에 대한 취소소송으로 '부작위위법확인소송', 행정심판에서는 '의무이행심판'이 그것이다.

불법과 위법

'위법(違法)'이 법령에 위반되는 형식적 특성, 선량한 풍속과 사회질서에 위반되는 실질적 특성을 모두 아우르는 데 반해, '불법(不法)'은 주로 후자만을 가리킨다. 즉, 도박이나 축첩행위, 카르텔 등이다.

불법 도박이라 부르지, 위법 도박이라고는 하지 않는다.

민법에 의하면 법률사실(법률요건을 구성하는 개개의 사실)에는 적법행위(법률행위 · 준법률행위)와 위법행위(채무불이행 · 불법행위)가 있다.

참고로 탈법행위는 적법행위이나, 효력은 무효.

헷갈리는 아이들

"요즘 아이들은 외형상으로 구별하기 참 어렵다." 식품접객업을 하시는 분들의 하소연. 식품위생법 제44조(영업자 등의 준수사

항) 제2항 때문이다.

② 식품접객영업자는 「청소년 보호법」 제2조에 따른 청소년(이하 이 항에서 "청소년"이라 한다)에게 다음 각 호의 어느 하나에 해당하는 행위를 하여서는 아니 된다. 〈개정 2011. 9. 15.〉

1. 청소년을 유흥접객원으로 고용하여 유흥행위를 하게 하는 행위

2. 「청소년 보호법」 제2조제5호가목3)에 따른 청소년출입·고용 금지업소에 청소년을 출입시키거나 고용하는 행위

3. 「청소년 보호법」 제2조제5호나목3)에 따른 청소년고용금지업소에 청소년을 고용하는 행위

4. 청소년에게 주류(酒類)를 제공하는 행위

미성년자에 대한 개별법령이다. 예를 들어 형사미성년자를 18세 내지 19세로 할 수는 없을 것이다.

▶ 근로기준법

제64조(최저 연령과 취직인허증) ① 15세 미만인 사람(「초□중등교육법」에 따른 중학교에 재학 중인 18세 미만인 사람을 포함한다)은 근로자로 사용하지 못한다. 다만, 대통령령으로 정하는 기준에 따라 고용노동부장관이 발급한 취직인허증(就職認許證)을 지닌 사람은 근로자로 사용할 수 있다.

▶ 민법

제4조(성년) 사람은 19세로 성년에 이르게 된다.

제826조의2(성년의제) 미성년자가 혼인을 한 때에는 성년자로 본다.

제807조(혼인적령) 만 18세가 된 사람은 혼인할 수 있다.

▶ 청소년보호법

제2조(정의) 이 법에서 사용하는 용어의 뜻은 다음과 같다.

1. "청소년"이란 만 19세 미만인 사람을 말한다. 다만, 만 19세가 되는 해의 1월 1일을 맞이한 사람은 제외한다.

▶ 청소년기본법

제3조(정의) 이 법에서 사용하는 용어의 뜻은 다음과 같다.

1. "청소년"이란 9세 이상 24세 이하인 사람을 말한다. 다만, 다른 법률에서 청소년에 대한 적용을 다르게 할 필요가 있는 경우에는 따로 정할 수 있다.

▶ 다문화가족지원법

제2조(정의) 이 법에서 사용하는 용어의 뜻은 다음과 같다.

3. "아동·청소년"이란 24세 이하인 사람을 말한다.

▶ 영화 및 비디오물의 진흥에 관한 법률

제2조(정의) 이 법에서 사용하는 용어의 정의는 다음과 같다.

18. "청소년"이라 함은 18세 미만의 자(「초·중등교육법」 제2조의 규정에 따른 고등학교에 재학 중인 학생을 포함한다)를 말한다.

▶ 게임산업진흥에 관한 법률

제2조(정의) 이 법에서 사용하는 용어의 정의는 다음과 같다.

10. "청소년"이라 함은 18세 미만의 자(「초·중등교육법」 제2조의 규정에 의한 고등학교에 재학 중인 학생을 포함한다)를 말한다.

▶ 공직선거법

제15조(선거권) ① 18세 이상의 국민은 대통령 및 국회의원의 선거권이 있다.

▶ 형법

제9조(형사미성년자) 14세 되지 아니한 자의 행위는 벌하지 아니한다.

 ※ 식품위생법·공중위생관리법에는 미성년자 규정이 없고 '청소년 보호법' 준용.

아동 또는 어린이의 정의 또한 헷갈린다.

▶ 어린이 식생활안전관리 특별법

제2조 제1호

"어린이"란 제3호에 따른 학교의 학생* 또는 「아동복지법」에 따른 아동**에 해당되는 자를 말한다.

*초등학교, 중학교, 고등학교 및 특수학교의 학생

**18세 미만인 사람.

▶ 헤이그 국제아동탈취협약 이행에 관한 법률

제2조 제1항 제1호

16세 미만인 사람.

▶ 어린이제품 안전 특별법

제2조 제1호

13세 이하인 어린이.

▶ 도로교통법

제2조 제23호

13세 미만인 사람.

영유아 및 유아도 다르지 않다.

▶ 영유아보육법

제2조 제1호

"영유아"란 6세 미만의 취학 전 아동을 말한다.

▶ 유아교육법

제2조 제1호

"유아"란 만 3세부터 초등학교 취학 전까지의 어린이를 말한다.

법적사항은 아니지만 항공 여행(운임)에서의 일반적인 성인의 구분은 만 12세 이상을 말한다. 그럼 심폐소생술에서의 성인 나이는? 만 8세 이상이다.

옴부즈맨

옴부즈맨(ombudsman)은 스웨덴 등 북유럽에서 1808년 이후 발전됐고, 스웨덴어로 '대리인'.

사전적 권리구제 수단 중 하나이며, 민원조사관, 쉽게 생각하면 국민권익위 정도로 이해하면 되겠다. 옴부즈맨의 활동에 의해 행정부를 통제하는 제도이다. '외부에서 행정 내부를 감시'하는 제도로 전문성과 중립성이 높아 공공기관뿐만 아니라 민간영역에서도 도입 중이다.

243개 지자체 중 옴부즈맨 조례가 설치된 지자체는 상주시 등 5곳이고, 기업 활동을 촉진하기 위한 조례를 통해 간접적으로 규정한 지자체는 증평군 등 17곳이다.

'국민권익위원회'는 대표적인 중앙의 옴부즈맨이라 할 수 있다.

———

법체계

일반적으로 법령 조문의 형식 체계는 편(編), 장(章), 절(節), 관(款), 조(條), 항(項), 호(號), 목(目)으로 분류한다.

민법(1,118개 條文), 상법(935개 조문), 형법(372개 조문)과 같이 방대한 법률이 아닌 경우는 대부분 장(章), 절(節), 조(條), 항(項), 호(號), 목(目)으로 구성돼있다. 참고로 조(條)는 돼지꼬리(§) 기호를 사용하기도 한다. (예시, 제1조제3항제2호→ §1③2)

내용상으로는 총칙, 본칙, 벌칙, 부칙의 순으로 전개한다.

제1조는 입법 취지(목적), 제2조는 용어의 정의, 법령의 해석, 법령의 적용 범위, 다른 법률과의 관계, 법령의 기본이념 등을 총칙에 규정한다.

본칙은 몸통, 본체이다.

벌칙은 형벌과 과태료(행정질서벌), 그리고 양벌규정에 대한 것이고,

부칙은 법 시행일, 적용례, 특례, 경과조치, 타 법률의 개정과
관계에 관한 사항이다.

———

알쏭달쏭 단독주택, 공동주택

도시뿐 아니라 날로 점증하는 농어촌의 주택 역시 아파트 일변
도이다.

통계청의 '2021년 인구주택 총조사 결과'에 의하면, 전체 주택
중 공동주택이 차지하는 비율이 78.3%에 이르고 전체 일반가구
중 공동주택에 거주하는 가구가 63.3%를 차지한다고 한다. 놀라
운 것은 지방광역시의 아파트비율이 70%가 넘는다는 것이다. 서
울은 58.8%이다.

「주택법」 제2조(정의)에 의하면,

1. "주택"이란 세대(世帶)의 구성원이 장기간 독립된 주거생활
   을 할 수 있는 구조로 된 건축물의 전부 또는 일부 및 그 부
   속토지를 말하며, 단독주택과 공동주택으로 구분한다.
2. "단독주택"이란 1세대가 하나의 건축물 안에서 독립된 주거
   생활을 할 수 있는 구조로 된 주택을 말하며, 그 종류와 범
   위는 대통령령*으로 정한다.

3. "공동주택"이란 건축물의 벽·복도·계단이나 그 밖의 설비 등의 전부 또는 일부를 공동으로 사용하는 각 세대가 하나의 건축물 안에서 각각 독립된 주거생활을 할 수 있는 구조로 된 주택을 말하며, 그 종류와 범위는 대통령령*으로 정한다.

* 세부사항은 「건축법 시행령」 제3조의5(용도별 건축물의 종류)

이를 토대로 정리 요약해 보면 단독주택은, 1세대가 하나의 건축물 안에서 독립된 주거생활을 할 수 있는 구조로 된 주택을 말하며, 다중주택·다가구주택·공관(公館)이 이에 해당한다.

공동주택은, 건축물의 벽·복도·계단이나 그 밖의 설비 등의 전부 또는 일부를 공동으로 사용하는 각 세대가 하나의 건축물 안에서 각각 독립된 주거생활을 할 수 있는 구조로 된 주택을 말하며, 종류는 다음과 같다.

(1) 아파트: 주택으로 쓰는 층수가 5층 이상인 주택.
(2) 연립주택: 주택으로 쓰는 1개 동의 바닥면적(2개 이상의 동을 지하 주차장으로 연결하는 경우는 각각의 동으로 본다)의 합계가 660㎡를 초과하고, 4층 이하인 주택. 아파트와 단독주택의 장점을 취한 고급형 주거인 타운하우스가 바로 이 형태다.

(3) 다세대주택: 주택으로 쓰는 1개 동의 바닥면적(2개 이상의 동을 지하 주차장으로 연결하는 경우는 각각의 동으로 본다)의 합계가 660㎡ 이하이고, 4층 이하인 주택.

(4) 기숙사: 학교 또는 공장 등의 학생 또는 종업원 등을 위한 것으로서 1개 동의 공동취사시설 이용세대수가 전체의 50% 이상인 것.

흔히 혼동하는 용어가 바로 다세대주택과 다가구주택이다.

「건축법」에 의한 용도별 건축물의 종류에서 다세대주택은 공동주택에 해당하고, 다가구주택은 단독주택에 해당한다. 다세대주택은 구분 소유(등기), 다가구주택은 단독소유이다. 다세대주택은 4층 이하, 다가구주택은 3층 이하로 1990년대에 많이 지어져 30년이 경과한 붉은 벽돌로 마감한 조적조 건물이 많다.

참고로 빌라, 원룸 등은 소유권 구분이 되면 다세대주택, 구분이 안 되면 다가구주택이다.

테라스, 발코니, 베란다, 옹벽

다음은 테라스, 발코니, 베란다는 어떻게 다를까?

테라스(terrace)는 건물 1층의 내부에서 외부로 연결된 지붕이 없는 공간을 말하고(주로 흙을 밟지 않게 데크 형식으로 조성),

발코니(balcony)는 2층 이상 건물에 거실을 연장하기 위해 전망·휴식 등의 목적으로 건축물 외벽에 접하여 부가적으로 설치되는 공간이다.

베란다(veranda)는 건물의 1, 2층의 면적 차로 생긴 바닥 중의 일부 공간을 활용하고자 하여 생긴 공간으로 1층 면적이 넓고 2층 면적이 좁을 경우 1층의 지붕 부분이 남게 되는데 아래층 지붕을 활용한 것이 베란다로 툇(쪽)마루의 기능을 한다.

1층은 테라스, 중간층은 발코니, 꼭대기 층은 베란다.

따라서 발코니는 바닥이 아래층의 지붕이 아니어서 합법적으로 거실·침실·창고 등 다양한 용도로 확장이 가능하지만, 베란다의 무단 확장은 문제(증축)가 되는 것이다.

옹벽은 토압에 의한 수평력으로 무너지거나 흘러내리지 않도록 만든 벽체로 석축(축대), 콘크리트 옹벽, 보강토 옹벽, 돌망태(개비온 Gabion) 옹벽 등이 있다.

———

후견인

금치산자(禁治産者), 한정치산자(限定治産者)가 성년후견과 한정후견으로 바뀌었다. 민법(民法)에서 무능력자(無能力者)라 함은,

▶ 행위 무능력자(行爲無能力者), 효과−취소

- 미성년자(未成年者, 만 19세 미만, §4)

- 한정후견(限定後見, §12)

- 성년후견(成年後見, §9)

▶ 의사 무능력자(意思無能力者), 효과−무효

- 7세 미만의 유아

- 심신상실자

- 만취자

▶ 책임 무능력자(無能力者), 효과−감독자의 책임

- 유년자(12~13세)

- 심신상실자(§754)

참고로 형사 무능력자는 만 14세 미만(형법 §9)과 심신상실자 (형법 §10)가 있다.

개정된 민법은 금치산 · 한정치산제도를 폐지하고 2013년 7월 1일부터 '성년후견제도'를 도입하였다. 종전 금치산자는 성년 후견으로, 한정치산자는 한정 후견으로, 특정 후견과 임의 후견으로 질병 · 장애 · 노령 등의 사유로 인해 정신적 제약이 있는 사람들이 존엄한 인격체로서 주체적으로 후견제도를 이용하고 자신의

삶을 영위해 나갈 수 있도록 세분하였다.

선의와 악의

민사에서 선의와 악의란 무엇을 의미할까?

'선의(善意)'는 어떤 사실을 알지 못하는 것.

'악의(惡意)'는 어떤 사실을 알고 있는 것.

따라서 민법(법률관계)에서 '선의'란 그 의사표시가 허위표시임을 알지 못하는 것으로서, 선의에 대한 과실 유무는 묻지 않는다 (즉 선의이기만 하면 되지 무과실은 그 요건이 아니다).

제3자의 선의는 추정되므로 제3자가 악의라는 사실의 주장·입증책임은 그 무효를 주장하는 자에게 있다.

해지와 해제

해지(解止)는 당사자 일방의 의사표시에 의해 계약에 바탕을 둔 법률관계를 장래에 대하여 소멸시키는 것이고,

해제(解除)는 계약당사자 중 한쪽의 의사표시로 계약이 처음부터 존재하지 않았던 걸로 되는 것을 말한다.

단, 이러한 계약의 해제는 해제를 당하는 상대방의 잘못이 있을 때만 가능하다. 그럼, 매매 계약을 (?)하다. 만기가 되어 정기 예금을 (?)하였다. 앞은 해제, 뒤는 해지.

조선 시대도 아니고 36년간의 야간통행금지(夜間通行禁止)가 해제된 것은 1982년 1월. 야간통금 위반자는 밤새 유치장에 갇혀 있다가 경찰서장 또는 검사가 직권으로 여는 즉심에 회부되어 2천 원(요즘으로 3만 원가량)의 범칙금을 내고 풀려났다고 한다.

———

심의 · 의결에서의 제척

공평한 심사를 위한 제도로, 친족 등 특수한 관계의 자를 심사 위원에서 배제하는 제척(除斥), 당사자의 신청에 따라 배제되는 기피(忌避), 기피의 원인이 있다고 판단하여 자발적으로 심사에서 탈퇴하는 회피(回避)가 있다.

다음은 실무에서 많이 접하는 제척기간(除斥期間)과 소멸시효(消滅時效)

부과권의 소멸시효는 제척기간, 징수권은 독촉부터이며 소멸시효 완성으로 종료. 공히 5년. 소멸시효는 권리 행사 시부터 기

산하여 소급 소멸하고, 주장 책임이 당사자에게 있는데 반해, 제척기간은 권리 발생 시부터 기산하여 장래 소멸하고, 주장책임은 직권이다. 그러나 제척기간은 시효의 정지와 중단이 없고 소멸시효는 있다.

2023년 3월 24일부터 시행되는 개정된 「행정기본법」상에 제재처분의 제척기간(§23조)을 적시하였다. 단 이행강제금은 제외(이유는 장래 의무 이행의 확보를 위한 강제집행수단이므로)

———

체납처분

지방세나 세외수입이 체납되면 장래의 의무이행을 확보하기 위한 수단으로 대표적인 행정상 강제집행(강제징수)인 체납처분이 진행되는데, 절차는 다음과 같다.

① 독촉(督促) → ② 압류(押留) → 매각[한국자산관리공사 공매(公賣), 환가(換價)] → ④ 청산(淸算: 배분)
※ 압류의 전제 조건은 독촉. 압류 전 금융자산, 각종 채권, 사업장 출장 재산조사.

압류까지 할 것이냐, 공매를 해서 환가절차를 거칠 것이냐가

참고로, 경제에서는 배동이리고 한다.

판장이다.

'행정절차법'이 내 안으로 들어오게 된 것은 1992년이었다. 당시의 일기를 들춰 보니, 1992년 6월 4일 목요일 18시 40분에 구청장님 대면 결재를 한 기록이 고스란히 남아 있다. 지금도 그렇지만 당시에도 언감생심, 8급 서기가 어떻게 구청장님 집무실에 들어가나?

당시 내 위에 계장님도 없고 팀에 7급도 없었는데, 행정소송 변론 기일이 다가오고 있었다. 원고의 '급수조례 위반에 따른 하수도 사용료 과태료 부과 처분 취소소송'에 급히 응소해야 한다고 구청장임을 설득해야 했다. 독수리 눈초리의 Y 비서실장과의 담판을 통해 대면보고가 잡혔다.

퇴직 후 자기가 사는 마을에서 보람된 일을 하고 싶어 하는 분들이 많을 텐데, 딱히 누군가 손을 내밀어 주지 않아서 지나치는 경우가 적지 않을 것이다.

서강동장에 이어 두 번째 동장으로 나갔던 상암동은 방송타운도 있고 중산층의 유입이 많은 곳이라서 인적자원이 많을 것이다. 현직에 있을 때 본격적인 베이비부머의 실력자를 지역 봉사자로 영입하려는 계획을 세웠으나, 팬데믹으로 실행치 못한 것이

두고두고 아쉬움으로 남는다.

맛보기, 시놉시스 정도로 생각하고 출발했는데 사연이 길었다. 'less is more(단순한 것이 아름답다)'에 반하는 내 필력의 한계. 붓이여, 네 탓이 아니다.

이 글이 많은 분들의 새로운 길을 비추는 나침반 역할을 할 수 있다면 더할 나위 없이 기쁠 것 같다. 되도록 케이스별 경험칙을 서술하려 하였는데, 이제 독자들이 이 책의 판관이 될 것이다.

보기에 따라서는 무슨 무용담, 자랑거리로 비칠 수도 있겠으나 취할 것은 취하고 버리시라. 타인의 경험은 반면교사일 수도 정면교사일 수도 있다. 다만 앞 수레가 엎어지는 것을 봤다면 뒤 수레는 엎어지지 않는 데 분명 도움이 될 것이다.

KB120874